To the Lighthouse

到 灯 塔 去

［英］弗吉尼亚·伍尔夫 著

张羽佳 译

果麦文化 出品

她眼前是一望无垠的蓝色大海
远处是灰白色灯塔
遗世独立于海水中央

海浪就像在警告她

日子就在一件件琐事之中飞速流逝

最后一切不过就像是转瞬即逝的彩虹

那长长的流光轻轻晃动,漫无目的地摇摆
与此同时,阳光把房间照得斑驳分明
让房间里布满黄色的光晕

透过敞开的窗户,传来了世界的美丽呢喃
声音太轻,听不清到底在说什么

他看着他俩一同坐在窗边
他们就像是捡贝壳的孩子们一样天真无邪

目录

第一部 窗 ——————— *001*
第二部 时光飞逝 ——————— *156*
第三部 灯塔 ——————— *182*

Part One

第一部 窗

第一章

"嗯,当然可以,如果明天天晴,就让你去。"拉姆塞夫人说。"但你必须早起。"她补充道。

对她儿子来说,这些话传递了无与伦比的喜悦,就好像这趟远足必能成行,一切都已定局,似乎他年复一年所期待的奇迹,在漆黑的一夜和一日的航行之后就触手可及。虽然詹姆斯·拉姆塞年仅六岁,由于他已属于那个伟大的族群——他们无法区分自己的情感,一定要让自己对未来喜忧参半的期许给眼前的一切笼上阴霾——对于这类人来说,即使在童年最早的时期,任何情感之轮的转动都有力量让承载着阴暗或是光辉的瞬间结晶并凝固下来。妈妈说话的时候,他正席地而坐,满心欢喜地剪着陆海军商店带插图的商品目录,一张冰箱的图片就让他感到无比快乐。空气中弥漫着喜悦。手推车、割草机、白杨树的声响、雨前泛白的叶片、白嘴鸦呱呱乱叫、扫帚敲打着地板、连衣裙沙沙作响——所有这一切在他脑中都是如此的色彩斑斓、清晰可辨,他甚至早已拥有了属于自己的密码,他的秘密语言,虽然那高耸的前额、凛冽的蓝眼睛和孤傲的坦率纯真,在外表上给人以刻板严肃的感觉,但看到人类弱点时,他会轻皱眉头,因此,母亲看着他利落地用剪刀勾勒着冰箱的形状,想象着他身穿红袍、披着白貂皮坐在法官席上;或是在某个重要企业遭遇公关危机的时候,指点它渡过难关。

"但,"他的父亲在客厅窗前停下脚步说,"天气不会好的。"

倘若詹姆斯的手边有把斧头、火钳或是任何一种武器,能在他父亲胸口戳个洞让对方当场毙命,此时此刻,他会毫不迟疑地抓起武器。这就是拉姆塞先生,只需露个面就能在自己小孩心中激起如此极端的情绪。现在他站在那儿,身体瘦削如一把匕首,单薄得像片刀刃,一脸挖苦地咧嘴笑着,他不仅从打击儿子、嘲笑妻子(当然在詹姆斯眼中,拉姆塞夫人要比他好成千上万倍)的行为中得到了巨大满足,还悄悄地为自己判断精准而沾沾自喜。他所说的是实话,一向如此。他没有撒谎的能力,从不歪曲事实真相,从不会为了满足或是讨好他人,把难听的话说得委婉一点,为他的孩子们就更不可能,他们是他的子嗣,应该从孩童时期就意识到生活的艰辛,事实是不容妥协的,而想要前往那片传说中的土地(拉姆塞先生直起了腰板,眯着蓝色的小眼睛向地平线望去)——那片碾碎我们最耀眼的希望的土地、那片在黑暗中击沉我们弱不禁风小船的土地,我们最需要的是勇气、真相以及忍耐力。

"但天气也有可能好起来——我希望如此。"拉姆塞夫人不耐烦地说,手里拿着棕红色袜子继续织了几针。如果她今晚能织完,如果灯塔之旅最后真的能成行,这袜子要送给灯塔看守人的小儿子,他饱受髋骨结核病的折磨;她还准备带上一叠旧杂志和一些烟草,是的,只要是她能找到的平常四散在房间里没什么用、只给房间添乱的东西,都一起送给那些穷苦的人们,给他们解解闷。他们肯定无聊死了,除了擦擦油灯、剪剪灯芯、在一点点大的花园里东耙耙西耙耙,只能整日无所事事地呆坐在那儿。她会这么问,要是你,你愿意每次与外界断绝一个月联系,被困在一块只有网球场大小的岩石上?如果遇上暴雨季,时间可能还要更长些。而且还没有信件、没有报纸,也见不到任何人。如果你已经结婚了,见不到你的妻子,不知道你小孩的近况——他们是生病了,还是跌倒摔断了手脚;如果周复一周眼前所见都是一成不变的浪花飞溅,可怕的暴风雨袭来,浪花敲打着窗户,海鸟直冲向塔灯,礁石摇晃不止,而你根本不敢打开门探出头去,只怕被卷入海浪之中。你心里是什么感觉?她特意说给女儿们听,所以说,她用截然不同的语气说道,我们必须尽可能地给他们带去安慰。

"风向朝西,"无神论者坦斯利张开瘦骨嶙峋的手指,让风从指缝穿流而过。他此时正和拉姆塞先生一同作晚间的散步,在露台上走来走去。这也就是说,要想登陆灯塔,现在的风向是最糟糕的。的确,他总说些令人不悦的话,拉姆塞夫人承认,在这种时候火上浇油,实在是太可恶了,而这也让詹姆斯更失望了。但同时,她不允许别人嘲笑他。"那个无神论者",他们管他叫"那个小无神论者"。罗丝取笑他,普鲁取笑他,安德鲁、贾斯伯、罗杰也取笑他,就连嘴巴里一颗牙都没剩的老狗巴杰也咬过他。

大家这么对他，是因为（按照南希所说），他是第一百一十个大老远追赶着他们来到赫布里底群岛[1]的年轻人，而大家更希望能清清静静地待着。

"胡说。"拉姆塞夫人极其严厉地说。孩子们夸大事实的习惯遗传自她，他们暗示她邀请了过多的人来住（这倒也是事实），有时不得不安排一些人到镇上去住。抛开这两点不说，她无法容忍客人们遭到无礼对待，尤其是对那些青年男子，他们一贫如洗，她丈夫说他们"才华横溢"，是他的仰慕者，是来这里度假的。的确，她把整个异性群体都纳入羽翼之下，至于原因，她也解释不了，或许是因为他们的骑士精神和勇气；或许是因为他们商定条约、统治印度、控制财经这些事实；但最终还是因为他们对她的态度，那种信任、像孩子般的崇敬，没有一个女性会感受不到或不会因此而感到愉悦。这种来自青年男子的敬慕之情，作为一位上了年纪的女性可以坦然接受，不会有失尊严，而这要是发生在年轻女子身上可就大难临头了——上天保佑这不会发生在她任何一个女儿身上！——她们不会刻骨铭心地感受到它的价值和深意。

她严厉地对南希说，并不是坦斯利先生追着他们来到这里，他是受邀而来。

她们必须找条出路逃离这一切。或许有更简单、不那么费劲的方式，她叹了口气。当她望向镜子，看到自己灰白的发丝和塌陷的双颊，已经五十岁了，她想，或许自

---

[1] 位于英国苏格兰西部。

己本可以把事情打理得更好一些——她的丈夫、金钱、他的书。可就她个人来说，她从来没有为自己的决定后悔过一分一秒，也从来不曾逃避困难或是怠慢自己的职责。在她严厉地说了关于查尔斯·坦斯利的那些话后，她的女儿普鲁、南希和罗丝把目光从盘子上移开，抬头看着她，她此时看上去有点令人生畏。只有在沉默之中，几个女孩才能玩味起那些惊世骇俗的想法，她们脑中酝酿着与母亲截然不同的生活；或许是在巴黎；一种更狂野的生活方式；并不需要总是照顾某个男人或者其他人；因为在她们几个人的脑海中，对于顺从和骑士精神、对于英国银行和印度帝国、对于套上婚戒的手指和婚纱都有一种无声的质疑。尽管对她们来说，在这一切中存在着美的本质，呼唤出她们少女心中的男子气概，并让她们在母亲的注视下坐在桌边，对那种异常严厉和极其恭谦有礼的态度感到肃然起敬，母亲为了那个可怜的、跟着他们——或者更准确地说，受邀来斯凯岛做客的无神论者而如此严厉地训诫她们时，就像是一位从泥泞之中站起身的女王，去为乞丐清洗肮脏的脚丫。

"明天肯定没法上灯塔。"查尔斯·坦斯利正和她丈夫站在窗前，拍着手说道。的确，他已经说得够多了。她希望这两个人能继续聊天，别再来烦詹姆斯和她。她看着坦斯利。孩子们说，他真是一个可怜的家伙，弓背驼腰、瘦骨嶙峋的；他连板球都不会打，他随便乱挥、躲躲闪闪。安德鲁说，他是个爱挖苦人的冷酷家伙。他们知道他最喜欢干什么——就是走来走去，和拉姆塞先生一起不停地来回踱步,聊着谁赢了这个、谁又赢了那个;谁是"第一流"的拉丁文诗人;谁"很聪明可是根本不可靠";谁毫无疑问是"贝利尔学院[1]"里最有才能的人;谁暂且屈就于布利斯托尔或贝德福德,可当他将关于数学或哲学某些分支的绪论公之于世时,必然会声名大噪,而坦斯利先生拥有的这些绪论的前几页手稿就是证据,如果拉姆塞先生愿意的话可以看看。他们谈论的就是这些。

有时候她会情不自禁地笑起来。前些天,她说了一句类似"惊涛骇浪"的话。"是的,"查尔斯·坦斯利说,"浪的确有点大。""你不是浑身湿透了吗?"她说。坦斯利先生生扯了拧衣服、摸了摸袜子后回答道:"是潮湿,没有湿透。"

但是孩子们说,他们介意的倒不是这些,并不是他的外表,也不是他的言谈举止,而是他本身——他的观点。他们对查尔斯·坦斯利不满之处在于,每当大家探讨一些有趣的事,比如说人啦、音乐啦、历史啦……任何事,哪怕只是说句"今晚天气很好,何不到屋外坐坐",他都会转移话题,只有等他开始凸显自己、贬低他人的时候,才会感到满意。他们说他去画廊的时候,还会问别人是否喜欢他的领带。罗丝说,天晓得,人家才不喜欢呢。

一吃完饭,拉姆塞夫妇的八个儿女就像雄鹿般,悄然从餐桌上敏捷地溜走,回到他们的卧室。在这座房子任何角落都不可能拥有隐私,只有那里才是他们的堡垒,在那

---

[1] 牛津大学最古老的学院之一。

里可以尽情谈论任何事情：坦斯利的领带、修正法案的通过、海鸟和蝴蝶、各式各样的人物……孩子们的房间在阁楼上，每个房间只隔着一块木板，每一个脚步声都可以听得清清楚楚，就连瑞士女孩因为父亲身患癌症而啜泣的声音也听得见，她父亲现在住在格劳宾登山谷，已经时日不多了。在孩子们畅谈之时，阳光倾洒在阁楼之中，照亮了房间里的球拍、球衣、草帽、墨水瓶、颜料罐、甲壳虫，还有小鸟的头骨……钉在墙上那些皱巴巴的长海藻在阳光的照射下散发出咸咸的藻味儿，在海里游泳后使用过的毛巾沾满了沙子，也有同样的味道。

争吵、分裂、意见不同、深植于心的偏见，唉，拉姆塞夫人哀叹道，孩子们怎么那么小就开始争执不休。她的孩子们太喜欢品头论足了，他们说的话简直荒唐透顶。她拉着詹姆斯的手，走出餐厅，只有他不愿意和其他人一起离开。在她看来，制造分歧简直是荒谬可笑，说句实话，就算不这么做，人们的差别已经够大了。她站在客厅的窗边想着，真正的分歧已经够多了，非常多了。此刻她想到的是贫富悬殊、出身贵贱；对于伟大的出身，虽然不太情愿，但她还是怀有一些敬意，因为她血管里不正流淌着意大利名门望族那高贵又略带神话色彩的血液吗？意大利的名门闺秀，在十九世纪分散到英国各个家庭的客厅中，她们略带口音的英语是如此迷人，她们脾气火爆，而她的智慧、她的仪态、她的品性都传承自她们，而不是迟钝的英国人，或是冷漠的苏格兰人；然而更引起她深思的是另一个贫富悬殊的问题，以及她每日每周在这里或是伦敦亲眼所见的那些事情——她手上挽着提包，亲自去探望某位寡妇或者某位艰苦谋生的妻子，用笔记本和铅笔仔细地一栏一栏记下每家每户的收支情况和就业失业情况。她希望自己不再是一个不谙世事的女人，不希望自己做善事只是为了安抚内心的愤怒，或是为了满足自己的好奇心。虽然没有受过正规训练，但她希望自己能够成为一直以来非常敬佩的社会调查者，去研究社会问题。

她站在那里，拉着詹姆斯的手，觉得这些问题对自己来说似乎是无解的。那个被大家嘲笑的年轻人跟着她来到了客厅，站在桌子边捣鼓着什么，尴尬窘迫、无所适从的样子，她不用看就知道。他们都离开了——孩子们，明塔·道尔和保罗·瑞雷，奥古斯都·卡迈克尔，她的丈夫——他们都离开了。于是她转过身来，叹了口气说道："坦斯利先生，如果你不嫌麻烦，陪我出去一趟好吗？"

她要进城去办点琐事，她有一两封信要写，她大概需要十来分钟，她要戴上自己的帽子。十分钟后，她又拿着篮子和阳伞出现了，一副做好准备、要去远足的样子。不过经过网球场的时候，他们必须停一下，问问卡迈克尔先生是否需要些什么，他正在晒太阳，那双猫眼似的黄色眼睛微张着，也像猫眼一样，能够反射出晃动的树枝和天边飘过的云朵，但却不会透露出任何内心的思绪或者情感。

他们要去远征，她笑着说。他们准备进城。"邮票、信纸、烟草？"她停在卡迈克尔先生身旁的时候，试探地问了问。可是，不，他什么也不要。他的双手紧扣在自己的大肚腩上，眨了眨眼睛，仿佛想要友好地回应她的一片殷勤

（她的确有魅力，可有点神经质），但他做不到，他身陷于一种灰绿色的睡意之中，无须言语，所有一切都笼罩在一种宽大仁慈的、充满祝福的慵懒状态之中；整栋房子、整个世界、所有人都沉浸其中，因为他在午餐时往杯子里偷偷放了几滴东西，孩子们认为，那解释了为什么他原本乳白色的胡须上有一道明显的淡黄色痕迹。不，什么都不需要，他嘟囔着。

他们往渔村走的时候，拉姆塞夫人说，要不是卡迈克尔先生有过一段不幸的婚姻，他本该成为一位伟大的哲学家。她把黑色阳伞撑得笔直，脸上带着一种难以描述的期待神情，她继续往前走，好像要去转角处见什么人。她讲述了卡迈克尔先生的经历：在牛津时与一位姑娘坠入情网；很早就结了婚；一贫如洗；去过印度；翻译了一点诗歌，"我相信他译得非常优美"，愿意教男孩们波斯语或是梵文，但那又有什么用处呢？——然后就是像我们刚看到的那样，躺在草坪上。

查尔斯·坦斯利受宠若惊。一直以来他都备受冷落，但拉姆塞夫人的这些话抚慰了他的内心。他又打起精神。她刚才的那番话暗示着，即便在男性潦倒之时，她也能欣赏他们的才华；还暗示着所有妻子都应该顺从地支持丈夫的事业——并不是说她责怪那个女孩，她认为他们的婚姻也是很幸福的。她让坦斯利自我感觉前所未有的好，如果他们乘坐出租车，他是乐意付车费的。至于她的小手提包，需要帮她拿吗？不，不，她说向来都是自己拿着那个包的。的确如此。是的，他从她身上能感受到这一点。

他感受到许多东西，有一样让他特别激动、兴奋又心烦意乱，可至于是什么原因，他也说不上来。他希望她能够看到自己穿上博士袍、戴上博士帽，走在毕业生列队之中。成为一名研究员或是一名教授，他觉得自己无所不能，还看到自己——但她在看什么？她在看着一个男人贴海报。那幅在风中啪啪作响的巨型海报慢慢被贴平了，工人的刷子每挥动一下，就露出几条新的大腿、一些铁圈、马匹，还有耀眼夺目的红色、蓝色……海报完美平整地铺展开，直到马戏团的广告盖满了半个墙面——一百位驯马师，二十头参加表演的海豹、狮子和老虎……因为视力不好，拉姆塞夫人伸长脖子，念出声来："即将访问本市。"她惊呼起来，对只有一条胳膊的人来说——他的左手两年前被收割机切断了——像那样站在梯子顶端也太危险了。

"大家一起去！"她大喊一声，继续往前走，好像那些骑手和马儿让她充满了孩子般的狂喜，让她忘掉了之前对广告工人的同情。

"我们去吧。"他吧嗒吧嗒冒出这几个字，重复了她的话。不过他说话时的那种扭捏令她畏缩。"大家一起去看马戏。"不，他说的不对。他没有那种感觉。但是为什么呢？她觉得奇怪。他到底出了什么问题？她这会儿真的挺喜欢他的。她问道，难道小时候没人带你们去看过马戏表演吗？从来没有，他回答，好像她刚好问了一个他盼望已久的问题，就像这些天他都在等待着倾诉自己小时候为什么没能去看马戏表演。他来自一个大家庭，九个兄弟姐妹，就靠父亲一人工作。"拉姆塞夫人，我父亲是药剂师，开了一间杂货店。"自打十三岁起,他就靠自己谋生。他经常一整个冬天都没有一件大衣。在大学时他从来也无法"回报别人的热情款待"(这是他又干又硬的原话)。他必须让自己的东西比其他人的耐用一倍;他抽最廉价的烟草、烟丝,就是码头上的老头们抽的那一种。他拼命工作——一天工作七个小时。他现在研究的课题是某种事物对某人的影响——他们边说边往前走,拉姆塞夫人没太听懂他的意思,只是断断续续地听到一些单词——论文……研究员职位……高级讲师职位……讲师职位。她听不懂那些他脱口而出、令人生厌的学术术语,但她暗自思忖,现在终于明白了,为什么去看马戏表演这件事会让他感到如此挫败,可怜的小伙子,她也明白了为什么他立刻把父母和兄弟姐妹的情况和盘托出。她会确保那些孩子们不再取笑他,她要把这个告诉普鲁。在她看来,他更愿意跟外人说起的是自己如何与拉姆塞一家人去看易卜生的戏剧,而不是马戏。他真是一个自命不凡的讨厌鬼——噢,是的,一个令人无法忍受的讨厌鬼。现在他们虽然已经到了城里,走在大街上,身旁驶过的马车碾压着路上的鹅卵石,但他仍然说个不停——关于将来的职业、教师、工人、帮助我们的阶层,还有那些讲座……直到她意识到他已经完全找回了自信,已经完全从马戏团的打击中恢复了,正准备(现在她又挺喜欢他了)告诉她——但是,此时,道路两旁的房子已被远远抛在身后,他们已经来到码头上,整片海湾展现在他们面前,拉姆塞夫人忍不住惊呼:"噢,实在是太美了!"她眼前是一望无垠的蓝色大海,远处是灰白色灯塔,遗世独立于海水中央。而在右手边，目光所及之处，那些绿色的沙丘身上披戴着游弋的野生水草，在海浪的冲洗之下，慢慢消失，坍塌成软软的、低低的小皱褶，看上去像是要逃离到某个无人居住的月亮国度。

她停下来说，丈夫爱的就是这里的风景，她那灰色眼珠的颜色变得更深了。

她安静了片刻。但是这会儿，她说，艺术家已经来过这里了。的确，在那边，几步之外就站着一个艺术家，戴着巴拿马草帽，穿着黄靴子，神态严肃、柔和又专注。尽管有十个小男孩在旁围观，他圆圆的红脸蛋上还是流露出无比满足的神情，他凝视着眼前的景色，等看完后，就用画笔笔尖蘸一下柔和的绿色或粉色颜料。自从三年前庞斯福特先生来这里后，所有的画都长那样，她说，绿色和灰色混在一起，点缀着一些柠檬黄色的帆船和海滩上的粉色女士。

他们经过画家的时候，她偷偷瞥了几眼说，她祖母的朋友们最辛苦了，首先他们要自己混颜料，然后磨碎，之后为了让颜料保持湿润的状态，要用湿布把它们盖起来。

所以坦斯利先生猜想，她是想让他看看那个男人的画太平淡了，人们是这么说的吗？颜色不够丰满？人们是这么说的吗？自从他在花园里想要帮她拿包后，就逐渐萌生出这样一种感情；在他们进城之后，他想要向她坦白关于自己的一切之时，这股感情逐渐增强，随着一起散步，这一路下来，感情不断发展，在这股强烈感情的影响下，他越发能看清自己，而以前所了解的一切都变得不一样了。这实在太奇怪了。

他站在这个狭窄的小房子的客厅里等着她，是她带他来的，现在她需要一点时间到楼上去见一个女人。他听到楼上传来她快速的脚步声，听到她愉快的声音，然后对话声低了下来。他看着那些地毯、茶叶罐还有玻璃罩，等得有点不耐烦，他迫不及待地想要走回家，下定决心要在回家的路上替她拿包。然后他听到她出来了，关上门，对房间里的人说，必须要把窗户开着、把门关上，然后对着房子问，他们是否需要什么东西（她肯定是在和一个孩子说话）。突然之间，她走了过来，安静地站了一会儿（就好像她刚才在楼上的表现都是假装的，而现在需要一点时间让自己恢复正常），她一动不动地站在维多利亚女王的画前，画中的女王佩戴着嘉德勋章的蓝色缎带，他突然之间意识到那种不可名状的感情就是这个：就是这个——她是他见过的最美丽的人。

她眼中闪烁着星辰，头上披戴着面纱，还有樱花草和野紫罗兰——他在胡思乱想些什么？她至少有五十岁了，她生过八个小孩。她穿过鲜花绽放的田野，怀抱着凋零的花蕾和迷失的羊羔；她眼里闪着星光，微风拂过她的发丝——他拿起了她的包。

"再见了，艾尔西。"她说，然后他们走到街上，她把阳伞举得笔直，走路的样子像是会在街角遇到熟人，而对查尔斯·坦斯利来说，他有生之年第一次感到无比骄傲；一个正在挖排水沟的男人停下来看着她，任凭自己垂着胳臂,就这样看着她;查尔斯·坦斯利有生之年第一次感到无比骄傲,因为他正和一位美丽的女性一同散步,感受到了迎面吹来的风,还有樱花草和野紫罗兰。他替她拿着手提包。

第二章

"詹姆斯,去不了灯塔了。"坦斯利说道,为了表示对拉姆塞夫人的尊重,他说话的语气变得柔和了一些,至少想要表现得和蔼可亲。

真是讨厌的小伙子,拉姆塞夫人想,为什么不停地说那句话?

第三章

"也许等明天醒来,你会发现外面艳阳高照、鸟儿欢唱。"她摸着小男孩的头发,安慰道,因为她能看出来,丈夫尖酸刻薄地不停说着明天天气肯定不好,让詹姆斯心情沮丧。她看得出,孩子非常期待灯塔之行,而丈夫那句尖酸刻薄的"明天不会天晴"仿佛还说得不够多,那个讨厌鬼还来火上浇油。

"也许明天就放晴了。"她摸着儿子的头发说。

她现在唯一能做的就是表扬詹姆斯剪下来的冰箱图片,然后一页页翻阅商品目录,希望能从中找到像是草耙或是割草机的图片,它们那些尖叉和手把需要精湛的技术,要小心翼翼才能剪得下来。她想,这些年轻人都以拙劣的方式模仿她的丈夫,如果他说马上要下雨了,那些年轻人就会跟着说肯定有场龙卷风。

她翻着目录寻找草耙或者割草机图片,却突然被打断了。那粗声粗气的喃喃低语,被时不时从嘴里取出又放回的烟斗中断,虽然她听不清那些对话的内容(因为她坐在窗户里面,而窗子面对露台敞开着),可那断断续续的对话让她确信窗外的男人们聊得非常开心。外面充斥着各种声响,比如说球落在球拍上的撞击声、玩板球的孩子们偶尔发出的尖锐叫喊声——"那球怎么样？打得怎么样？"至今持续了半个小时的对话声，取代了窗外高高低低压迫她的声音，那令她心安，但现在对话声却停止了，于是只听得到海浪拍打沙滩的单调声响。大部分时间里，节奏清晰的海浪抚慰地敲打着她的思绪，当她和孩子们坐在一起时，一遍又一遍重复着古老的摇篮曲，仿佛是一种安慰，大自然在低吟："我在守护着你，我是你的依靠。"可在其他时候，在毫无预料的情况下，尤其是当她的心思从手边的活儿中稍稍分神时，海浪的拍打就显得不那么仁慈，它就像是一阵阵可怕的鼓声，无情地敲打着生命的节拍，让人觉得整个岛屿将要被摧毁、被大海吞噬，海浪就像在警告她，日子就在一件件琐事之中飞速流逝，最后一切不过就像是转瞬即逝的彩虹——这声音原本在其他声响的掩藏之下变得模糊不清，突然之间像惊雷一般在她耳旁轰隆作响，让她在那一瞬间感到的恐惧中，抬起头来。

谈话停止了，这是她情绪突然产生变化的原因。只用了一秒钟，她从刚才支配自己的紧张情绪中挣脱出来，走到另一个极端，就像是要补偿那种不必要的情感耗损，她现在变得冷静、愉快，甚至有一点邪恶，她得出的结论是：可怜的查尔斯·坦斯利落败了。这对她来说无关紧要。如果丈夫需要祭品（他的确需要），她会兴高采烈地献上查尔斯·坦斯利，那个刚才挤对她小儿子的家伙。

她又抬头听了一会儿，好像在等待某个习惯了的声音，某个有规律、机械的声音；然后，她听到花园传来某种有韵律的声音，听起来像是喃喃自语，又像是在吟唱，丈夫在露台台阶上来回走个不停,她听到介于低沉沙哑的牢骚与诗歌之间的声音,再次感到宽慰,她确定一切恢复正常了,低头看看膝盖上的书,发现一张六刃折刀的图片,詹姆斯必须非常小心才能把这张图剪下来。

突然,传来一声惊呼,仿佛出自半睡半醒的梦游者之口:

"被枪林弹雨攻击。"[1]

类似这样的句子在她耳边高声响起,她担心地转过身,看看是否有其他人听到他的喊声。庆幸的是,她发现只有莉丽·布雷斯克在场,那就没什么关系。一看到那女孩站在草坪的尽头画画,她才想起来,为了让莉丽画画,自己本该让头部尽可能地保持在同一位置上。莉丽的画!拉姆塞夫人笑了。莉丽的眼睛小小的,像中国人的眼睛,脸皱皱的,她永远也嫁不出去;而其他人也不会太把她的画当回事儿;她是个独立的小家伙,拉姆塞夫人就是喜欢她这一点;因此想起了自己的承诺,她低下了头。

1　出自英国诗人阿尔弗雷德·丁尼生的诗歌《轻骑兵的冲锋》。

第四章

真是的,他几乎要把她的画架撞翻,他挥舞着双手朝她冲下来,大喊着"我们大胆地往前冲"[1],但谢天谢地,他突然急转身,离她而去,她猜想他大概是要前往巴拉克拉瓦高地英勇就义去了。从没有任何人能在如此滑稽的同时,也如此令人恐惧。但只要他继续像这样挥舞着双手、喊叫着,她就是安全的;他不会停下来站在那里看她的画。而这正是莉丽·布雷斯克无法忍受的。就连在她注视着画布上的色块、线条、色彩,注视着拉姆塞夫人和詹姆斯一同坐在窗边的时候,她依旧对周遭保持警惕之心,唯恐有人偷偷溜到身边偷看她的画。但此刻,她的感官已经在刺激之下敏锐起来,她使劲看着、盯着,直到最后墙壁和远处铁线莲的颜色映入她的眼帘,她才意识到有人从房子里走了出来,向她走来。要是坦斯利先生、保罗·瑞雷、明塔·道尔,或者是其他任何一个人走来,她早就把画布翻扣在草地上,但不知怎么的,从脚步声中可以推测出来的是威廉·班克斯。于是虽然画笔在手中颤抖,她却没有翻扣画布,而是依然让它立在草坪上。威廉·班克斯

---

[1] 同上。

站在她身边。

他俩的房间都在村子里，所以每天一同进出，深夜在门口告别，他们聊着汤、孩子、一些有的没的话题，而正是这些闲谈让他们建立起一份友谊。于是当他像现在这样，以略带评判的姿态站在身边时（他年纪大得足以当她的父亲，是一位植物学家和鳏夫，身上散发着肥皂的香味，非常谨慎，十分爱干净），她同样只是站在那里。他就那样站着。他发现她的鞋子很棒，能让脚趾自然地舒展开来。和她住在同一个房子里也让他意识到，她的生活是如此规律，早餐前起床，然后出去画画，他相信她是一个人去的，大概她家境清贫，当然没有道尔小姐那样的容貌和魅力，但她拥有良好的理解力，这让她在他的眼中比道尔小姐更胜一筹。好比说此刻，拉姆塞先生正大喊大叫、指手画脚地朝他们逼近，他觉得布雷斯克小姐一定能够理解。

"有人犯了错。"[1]

拉姆塞先生瞪着他俩，他瞪着他俩却根本没看见似的。这的确让他们感到些许不适。他们一同看到了本不该看到的事情。他们侵犯了别人的隐私。班克斯先生几乎立刻说了句"现在天气挺凉爽的"，建议大家一起随便走走，于是莉丽想，这大概是他想要离开的借口，想要走到听不

---

1 同上。

见拉姆塞先生喊叫的地方去。好的,她愿意去散步,但是她实在难以把目光从自己的画上移开。

铁线莲是鲜艳的紫色;墙壁洁白耀眼。既然这就是她眼中所见,她认为不把那鲜艳的紫色和耀眼的白色真实地呈现出来是不诚实的,虽然自从庞斯福特先生来访后,把一切看成苍白、优雅而半透明的,似乎成了一种时尚。然而在色彩之下,还有形状。她看的时候,可以看得如此清晰、如此深刻——只是当她用手握起画笔时,一切都改变了。就是在远处的景色转变成画的这一瞬间,魔鬼缠上了她,常常把她逼到落泪的边缘;让这段从构思到创作的过程,变得就像是任何一个小孩子穿过黑暗的通道一样可怕。这就是她常常感受到的——自己在逆境中挣扎,才能抱有勇气去说:"但这就是我看到的,这就是我看到的。"只有这样,她才能把自己眼前残存的那一点可怜景象紧紧抱在胸前,而有上千种力量竭尽全力要把那景象从她身上夺走。也就是在此刻,在冷风之中,正当她开始作画之时,其他烦琐的事情涌入脑中:她的不足之处,她的无关紧要,她要为住在布朗普顿的父亲操持家务,以及她费了九牛二虎之力才克制住自己的冲动(谢天谢地到目前为止都克制住了),没有拜倒在拉姆塞夫人的脚下对她说——但她能对拉姆塞夫人说什么呢?"我爱上你了?"不,这不是真的。"我爱上了这里所有的一切。"她边说边朝着篱笆、那幢房子,还有孩子们挥挥手。这太荒谬了,这是不可能的。于是她把画笔整齐地放回盒子里,让它们一支支地排好,然后对威廉·班克斯说:

"突然之间冷起来了。阳光温度好像降低了。"她环顾四周道,因为还有足够的光线,草地看上去依然是柔和的深绿色,绿地之中开着紫色的西番莲花,那座房子深处于紫花和绿地之中,令人无法忽视,湛蓝的高空上传来白嘴鸦冷冷的叫声。但有什么东西在移动,一闪而过,在空中转动着银色的翅膀。毕竟已经是九月了,九月中旬,而且已经是傍晚六点之后。于是他们朝着平日里的方向,漫步走出花园,经过网球场,穿过蒲苇草地,来到浓密树篱的缺口处。这里由火炬花看守,它们像火盆里燃烧的煤炭一样通红,在火炬花之间,海湾海中那蔚蓝的海水看上去比以往都要蓝。

出于某种需求,他们每天晚上总会到这里来。仿佛在干涸的陆地上已经枯竭的思绪可以跟随着海水飘浮起来,再次远航,这甚至让他们的身体真实地感受到一丝解脱。首先,颜色的脉搏将整片海湾染成蓝色,然后心脏也随之律动,身体遨游其中,只是在下一瞬间,它被汹涌的海浪上那一片刺人的黑色所遏制,又消沉下去。然后,在那巨大的黑色岩石后方,每天傍晚时分,几乎都会喷射出白色的泉水,因为喷射的时间并不规律,所以必须一直留意,但看到喷泉出现时,就令人十分喜悦。在等待的过程中,可以看到海浪接二连三地拍打着昏暗的半圆形海滩,一次又一次轻轻地脱下珠母的薄膜。

他们站在那里,两个人都在微笑。他俩感受到一种共同的快乐,先是为涌动的波浪所激动;然后是破浪而来的快速帆船,帆船在海湾里划出一道弧线,随后停下来,船身抖动起来，船帆放了下来。然后，基于完善这一画面的本能，在观察完帆船的剧烈运动后，他们两人都纷纷望向了遥远的沙丘。刚才的快乐瞬间消失得无影无踪，取而代之的是一股忧伤——一部分原因是所有的一切已经结束了，另一部分原因在于，远处的风景似乎要比观景者多存在了上百万年（莉丽想），而且那片景色早已和注视着沉睡大地的天空攀谈起来。

看着遥远的沙丘，威廉·班克斯想起了拉姆塞——他想到在威斯特摩兰的一条小路上，想到拉姆塞在寂寞的笼罩下独自跨着大步走在路上，而这层孤寂似乎就是他的本色。但他在前行之时突然被拦住了，威廉·班克斯记得（这确有其事）肇事者是一只母鸡，她伸展开翅膀保护一群小鸡，拉姆塞看到这番情景，停下脚步，用他的拐杖指着母鸡说："漂亮……漂亮。"班克斯心里产生了一种奇怪的顿悟，这表现出拉姆塞的简单质朴以及对于弱者的同情，可对班克斯来说，他们之间的友谊似乎就在这条延绵的道路上划下了终点。在那之后，拉姆塞就结婚了。再之后，事情接二连三地发生，他们彼此间友谊的精髓已经消失殆尽。也说不上是谁的过错，只是，过了一段时间之后，人生轨迹之中的反反复复取代了新鲜事物。也正为了重逢他们才再次碰面。但是，就在这次和沙丘的无声对话之中，他坚持自己和拉姆塞的情谊并没有减少，他们的情谊就在那儿，就像是在泥潭之中躺了上百年的年轻躯体，唇上有一抹鲜红，那就是他们的情谊——敏锐而真实，横躺在海湾对面的沙丘之中。

他感到焦灼不安，一方面是为了他俩的友谊，另一方面也可能是为了摆脱自己对于内心干涸与枯竭的归咎——因为拉姆塞儿孙满堂，而班克斯是个无儿无女的鳏夫——他还很担心莉丽·布雷斯克，希望她不会看不起拉姆塞（以他独特的方式来说，他是个出色的男人），可同时又希望她能够理解自己和拉姆塞之间的关系。他和拉姆塞的友谊在多年以前，在威斯特摩兰的路上，在那母鸡伸展开双翅护着她的小鸡的时候，就彻底枯竭了。自那之后，拉姆塞结了婚，他俩分道扬镳，当然这并不是谁的过错，当他们再次相遇时，还是有一种重复过去的趋势。

是的。就是如此。他结束了这场无声的对话。他转过身背对着那片风景，朝着另一条路走上车道。要不是这些沙丘向他揭示了他和拉姆塞的友谊——那具躺在泥潭之中、带着一抹红唇的躯体，班克斯本不会注意到之前没意识到的事：比如说那个小女孩凯敏，拉姆塞最小的女儿。她正在岸堤边上摘香雪球花。她任性而凶悍，保姆让她"把花送给那位先生"的时候，她不肯听。不！不！不！她就是不给！她握紧拳头。她跺着脚丫。而班克斯先生感到苍老而悲伤，不知道怎么的，他的友谊让她产生了误会。他肯定已经干涸枯竭了。

拉姆塞一家并不富有，他们是如何想方设法维持这一切的，简直是个奇迹。八个孩子！仅靠哲学来养活八个孩子！这会儿又来了他的另一个孩子，这次是贾斯伯溜达过去，"想要打鸟儿，"他满不在乎地说道，走过莉丽身边的时候，他像挥动水泵把手似的摇了摇莉丽的手，这让班克斯先生酸溜溜地说："莉丽才是大家的最爱。"现在还要考虑教育问题（的确，或许拉姆塞夫人有自己的想法），更不要说那些"了不起的家伙们"，他们都是发育良好、棱角分明、粗野蛮横的年轻人，日常肯定要耗损不少鞋袜。至于要把每个孩子对上号，搞清楚他们的长幼次序，这就超出他的能力范围了。他私下里照着英国的国王和王后来称呼他们：阴险的凯敏、冷酷的詹姆斯、正直的安德鲁、美丽的普鲁——因为普鲁肯定会出落成美人的，他想，她怎么可能长得不美呢？——而安德鲁会拥有智慧。班克斯沿着车道走，莉丽·布雷斯克对他的话时而赞同，时而反对，偶尔提升一下他对孩子们的评价（因为她爱所有的孩子，爱这个世界）。此时他在心中衡量着拉姆塞的情况，他同情他、嫉妒他，仿佛他已经看到拉姆塞舍弃了离群索居、刻苦耐劳的荣光给自己年轻时带来的成就，现在就像张开双翅的母鸡，被嗷嗷待哺的子女所拖累。孩子的确能给他带去一些东西——威廉·班克斯承认这一点；如果凯敏给他的大衣插上一朵鲜花，或者像趴在她父亲肩头一样，趴在自己的肩膀上看维苏威火山爆发的照片，那会让他很愉悦；可他的老朋友们很难不察觉到，这些孩子同时也摧毁了什么。现在一个陌生人会怎么想？这位莉丽·布雷斯克会怎么想？谁能不察觉到他身上滋长起来的那些习惯，或者说怪癖，弱点？让人震惊的是，一个拥有如此才华的人竟然能够像他这样沦落到如此地步——但这话也有点太苛刻了——能够像他这样沦落到如此依赖他人的赞誉。

"噢，但是，"莉丽说，"想想他的著作！"

每当她"想到拉姆塞先生的著作"，眼前总是清晰地看到一张硕大的餐桌。这都怪安德鲁！她问过安德鲁他父亲的书讲的是什么。安德鲁回答："主体、客体以及现实的本质。"当她回答"天啊，完全搞不懂那都是什么意思"时，他对她说："想象厨房里有一张餐桌，你却不在那儿。"

所以现在每当她想起拉姆塞先生的著作，她总会看到一张擦得干干净净的餐桌。此刻那餐桌就嵌在一棵梨树的树杈上，因为他们已经走到了果园。现在她用尽全力，不让注意力集中在有银色凸起的树皮上，也不集中在梨树的鱼形叶片上，而是集中在那张餐桌的幻影之上。那是一张擦洗干净的木桌，木纹斑驳、疙疙瘩瘩，使用多年后，牢固结实似乎就是它最明显的优点，现在它就杵在那儿，四脚悬在空中。当然，不论是观看事物生硬的本质，或者把这样一个有着火红晚霞、湛蓝天空以及银色树皮的美丽夜晚缩减成一张四腿白色松木餐桌（而这样做是最聪明的人的标志），如果一个人每天干的就是这些，那自然也不能以普通人的标准去衡量他。

班克斯先生喜欢莉丽，因为她让他"想想拉姆塞先生的著作"。他常常想起拉姆塞的著作。他无数次想起："拉姆塞是那种在四十岁前达到事业顶峰的人。"在他年仅二十五岁的时候，写了一本小书，对哲学做出了明确的贡献；在那之后的著作，大多是之前作品的扩充或重复。但是能对任何领域做出明确贡献的人毕竟是少数，他停在梨树边说道。这话措辞得体、滴水不漏、公正不阿。莉丽对班克斯的感想已经积攒得越来越多，突然，仿佛通过他手上的一个动作得到了释放，她对他的感情犹如雪崩倾泻而下。这是一种感觉。他存在的本质从一阵烟雾中升起。这是另一种感觉。这种强烈的感受让她震惊不已，是他的严肃，是他的善良。我尊重你的一切（她在心中默默地对他说），你不虚荣，你保持客观，你比拉姆塞先生更好，你是我所认识的最好的人，你没有妻子和儿女（和性的欲望无关，她渴望去珍爱他的那份孤寂），你是为科学而活的（不由自主地，她眼前浮现出马铃薯切片），赞美是对你的侮辱，多么慷慨、纯洁、英勇的人啊！但与此同时，她记得他是如何大老远地把男仆带到这里，他不让狗上椅子，他会滔滔不绝地谈论蔬菜的含盐量和英国厨师水平的不足（直到拉姆塞先生摔门而出）。

那么该如何解决所有这一切？你要如何评价他人，看待他人？你怎样把各种因素叠加起来，得出喜欢或是讨厌一个人？而那些话语到底有什么意义呢？此刻，她站在梨树旁边，看上去在发呆，关于这两个男人的印象涌上心头，想要追随她的思绪，就像是要追随一个语速飞快、难以用笔记录下来的声音，那是她自己的声音，说出的话并不会激起什么不可否认的、永恒的、矛盾的事情，甚至连梨树树皮上那些裂缝和树瘤也无法永远留在那里。你是崇高的，她继续说，但是拉姆塞先生完全不具备这些品质。他小气、自私、虚荣、任性，他被宠坏了，他是个暴君，他把拉姆塞夫人折磨得要死，但是他有着你（她对班克斯先生说）所没有的东西，一种炽热的超脱世俗的特性，他对琐事一窍不通，他爱他的狗和他的孩子们。他有八个小孩，班克斯先生一个也没有。那天晚上，他不是穿着两件大衣下楼来，并让拉姆塞夫人把他的头发修剪成布丁碗的形状[1]？这些想法就像是一群蚊子上下飞舞，每一只都是独立的，可又都被精巧地控制在一张看不见的松紧网中——它们在莉丽的脑海中上下起舞，在梨树的枝干周围飞来飞去（那张擦得一干二净的餐桌拟象依然悬挂在梨树上方，象征着她对拉姆塞先生思想的深切敬意），直到最后，越转越快的思绪因为自身太过紧张而爆炸，她感觉到解脱。不远处响起一阵枪声，枪响过后，一群热情洋溢的椋鸟受到惊吓，吵吵嚷嚷地飞走了。

"贾斯伯！"班克斯先生说了一句。椋鸟飞过平台，他们转身朝着鸟儿飞行的方向走去，尾随着空中疾速飞翔的零零落落的椋鸟，穿过高篱笆的缺口，径直来到了拉姆塞先生面前。他悲壮地对他们吼道："有人犯了错！"

他的目光因为激动而呆滞，因为过于悲伤而有些挑衅，在彼此目光交汇的刹那，在即将要认出他们的那一刻，他颤抖起来；随后他举起手半遮着脸，像是在恼羞成怒的痛苦之中，想要避免、摆脱他们正常的目光；像是在恳求他们把他自知是不可避免的事延后片刻；像是他因为吟诵被人打搅所表现出的孩子气般的怨恨给人留下了深刻印象，然而，甚至在被人撞破的那一刻，他也没有彻底被击垮，而是决心要紧紧抓住这种美妙的情绪，抓住这种令

---

[1] 把布丁碗盖在头上剪出来的发型或类似发型。

他羞愧又陶醉的不洁狂想曲——他突然转过身,"砰"的一声关上自己的门。然后莉丽·布雷斯克和班克斯先生不安地抬头看着天空,发现刚刚被贾斯伯用枪驱散的那群椋鸟,已经栖息在榆树顶上。

第五章

　　威廉·班克斯和莉丽·布雷斯克经过时，拉姆塞夫人抬头看了他们一眼，暗自忖度：莉丽的迷人之处在于她那双长得像中国人的眼睛，斜斜地嵌在皱皱的白色小脸蛋上，可是得要聪明的男人才懂得欣赏。她边想边说："就算明天天气不好，也还有其他机会的。然后现在……现在站起来，让我量量你的腿。"毕竟他们明天还有可能去灯塔，她得看看袜子是否还要再织长一两英寸。

　　拉姆塞夫人笑了起来，有个绝妙的想法此刻在她脑中一闪而过——威廉和莉丽应该结婚——她拿起自己织的混色毛袜，袜口上还带着十字交叉的钢针，比着詹姆斯的腿量了一下。

　　"亲爱的，站好了别乱动。"她说。詹姆斯有点嫉妒，不愿意为灯塔看守人的小儿子充当量袜子工具，他烦躁地故意动个不停。但如果他随便乱动，她怎么看得出来，到底袜子是太长还是太短？她说道。

　　她抬起头——到底是什么让她最年幼、最宝贝的儿子鬼迷心窍？——她看看整个房间，看到那些椅子，觉得它们破旧得吓人。就像安德鲁那天说的，房间的"五脏六腑"零零落落，撒得遍地都是。她不禁问道，就算买了好椅子,让它们一整个冬天都浪费在这里又有什么意义呢?反正房子只有一个老妇人看着,估计还是会滴滴答答、不停漏水。无所谓,房租刚好是两个半便士;孩子们喜欢这里;而对丈夫来说,能够来到千里之外(好吧,如果她必须精准一些,是三百英里之外),远离他的图书馆、讲座和门徒,是有好处的;而且还有空间接待访客。那些从伦敦家中结束了服务生涯的地毯、行军床和摇摇晃晃的破桌椅在这里刚好物尽其用,还有一两张照片和书籍。书,她想,可是会自动变多的。她从来都没时间去读那些书。唉!就连那些诗人亲手题字送给她的书也没时间看:"赠予愿望必被遵从的夫人""赠予我们生活中更快乐的海伦"……说来也惭愧,她从未读过这些书。克鲁姆[1]在《心智》[2]期刊上发表的文章和贝茨[3]关于波利尼西亚[4]野蛮风俗的内容("亲爱的,给我站好。"她说)——无论哪本书都不适合送去灯塔。她想,到了某个时刻,这房子肯定破旧到必须采取一些措施不可。如果他们能够学会在进门前擦擦脚,不要把海滩上的沙子带进房间——就很了不起了。如果安德鲁想要解剖螃蟹,她必须批准;如果贾斯

---

[1] 乔治·克鲁姆·罗伯森(1842—1892),苏格兰哲学家,是《心智》的首位编辑。
[2] 牛津大学出版社在哲学领域的权威学术期刊,1876年首刊,已有上百年历史。
[3] 在1901—1910年前,并没有名叫贝茨的人出版过关于波利尼西亚野蛮风俗的书籍。
[4] 位于太平洋中西部的大片群岛,包括夏威夷、新西兰等,到1910年时,已经引起了人类学、考古学等学术界的巨大关注。

伯相信能够用海藻煮汤，她总不能拒绝；或者是罗丝想要带回来的东西：贝壳、芦苇和石头——她的孩子们都有天赋，只是每个人有所不同。她举着袜子在詹姆斯的腿边比来比去，轻轻叹了口气。她打量了一番房间，从天花板到地板，结果是，随着一个个夏天的过去，这个房子里的东西会越变越破。地毯在褪色，墙纸翘起来在风中摇摆，甚至看不出墙纸上面的图案本来是玫瑰的形状。而且，如果房子里的每一扇门都永远大敞着，整个苏格兰也没有一个锁匠会修门闩，那里面的东西肯定会坏掉。在画框边上挂一条绿色的羊绒披肩又有什么用呢？不出两周它就会变成豌豆汤的颜色。让她真正感到恼火的，是房子里的门，每一扇门都敞开着。她听了听。客厅的门开着，大厅的门开着，卧室的门听上去好像也开着，楼梯平台的窗户肯定开着，因为那是她自己打开的。那些窗户应该开着，而门应该关上——就这么简单一件事，难道他们没一个人能记住？她会在夜里走进女佣的卧室，发现她们的房间被封得严严实实，就像烤箱一样，只有一个房间例外，就是那个瑞士女孩玛丽，她情愿不洗澡也不能没有新鲜空气。但是在家乡，她曾经说过："那里的群山是如此美丽。"昨晚她眼里含着泪水望向窗外的时候就这么说了："那里的群山是如此美丽。"拉姆塞夫人知道玛丽的父亲在她的家乡已经时日不多。他即将离去，让孩子们失去父亲了。女孩一边痛骂一边示范（该如何整理床铺、如何打开窗户，像法国女人一样双手一会儿合拢，一会儿伸展），她说话的时候，周围的被褥都悄悄地折好了，就像鸟儿在阳光下飞翔了一阵子后，悄悄地收好了自己的翅膀，蓝色的羽毛从明亮的金属色泽变成了柔和的紫色。拉姆塞夫人安静地站在那儿，因为她没什么好说的。他得了咽喉癌。她回忆着——自己是如何站在那里，女孩是如何说出"在家乡的群山是如此美丽"，但毫无希望，没有任何希望，一阵怒意涌上心头，她严苛地对詹姆斯说："给我站好。不要那么讨厌。"他立刻知道她是真的生气了，于是把腿挺直让她量袜子。

袜子太短了，至少短了半英寸，这还是把索雷的小儿子不如詹姆斯高的因素考虑进去了。

"袜子太短了，"她说，"实在太短了。"

从没有人看上去如此悲伤。痛苦而阴郁，就快要坠入黑暗之中，从竖井口的明亮阳光跌入地下的深渊，在坠落的过程中，或许涌出了一颗泪珠，泪水滴落；来回涌动的水流将泪珠吞咽，趋于平静。没有人看上去如此悲伤。

人们说，难道除了外表之外就没有其他什么了？她的美貌和光彩的背后隐藏着什么？他一枪崩了自己的脑袋？他们问道，是像大家听到的流言蜚语那样——她以前的其他情人，在他俩婚前一周死了，还是说其实什么事也没有？除了她拥有的无与伦比的美丽、那无论如何也无法掩盖的美貌之外，再没有别的什么了？当她遇到伟大的激情、爱情的受挫、野心的受阻这些故事时，在某些亲密的时刻，她本可以很轻易地说出自己也曾知晓、感受过或经历过——但她从来没有说过。她总是保持沉默。她那时就知道——她不用学就知道。她的单纯能让人看透聪明人的弄虚作假。她的思想专注，让她像石头一样垂直坠落，像鸟儿飞落一样精准；很自然地，让她的精神能够俯冲并且落在真相之上，这真相让人感到愉悦、感到放松、感到安稳——或许也可能只是假象。

"大自然用于雕塑你的泥土是很稀有的吧。"班克斯说道，有一次他被电话里的声音打动，而她仅仅是告诉他火车的情况。他仿佛可以看到她在电话那头，像希腊女神一样，蓝眼睛、高鼻梁。和这样一位女性打电话是多么不协调啊。就像是美惠三女神[1]在开满了长春花的绿地上联手，才创造出那样美丽的脸庞。是的，他会搭乘尤斯顿十点半的火车。

"但她就像孩子一样，丝毫意识不到自己的美貌。"班克斯一边自言自语，一边把电话听筒挂回去，他走过房间看看工人的进展如何，他们正在他房子后面盖酒店。他看着那些尚未完工的墙壁间的骚动，想起了拉姆塞夫人。他一直以来都觉得，她那张和谐的脸庞上总是掺杂了一些不协调的东西。她随手把一顶猎鹿帽子戴在头上，她穿着橡胶套鞋跑过草坪去逮一个不听话的孩子。所以，如果仅是考虑她的美貌，就必须记住那些让人颤抖的东西、那活生生的东西（班克斯看着他们，工人正往一个小支架上搬砖块），然后把它加入画面之中；如果单纯把她看成一个女人，就必须赋予她一些古怪的特质——她不喜欢被人倾慕——又或者说她有种潜在的欲望，想要摆脱优雅高贵的

---

1 指希腊神话中宙斯的三个女儿，是妩媚、优雅和美丽的化身。

外表，就好像美貌和人们对美貌的评价让她感到厌烦，她别无他求，只想像其他人一样，普通平凡。他不知道。他并不知道。他必须去工作了。

她织着红棕色的毛袜子，镀金的画框诡异地映衬出她脑袋的轮廓，还有她随手丢过去挂在画框边上的绿色披肩，那幅鉴定过的米开朗基罗的杰作……拉姆塞夫人缓和了她刚刚严厉的态度，抬起小男孩的头，在他额头上亲了一下。"让我们再找一张图片剪吧。"她说。

第六章

但刚才发生了什么？

有人犯了错。

她从沉思中猛然惊醒，好长一段时间在她心中毫无意义的话，现在被赋予了意义。"有人犯了错"——她用近视的双眼盯着丈夫，他正在向她逼近，她目光坚定地凝视着他，直到他离得很近（诗歌的韵律在她脑中自动配对），她才意识到有事发生，有人犯了错。但是她无论如何想不出究竟发生了什么。

他颤抖起来，他哆嗦起来。就在他像惊雷一样残暴、像老鹰一样残酷，骑马带领他的部队穿越死亡之谷时，他所有的虚荣心、所有对于自己辉煌成就的满足感都已经被粉碎、被摧毁了。暴风雨般猛烈的枪炮攻击，我们英勇无敌地策马奔腾，挥舞着兵器穿过死亡之谷，万弹齐发、炸雷轰天[1]——他直接冲到莉丽·布雷斯克和威廉·班克斯面前。他颤抖起来，他哆嗦起来。

她是绝不会和他说话的——他回避的眼神，还有一些古怪行径，仿佛他要把自己包裹起来，躲藏到隐蔽的地

---

[1] 这几句话都节选自阿尔弗雷德·丁尼生的诗歌《轻骑兵的冲锋》。

方以重新获得平静——她从这些熟悉的迹象中意识到,他非常愤怒和痛苦。她摸了摸詹姆斯的头,把对丈夫的感情转移到儿子身上。她看着詹姆斯把陆海军商店购物目录中一件白色的男士礼服衬衫涂成黄色,她想,如果未来他能成为一位伟大的艺术家,对自己来说该有多好。但为什么他不能成为艺术家呢?他的额头长得多好。她丈夫再次经过时,她抬起头,发现他崩溃的情绪已经掩藏好了,家庭生活占了上风,生活习惯低声吟唱着舒缓的韵律。所以他再次走过来时,故意停下脚步,在窗边弯下腰,一时兴起,用小树枝还是什么的,取笑般搔了搔詹姆斯光溜溜的小腿。她揶揄他把查尔斯·坦斯利——那个"可怜的年轻人"打发走了。坦斯利必须要回房间去写论文,他说。

"詹姆斯总有一天也要写自己的论文。"他一边用树枝轻打着儿子的腿,一边讽刺地加了一句。

仇恨着父亲的詹姆斯拨开了那根树枝,父亲用这种夹杂着严厉和幽默的奇怪方式,逗弄最年幼的儿子光着的小腿。

拉姆塞夫人说,她正努力把这烦人的袜子织完,这样明天就能送给索雷的小儿子。

明天根本没有可能去灯塔,拉姆塞先生粗暴地打断她。

他又怎么知道?她问道。风向经常会变。

她毫无理性的话语,女人愚蠢的想法都让他愤怒。他可是骑马穿过了死亡之谷,被粉碎,浑身颤抖。但现在她悍然不顾事实,让他的孩子对于完全不可能发生的事情燃起了希望,事实上,她就是在撒谎。他在石阶上跺起了脚。

"该死的。"他说。但她刚说了什么？仅仅是说明天也有可能天晴。的确有可能。

只要气温下降，风向朝西，就不可能。

为了追求真相，丝毫不考虑他人的感受，如此肆意、如此粗暴地撕开文明轻薄的面纱，简直是对人类尊严的侮辱，这对她来说太可怕了，于是她没有回话，只是毫不关心地茫然低下头，像是让从天而降的锯齿状冰雹和倾盆洒落的脏水飞溅在身上，却毫不斥责。没有什么话好说。

他安静地站在她身旁。最后，他非常恭谦地说，如果她乐意的话，他会去问问海岸护卫员。

在这个世界上，没有比他更让她尊重的人了。

她完全认同他的话，她说。只是这样一来，他们就不用切三明治了——仅此而已。因为她是一个女人，他们自然整天都因为各种事儿来找她；有人想要这个，其他人想要那个；孩子们都在成长；她常常觉得自己不过是一块浸满了人类情感的海绵罢了。然后他说，该死的。他说，肯定会下雨。他说，不会下雨；于是天堂的安全之门立刻在她面前打开。他是她最尊敬的人。她觉得，自己都不配替他绑鞋带。

拉姆塞先生已经为刚发的脾气和带领部队往前冲的手势感到羞愧了，他又羞怯地用树杈戳了一下儿子光溜溜的腿，然后像是得到她的批准可以离开了。他退下的动作异常奇怪，令他妻子想到动物园里的海狮，它们吞下自己的鱼之后，向后翻滚到水中，大摇大摆地游走，庞大的身躯左右激荡着水箱里的水。拉姆塞先生就是这样潜入暮色之中，夜里的空气已经开始变得稀薄，树叶和篱笆在夜色的包裹之下，身影越发模糊。作为回报，夜色又在玫瑰和石楠花上投下了它们白日不曾有过的光泽。

"有人犯了错。"他在平台上大步走来走去，又说了一次。

可语气产生了多大的变化啊！就像杜鹃鸟，"到了六月他就跑调了"，就好像他在反复尝试，为表达新的情绪找一些词汇，而嘴边只有这一句，虽然听上去很可笑，可他还是只能用这句话。听上去真的很滑稽——"有人犯了错"——像这样有旋律地说出这句话，就像在提问，没有任何说服力。拉姆塞夫人忍不住笑起来，果然没过多久，踱来踱去的时候，他哼了一句，然后闭上嘴，安静下来。

他安全了，又恢复到独处的私人空间。他停下来，点燃烟斗，看了一眼还坐在窗边的妻子和儿子，就像是一个人坐在快速列车上，抬起头，视线从书本转到窗外，看到一座农场、一棵树、一排小木屋，就像是一张插画，这幅画印证了他刚看的书本上那页内容，让他变得更坚强、更满足，所以虽然也分不清到底是儿子还是妻子，但只要看他俩一眼，就能让拉姆塞感到更坚强、更满足，可以让他的精力都集中于这颗绝顶聪明的大脑正竭尽全力思考的问题上，以求得到一种完全清晰的理解。

那是一颗绝顶聪明的脑袋。如果思想就像钢琴键盘分成不同的音符，或者说像是字母表按照二十六个字母排序，那么他绝顶聪明的大脑可以轻而易举、坚定而准确地从A开始，越过一个个字母，直到它到达，比方说字母

Q。他来到了Q级。在整个英格兰都很少有人能达到这个层次。此时，他在种着天竺葵的石瓮旁停了一会儿，妻子和儿子已距离他很远，他看着他俩一同坐在窗边，他们就像是捡贝壳的孩子们一样天真无邪，全神贯注地关注着脚边那些微不足道的琐碎事物，不知怎么的，对于他所预见的可怕劫难丝毫没有一点防备之心。他们需要他的保护，他保护了他们。但是过了Q之后呢？接下来是什么？Q之后还有好些字母，而最后一个字母几乎无法用肉眼看见，只是在远处闪着微弱的红光。每一代人之中，只有一个人能够登顶一次Z级。不过，如果他能够到达R，那已经很不错了。这里至少是Q。他在Q级扎稳了脚跟。他对Q有把握。他能够证明Q。如果现在是Q，那么Q之后就是R。他在花瓮把手上响亮地敲了两三下烟斗，把里面的烟灰抖掉，然后继续前进。"然后是R……"他鼓起勇气。他咬紧牙关。

他所拥有的忍耐、公正、远见、忠诚、技能这些品质，本来能够解救只带着六包饼干和一壶水且暴露在酷热大海上的一船人，这些优秀品质会帮他的。接下来是R——而R又是什么？

他聚精会神凝视的时候，一扇百叶窗像蜥蜴的眼皮似的，从眼前一闪而过，挡住了字母R。就在眼皮落下的黑暗瞬间，他听到有人说——他是个失败者——说R对他来说是遥不可及的。他永远也到达不了R级。朝着R，再来一次。R……

他的性格既不盲目乐观，又不过度沮丧，能够沉着冷静地审视未来、面对未来，这些能在穿越极地冰雪的孤独探险中让他成为领队、成为向导、成为顾问的品质,又来帮他了。R……

蜥蜴的眼皮又晃了一下。他脑门上青筋凸起。石瓮里的天竺葵突然之间变得格外显眼,虽然并非本人期许,但他从天竺葵的叶片之间,可以看到两类人之间古老而清晰的区别:一类是拥有超凡毅力、沉稳扎实的人,他们勤劳耐心、坚韧不拔地按照整个字母表的顺序,从头到尾把二十六个字母挨个走一遍;另一类是有天赋、有灵感的人,他们奇迹般地能够一下子把所有的字母融会贯通、总结到一起——那是天才们的方式。他不是天才,他从未自以为是天才——但是他曾经拥有,或者可能曾经拥有过,准确地按照顺序从字母A一个一个走到Z的能力。此时此刻,他困在了Q。然后,向着R,向着R进军。

空中已经飘起了雪花,山顶笼罩着迷雾,他知道自己必须在清晨到来时躺下迎接死亡,可即便如此他也不会让领队这个身份蒙羞,这种感觉悄悄袭上心头,让他的眼神黯淡无光。仅是在露台上绕圈的短短两分钟,就让他看起来像憔悴老人一样面容苍白。但是他绝不会躺下等死;他会找些悬崖峭壁,他要站在那儿凝视着暴风雪,直到生命的最后时刻,他也要试图用目光穿透黑暗,他要站着死去。他永远也到达不了R。

他站在开满天竺葵花的石瓮旁边,一动也不动。他问自己,到底十亿人中能有多少人到达Z呢?当然,认为希望渺茫的领队可能会问自己这个问题,而答案是"可能只有一个",这样的回答也算不上是对之前历险经历的背叛。

在一代人中只有一个人能到达Z。如果他不是那一个人，难道就要受到责备吗？假如他已经勤恳踏实地耕耘，已经竭尽所能、毫无保留地付出了所有呢？而他的声名能维持多久？就算是一个垂死的英雄，在他离世之前，想象有多少人会在他死后歌功颂德，这也是被允许的。他的声名或许能够持续两千年。而两千年又算什么？（拉姆塞先生盯着树篱，讽刺地问道。）如果从山顶俯视虚度的漫长时光，到底又算些什么？用脚踢起来的小石块都能比莎士比亚活得更长久。他弱小的光芒会闪烁个一两年，并不很明亮，然后融入更大的光亮之中，随后更大的光亮会再次被更明亮的光芒所融合。（他看着那个树篱，观察它错综复杂的细枝。）绝望无助的队长毕竟已经带领队伍爬到了足够高的山上，能够看到虚度的年华和繁星的陨落，那么如果在死亡使他的肢体僵硬、夺去他行动力之前，他有意识地把冻僵的手指举到额前，挺起胸膛，让搜救部队找到他的时候，看到他以一位出色士兵的姿态在岗位上殉职，谁又能责怪他呢？拉姆塞先生挺起胸膛，笔直地站在石瓮旁。

如果他就这样停留片刻，让自己的思绪沉溺于名誉之中，沉溺于搜救部队之中，沉溺于充满感激之情的后人在他的尸骨上垒搭起来的石堆纪念碑之上，谁能责怪他呢？最终，如果他历尽艰险，耗尽全身最后一丝力气，然后睡着了，也不在乎是否能够再次醒来，而此刻有什么东西戳着他的脚趾，让他感受到自己还活着，基本上自己也不介意继续活下去，只是他需要同情、需要威士忌，还需要立刻有人能够听他倾诉自己受苦的经历，可谁又能责怪这位注定失败的探险领队呢？谁能责怪他呢？当英雄脱下盔甲，驻足窗边凝视着他的妻子和儿子，谁又不会偷偷感到欣喜呢？一开始妻子和儿子离得很远，渐渐地越靠越近，直到最后他们的嘴唇、书本，还有脑袋都清晰可见，虽然还是那么迷人，可他们依然无法体会他的孤寂，体会到那虚度的年华以及繁星的陨落。他终于把烟斗放回口袋里，在妻子面前低下了自己伟大的头颅——谁又能责怪他向这世俗之美致敬呢？

第七章

但他儿子恨他。詹姆斯恨他父亲朝他们走来，恨他停在他们面前、俯视着他们；他恨他打断他们；他恨他得意扬扬、自以为是的姿态；他恨他卓越的头脑；恨他的无理索要和自我中心（因为他就站在那儿，要求得到他们的关注）；可他最痛恨的就是父亲那跌宕起伏的情绪，那种情绪在他们周围振荡，扰乱了他和母亲之间非常简单、美好的关系。他死死地盯着书本，希望这样能让他父亲快点走开；他指着书上的一个字，想要唤回母亲的注意力，他愤怒地知道，只要父亲一停在他们面前，母亲的注意力就开始摇摆。什么也不能让拉姆塞先生离开。他就站在那里，要求得到同情。

拉姆塞夫人刚才一直很放松地坐在那儿，怀里搂着她的儿子，她现在鼓起精神，身子微微侧转，似乎想要费劲起身，就在这一刻，她往空气里喷射出一股充沛的精力，一柱水珠，与此同时，她看上去神采奕奕、充满活力，就好像她体内蕴含的所有能量都被融为一体转化成力量，燃烧起来，放着光（虽然她安静地坐在那儿，手里又拿起了她的袜子）。而男人那致命的贫瘠就像是黄铜制成的喙，一毛不生，此刻把自己插入到这诱人的丰饶沃土、这生命的泉水和雨露之中。他想要得到同情。他是个失败者，他说。拉姆塞夫人晃了一下手中的毛衣针。拉姆塞先生的目光一直没从他妻子脸上移开，他又重复了一句，他是个失败者。她反唇相讥。"查尔斯·坦斯利……"她说。但他要的不只是那些。首先，为了肯定他的才华，他想要获得同情，然后他要被带到生命之圈当中，给他温暖和抚慰，让他恢复理智，让他那贫瘠的土地丰饶起来，让每个房间都充满生气——客厅；客厅后面的厨房；厨房上方的卧室；卧室后面的育儿室；所有的房间都必须摆满家具，它们都必须生机勃勃。

查尔斯·坦斯利认为自己是当代最伟大的形而上学家，她说。但是他必须拥有比那更多的东西。他必须拥有同情。他必须确信自己也活在生命的中心，也被需要着；而不仅仅在此处被需要，还要被全世界需要。她晃了晃毛线针，自信满满，直起腰板，她让客厅和厨房焕然一新，让它们蓬荜生辉。她让他放轻松，进进出出，怡然自得。她笑着，她织着袜子。詹姆斯僵硬地站在她双膝之间，感觉到她体内所有的力量点燃的火焰，都被那黄铜的喙吸食干净，最后彻底熄灭，而男性荒芜的弯刀一次次无情地击打，要求同情。

他是个失败者，他重复道。那么，看一看吧，感受一下吧。她晃着金属毛衣针环顾四周，她看向窗外，看进房间里面，看着詹姆斯。她用自己的笑声、自己的自信以及自己的能力（就像是保姆举着灯穿过漆黑的房间让一个坏脾气的小孩安心一样）向他保证，这一切毫无疑问都是真实的；房子里充满生气；花园里开满鲜花。如果他给予她绝对的信任，那没有什么能够伤害得了他；无论他埋得多深、攀得多高，她不会离开他身边一秒。她如影随形和保护的能力令人如此自豪，让她几乎没给自己留下一丁点可以辨认自我的外壳，她慷慨大方地付出了一切，消耗了自己的一切。而詹姆斯，他僵硬地站在她双膝之间时，感觉她已经升华为一棵硕果累累、鲜花绽放的蔷薇树，树上长着叶片和舞动的树枝，那个自私的男人，他父亲那黄铜的喙和荒芜的弯刀，又插又打，要求着同情。

听够了她的话，他像是一个心满意足地睡着了的小孩，心情恢复了，看上去焕然一新，最后他带着谦卑的感激之情看着她说，他要去转一圈，他要去看孩子们打板球。他离开了。

拉姆塞夫人似乎立刻把自己包裹起来，一片花瓣紧贴着另一片花瓣，整个身体因为太过劳累而瘫作一团，极度放松后感到筋疲力尽，她仅存的力气只够动动手指，翻着《格林童话》。一阵悸动涌上心头，创造的成功所带来的狂喜，就像是弹簧伸展到它长度的极限，现在缓慢地停止了弹跳。

在他走开的时候，这种悸动的每一次弹跳似乎都把她和她的丈夫包围起来，给予他们一种慰藉，这就像是同时弹下一高一低两种不同的音符，当它们结合在一起，就能交相呼应。尽管如此，当共鸣消失后，她又回到童话故事中，拉姆塞夫人不仅感到身体十分疲惫（之后，并不是当下，她总是感到疲惫），而且在身体疲劳之中，还掺杂着一些让她感到些许不愉快的感觉,这种感觉出自不同的缘由。并不是说她在大声朗读《渔夫和他的妻子》的故事,就已经确切地知道这种不悦的感觉来自何方。她停下来翻页,模糊地听到不祥的海浪声,而就在此刻她意识到理由时,也绝对不允许自己用言语把不满表达出来:她不喜欢认为自己比丈夫优越,哪怕是一秒钟的念头也不行;她更不能忍受的是,在她跟他说话的时候,不能确保自己所说的都是事实。大学和其他人需要他,他的讲座和书本都极其重要——这些她从没有片刻的怀疑;但是,是他们之间的关系;他在众目睽睽之下像那样公然跑来寻求她的安慰,这些让她感到不安;人们会说他很依赖她,而他们应该要知道,在他们两人之中,他重要得多,比起他对世界的贡献,她的贡献根本微不足道。但是,还有另外一点——不能告诉他真相,比如说害怕告诉他花房屋顶的事,害怕告诉他修理屋顶的费用大概需要五十英镑;或者是关于他著作的问题,她已经有点怀疑,害怕他或许会猜到自己的新书并不是最出色的那一本(她从威廉·班克斯口中得知);还有就是要向他隐瞒一些日常琐事,孩子们都看得出来,这也成为他们的精神负担——所有这一切,缩减了那两个音符奏出完美和弦所带来的全部喜悦、纯粹的喜悦,此刻让旋律暗淡乏味地消失于耳边。

书页上投下一个阴影,她抬起头,原来是奥古斯都·卡迈克尔,他偏偏在这个时候拖着步子、不紧不慢地走了过去。正当她痛苦地想到人与人之间关系的不足,想到最完美的关系也有瑕疵,也经不起这样的审视;她天性追求事实真相，因为爱着她的丈夫，不得不对真相视若无睹；当她痛苦地感受到自己被贬得毫无价值，自己的正常运作被这些谎言和夸张的言辞所阻碍——就在这时候，她在狂喜过后因为如此卑微而感到焦躁不安时，卡迈克尔穿着黄色的拖鞋，缓慢地从她身边走过，而她心中某个魔鬼驱使她在他路过时喊了一声："卡迈克尔先生，是要进屋吗？"

第八章

他什么也没说。他抽鸦片。孩子们说他的胡子都被鸦片染黄了。或许吧。对她来说,很明显这个可怜的男人过得非常不快乐,他每年来他们这儿是一种逃避;而年复一年,她都有同一种感觉——他并不相信她。她说:"我一会儿要去镇上。要给您带点邮票、纸张和香烟吗?"而她感到他在躲避。他不信任她。都是他妻子干的好事。她想起他妻子对他的不公,在圣·约翰林那可怕的小房间里,她亲眼见到那可恶的女人把他赶到屋外,她当场吓僵了。他身上邋里邋遢;他外套上都是污渍;他有着百无聊赖的老人那种让人看着就心烦的感觉;而他妻子就这样把他赶出门外。她用她那讨人嫌的语气说:"现在我要和拉姆塞夫人聊一会儿。"而拉姆塞夫人仿佛目睹了他人生之中数之不尽的苦难。他有足够的钱买香烟吗?他是不是只能问她要钱?半个克朗?十八个便士?噢,她不忍心去想他妻子伤害他自尊的那些小细节。而现在他总是躲着她(躲着她的原因她猜不出来,大概是因为那个女人)。他什么也没告诉她。但她又还能做些什么呢?她给他安排了向阳的房间。孩子们对他很好。她也从来没有表现出嫌弃他的样子。她刻意表现得很友好。她总会问,您需要邮票吗?您需要香烟吗？这本书您可能会喜欢……毕竟——毕竟（想到这儿她下意识地挺直身板，平常她很少会注意到自己的美貌，这时却感受到了它的存在），毕竟，总体来说她很容易让人们喜欢上自己；比如说乔治·曼宁和华莱士先生，尽管他们都是知名人士，他们会在某个傍晚时分悄悄地来到她家，坐在火炉边上和她单独聊天。她很难不注意到自己火炬般耀眼的美貌，这种美是与生俱来的，如影随形；她把这种美径直带入到她所进入的任何一个房间内；尽管她尽力遮掩自己的美，回避它强加在自己身上的单调举止，可她的美貌毕竟是显而易见的。人们欣赏她，人们爱慕她。她曾走进坐着默哀者的房间内。人们在她面前流下了泪水。男人和女人在她面前抛开事物的复杂性，都纷纷允许自己和她一同得到简单的慰藉。他的回避让她很受伤。他的态度伤害了她。而且是不清晰、不明确地伤了她。在对她丈夫感到不满的同时，还发生这样的事情，这是让她耿耿于怀的。当卡迈克尔先生穿着黄色拖鞋拖着步子缓缓走过，胳膊底下夹着一本书，对她提出的帮助只是冷淡地点点头时，她此刻感到自己被怀疑了，而自己所有想要付出、想要帮助的欲望都只是虚荣心而已。难道说她如此本能地想要去帮助、去付出，其实是为了自我满足；是为了让人们说："噢，拉姆塞夫人！亲爱的拉姆塞夫人……拉姆塞夫人，肯定是！"是为了让人们需要她，请她帮忙，赞赏她？难道这才是她内心深处偷偷渴望的？所以当卡迈克尔先生躲开她，像他此刻所做的这样躲到某个角落里没完没了地做离合诗式字谜[1],她不仅觉得自己的本性遭到了冷落,也意识到自己内心深处某些小气的地方,同时也意识到人与人之间的关系,即使在最好的情况下,也是如此的美中不足、如此的卑鄙、如此的自私自利。她变得既苍老又疲惫不堪,大概已经不会让人看着赏心悦目了(她的双颊凹陷,头发花白),她最好还是专心讲《渔夫和他的妻子》的故事,以便平复他儿子詹姆斯敏感的心(其他小孩都不像詹姆斯这么敏感)。

"那男人的心情变得越发沉重,"她大声朗读,"他不会去的。他自言自语道:'这是不对的。'但他还是去了。而他来到海边的时候,海水看上去是紫色和深蓝色的,一片灰蒙蒙,还很浑浊,不再是绿色和黄色的,但是依旧十分安静。他站在那里说道……"

拉姆塞夫人真希望她丈夫没有选择在那一刻停下来。他为什么不按自己所说,去看孩子们打板球呢?但他没有说话;他看着;他点点头;他表示赞同;他继续往前走。他陷入了——看着眼前的树篱,他一次又一次在这里停下脚步,象征着某种结论;看着他的妻子和孩子;再次看到绽放的红色天竺葵蔓延在石瓮当中,它们常常点缀着思绪的过程,结出果实,天竺葵的树叶上写着字,仿佛它们是一片片纸张,有人在阅读的时候,匆匆在上面潦草地记下笔记——看着所有的这一切,他不觉陷入了沉思,是《泰晤士报》里一篇关于美国人每年参观莎士比亚故居人数的

---

[1] 字谜的一种,类似填字游戏,使用的是离合诗的格式。

报告让他有了这样的猜测。如果莎士比亚从未存在过，他问道，那么这个世界与今天相比，有很大的区别吗？人类文明的进步是否取决于伟人？现在的普通人是不是要比在法老时期过得好？可是，他问自己，普通是我们用于衡量人类文明的标准吗？大概并不是。或许最伟大的文明都需要奴隶阶层的存在。地铁里电梯操作人员的存在是永恒必要的。这个想法让他感到不快。他突然抬起头。为了逃避这种想法，他得想办法来抵制艺术的主导地位。他认为这个世界是为普通人而存在的；艺术只是强加在人类生活顶端的一种装饰；艺术无法表达生活。莎士比亚对于生活来说并不是不可或缺的。他也搞不清楚自己为什么要贬低莎士比亚，去拯救那个永远站在电梯门口的家伙，他猛地从树篱上扯下一片叶子。他想，这些内容下个月都要给卡迪夫的小伙子们准备好，而在这里，在他的露台上，他只是采摘食物和野餐（他暴躁地把刚摘下来的树叶丢开了），就像是一个人坐在马上俯身摘下一把玫瑰，或者是当他悠闲地漫步游走于自小就熟悉的乡间小路和田野上时，口袋里塞满核桃一样。他熟悉这里的一切——这里的拐弯、那里的梯磴[1]，还有穿过田野的捷径。黄昏时分，他带着自己的烟斗，会花上好几个小时在这里一边思考，一边在熟悉的小巷和公共草地上来回走个不停，这些地方充斥着历史的印记，那里的一场战役，这里的一位政治家的生平，有诗

---

[1] 设于牧场的篱笆、栅栏等处，只能让人跨越而家畜不能通过的阶梯。

歌和轶事的记载，甚至还有人物形象，这位思想家，那位战士，所有的一切都非常鲜活和清晰。但最后，那小巷、田野、公共草地、果实累累的核桃树，还有鲜花绽放的树篱，带领他来到道路上更远一些的转弯处，他总是在这里下马，把它绑在树上，继续独自步行前进。他来到了草坪的边缘，眺望身下的海湾。

这是他的命运，他的独特之处，不管他愿不愿意，都会来到这样一块被海水慢慢侵蚀的岬角上，像一只孤独的海鸟，孤零零地站在那里。这是他的力量、他的天赋，突然之间剥去过剩的烦琐，让自己缩小和减弱，这样他看上去更加赤裸，感觉上也更轻便，就连身体上也是如此，可与此同时并没有丧失思想上的力量，就这样，他站在小小的礁石上面对着人类的无知，海水在吞噬着我们脚下的土地，而我们对此一无所知——那就是他的命运、他的天赋。在他下马的时候，已经抛开了所有的姿态和无用之物；丢掉了核桃、玫瑰所有这些战利品；他让自己变得如此渺小，以至于不仅忘记了自己的声誉，就连自己的名字也一并抛诸脑后；即便是在如此孤寂的状态下，他依旧能够保持警醒，不放过任何一个假想，不沉溺于任何一个幻影，而他正是以这样的姿态深深地激起了威廉·班克斯（断断续续地）、查尔斯·坦斯利（谄媚奉承地）以及妻子此刻（当她抬起头看到他站在草坪边上）对他的崇敬、同情，还有感激之情，这就像是一根插进航道河床上的航标，海鸥栖息在上面，海浪拍打着它，航标激起船上快乐游客的感激之情，因为它独自承担起了在水中标明航道的责任。

"但八个孩子的父亲别无选择。"他放低声音喃喃自语，于是他不再胡思乱想，转过身，叹了口气，举目搜寻正在给他儿子讲故事的妻子的身影，并把烟斗装满。如果他能够一直坚持仔细思考关于人类的无知、人类的命运以及吞噬着我们脚下土地的大海这些景象，或许的确能够得到某种结论，可他却转过身来，从一些鸡毛蒜皮的小事中得到了安慰，而这些小事与他刚才谈到的宏大主题相比，是那么微不足道，因此他产生了对这种安慰不屑一顾、甚至加以贬低的打算，仿佛对于一个诚实的人来说，被其他人发现自己在苦难的世界里获得幸福，是最可鄙的罪恶。事实如此，他大部分时间是幸福的；他有他的妻子，他有他的子女；他已经答应在六周之后给卡迪夫的年轻人"胡诌乱扯"一下洛克、休谟、贝克莱[1]以及法国大革命的起因。可是讲课这件事和他从中所获得的乐趣；自己创造出"胡诌乱扯"这个词的自豪；年轻人的热情；他妻子的美貌；从斯旺西、卡迪夫、埃克塞特、南安普顿、基德明斯特、牛津和剑桥所得到的赞誉——所有这一切给他带来的荣耀都必须用"胡诌乱扯"这个词来加以贬低和掩饰，因为，实际上他并没有完成他本该成就的事业。这是一种伪装，是一个不敢承认自己感受的人的托词，他没法说出"这就是我喜欢的——这就是我"。对威廉·班克斯和莉

---

[1] 约翰·洛克（1632—1704），英国哲学家；大卫·休谟（1711—1776），苏格兰哲学家；乔治·贝克莱（1685—1753），爱尔兰哲学家。三人被列为英国经验主义代表人物。

丽·布雷斯克来说,这是相当可怜又可恨的,他们不明白这样遮遮掩掩有什么必要,为什么他总是需要得到他人的赞扬,为什么一个思想上如此勇敢的人,在生活中却如此胆小怕事,他这个人既可敬又可笑,实在是太奇怪了。

莉丽怀疑,教学和讲道超出了人类的能力范围。(她正在收拾自己的东西。)如果你太过得意扬扬,不知为何肯定会栽跟头的。拉姆塞夫人总是太轻易满足他的需求。而那两者之间的差距肯定让他心烦意乱,莉丽说。他看完书走过来,发现我们都在玩游戏或是闲聊。想象一下这和他之前正在思考的内容差距有多大,她说。

他正在向他们逼近。现在他停下来一动也不动,沉默地站在那儿看着大海。现在他又转身离开了。

第九章

是的,班克斯先生目送他离开时说道。实在太可惜了。(莉丽刚说完拉姆塞先生让她感到害怕——他的情绪变化太快。)是的,班克斯先生说,拉姆塞的行为举止不能表现得更接近常人一些,实在太可惜了。(因为他喜欢莉丽·布雷斯克,他可以很坦率地与她探讨拉姆塞。)他说,正因为这个原因,年轻人不再读卡莱尔[1]了——一个脾气暴躁的老家伙,只会发牢骚,如果粥冷了就发火,我们为什么要听他讲道?——这就是班克斯先生理解之下当今年轻人的论调。如果你和班克斯一样,也认为卡莱尔是人类历史上最伟大的导师之一,那实在是太可惜了。莉丽羞于承认她从上学起就从未读过卡莱尔的作品。但是在她看来,拉姆塞先生只是因为小拇指疼,就觉得整个世界要灭亡了,这倒更讨她喜欢。这不是她在意的。因为谁会上他的当呢?他会直截了当地让你奉承他、赞赏他,他的雕虫小技骗不了任何人。她看着他的背影说,她不喜欢他的地方在于他的狭隘、他的盲目。

"有一点儿虚伪?"班克斯试探地问道,他也看着拉

---

[1] 托马斯·卡莱尔(1795—1881),苏格兰哲学家、评论家。

姆塞先生的背影，因为他正想着他俩之间的友谊；想到凯敏不肯给他鲜花；想到那些男孩和女孩；想到他自己的房子，虽然十分舒适，可自从他夫人去世后，难道不是变得有些冷清？当然，他还有自己的工作……尽管如此，他还是很希望莉丽能够认同他刚才对于拉姆塞"有点虚伪"的评价。

莉丽·布雷斯克继续整理自己的画笔，时而抬起头，时而低下头。她抬头时，看到拉姆塞先生就在那儿，摇摇晃晃地、漫不经心地、恍恍惚惚地、态度冷淡地朝着他们走来。有点虚伪？她重复了一次。噢，不——他是最真诚的人，最诚实（他走过来了）、最好的人；但是她低下头时心想，他只对自己的事感兴趣，他是个暴君，他一点也不公正；她故意继续低着头朝下看，因为和拉姆塞一家人待在一起，只有这样才能让自己保持镇定。只要你一抬起头看到他们，就会直接被莉丽所说的"爱河"淹没。他们成了那个虽不真实、却敏锐刺激的宇宙中的一部分，那是经由爱的双眼所看到的世界。天空就在触手可及的距离；鸟儿在他们周围欢唱。而让她感到更加激动的是，当她看到拉姆塞先生冲过来又转身撤退；看到拉姆塞夫人和詹姆斯一起坐在窗前；看到云彩在空中飘动，树木在风中摇曳；她同样感受到，生活是如何从本由个人经历的一件件独立小事件组合起来，转变成一个螺旋的整体，就像是波浪每一次拍打海滩的时候，都会让人随着波涛起起伏伏。

班克斯先生期待听到她的回答。而她正准备说一些批评拉姆塞夫人的话，讲她也有让人害怕的地方，说她以自己的方式专横霸道，或者是类似的话，可班克斯先生此时着迷的神情让她完全没有开口的必要。考虑到他已年过六旬，考虑到他的洁癖和冷漠，考虑到他那件似乎是披在身上的白色科学外衣，他对拉姆塞夫人所流露出的绝对是痴迷的眼神。对他来说，以莉丽看到的方式注视着拉姆塞夫人就是一种痴迷，莉丽觉得那陶醉的程度等同于一打年轻男士的爱意（而或许拉姆塞夫人从未激起过那么多年轻人的爱意）。她一边假装挪动画布一边想，这就是爱情，蒸馏过滤过的不含杂质的爱，从不试图占有对方的爱；但是就像是数学家对他们符号的爱，或是诗人对他们词句的爱，注定要传播到这个世界上，成为人类财富的一部分。的确如此。倘若班克斯先生能够解释出为什么那位女士让他如此倾心；为什么看着她给儿子读童话故事能够让他产生出和解决一个科学问题同样的感受，因此他停下来沉思，那种感觉，就和自己彻底证明了植物消化系统的一些问题时所产生的感觉一样，他感觉到野性已被驯服，混乱的统治已被推翻；如果班克斯先生能够说出理由，那他的爱毫无疑问应该和全世界分享。

这样的一种痴迷——因为除此之外，还能用什么字眼来称呼它呢？——让莉丽·布雷斯克彻底忘记了她本想说的内容。本来也无关紧要，就是一些关于拉姆塞夫人的话。它在这"痴迷"、这安静的凝视面前显得无比苍白，莉丽为此十分感动；因为没有什么能够像这崇高的力量、这神圣的天赋这样给她带来安慰，减轻她对人生的困惑，而且还奇迹般地减轻了生命的重担。当这种痴迷还存在的时候，没人会去打扰它,就像是没人会去截断横洒在地面的那一束阳光一样。

人们能够如此去爱,班克斯先生能够对拉姆塞夫人怀有这样的情感(她瞥见他在沉思之中),这是有益的,这是令人激动的。她故意态度恭谦地用一块破布把一支支画笔擦干净。她躲避在涵盖了对所有女性的敬意之下;她觉得自己也受到了赞扬。让他凝视吧,她要悄悄看一眼自己的画。

她差点哭了出来。画很糟糕,很糟糕,真的太糟糕了!当然了,她本可以采取另一种方式;颜色可以再稀释一点、再淡一点;形态可以再优雅飘渺一点;眼前的景色在庞斯福特先生眼中,就会是这样。但是她眼中所见并非如此。她看到色彩燃烧于钢铁框架之上;一道蝴蝶翅膀形状的光停留在大教堂的拱门上。所有的这些景象,只有随意的几笔,潦草地涂在画布之上。这幅画永远也不会被人看见;甚至永远也不可能被挂出来,而坦斯利先生的呢喃在她耳边响起:"女人不会画画,女人不会写作……"

她现在终于想起来,关于拉姆塞夫人刚才想说的是什么。她不知道该怎么说才好,但肯定是一些批评。有天晚上,她被拉姆塞夫人专横跋扈的态度惹恼了。她顺着班克斯先生的视线望去,觉得没有哪个女人能像他那样崇拜另一个女人;她们只能从班克斯先生延伸在他们头顶的阴凉处寻求庇护。她顺着他的视线看去,也加上自己不一样的目光,想着拉姆塞夫人毫无疑问是最漂亮的人(她低头看着书);可能是最好的人;可是,她又和别人看到她那完美的形象有所不同。但是为什么不同,又有何不同?她一边问自己这个问题，一边把调色盘上一堆堆蓝色、绿色的颜料刮掉，这些颜料此刻在她看来就像是毫无生命力的土块，可她发誓，明天她会赋予它们灵感，让它们听从自己的指挥，舞动起来、流淌起来。她到底有什么不同？她内心深处的灵魂，那本质的东西是什么呢？假如说你在沙发的角落里找到一只皱巴巴的手套，从它扭曲的手指就看得出这手套毫无疑问就是拉姆塞夫人的，能让你辨识出的这种本质是什么？她就像是一只疾飞的鸟，一支笔直的箭。她固执任性、她居高临下（当然，莉丽提醒自己，她考虑到的是她和女性之间的关系，而我比她年轻很多，是个无关紧要的人，住在布朗普顿的路边）。她打开卧室的窗户。她关上房门。（于是莉丽试图在脑海中勾勒出拉姆塞夫人的腔调。）她深夜时分来到卧室门口，轻声敲门，身上裹着一件旧皮毛外套（因为她的美貌总是如此——不修边幅却恰到好处）。无论是查尔斯·坦斯利丢了雨伞，卡迈克尔先生大声抽着鼻子，还是班克斯先生说"蔬菜里没放盐"——这些她都能给你重演一次。所有的这些角色她都能熟练地塑造出来，有时还会恶作剧式地歪曲一下人物原型，然后她走向窗边，假装她不得不离开——已经是拂晓时分，她能够看到太阳正缓缓升起——她半转过身，虽然脸上还带着笑容，但是以更亲昵的态度坚称，莉丽必须结婚，明塔必须结婚，她俩都必须结婚，因为无论莉丽在这个世界上得到了怎样的荣誉（但是拉姆塞夫人对她的画一点兴趣也没有），或者取得了怎样的胜利（或许拉姆塞夫人已经体验到这种胜利的滋味），说到这儿，她脸上突然变得黯然无光，她坐回自己的椅子上，继续说道，这是毋庸置疑的：一位不结婚的女性（她轻轻地拉起莉丽的手，握了一会儿），一位不结婚的女性错过了她人生中最美好的部分。这房子里似乎挤满了熟睡的孩子，拉姆塞夫人侧耳聆听着昏暗灯光燃烧的声音和孩子们均匀的呼吸声。

噢，莉丽会说，但是她还有她的父亲；她的家园；如果她还有勇气说出来的话——她的画。但这些和婚姻大事比起来，显得如此微不足道、如此单纯幼稚。可是当黑夜落下帷幕，白昼的光线将窗帘拉开，时不时地，甚至已经有鸟儿开始在花园中叽喳起来，她不顾一切地鼓起勇气，会极力主张自己免受普遍规律的约束；她恳求自己可以免受约束；她喜欢独自一人；她喜欢做自己；她天生不适合结婚；于是，她不得不和拉姆塞夫人无比深邃的严厉眼神对视，还要直面她草率的断言（她现在简直像个小孩）：她亲爱的莉丽，她的小布雷斯克，是个傻瓜。然后，她记得自己把头枕在拉姆塞夫人的大腿上笑个不停，想到拉姆塞夫人以不可动摇的冷静姿态，把自己完全无法理解的命运强加在自己身上，她笑得更加歇斯底里。她就坐在那里，简单而严肃。现在她已经恢复了对拉姆塞夫人的认知——就是手套上那扭曲的手指。但是她到底进入了怎样的避难所？莉丽·布雷斯克最后终于抬起头，拉姆塞夫人坐在那儿，完全意识不到莉丽为什么要大笑，她仍然坚持着她的主张，只不过现在已经不留一丝任性的痕迹，取而代之的是一片清澈，就像是拨开云雾所见的天空——休憩在明月旁边的那一小片清澈夜空。

难道那是智慧，是知识，还是说美貌再次欺骗了她，让她所有的感知，在通往真理的半途，缠绕在金色的网丝之中，或者拉姆塞夫人内心深处锁藏了些秘密？莉丽·布雷斯克认为，人们必须掌握这些秘密，这个世界才能继续运转下去。不是每个人都能像她那样狼狈度日、勉强糊口。但如果他们知道这个秘密，他们能把自己知道的告诉其他人吗？她坐在地板上，双手尽可能地搂紧拉姆塞夫人的双膝，她微笑着想到，拉姆塞夫人永远也不会了解那种压力的起因，她想象着，这位肢体和她有所接触的女人的心灵殿堂之中，就像是帝王陵墓中摆满宝藏一样，也竖立着一座雕刻了神圣铭文的石碑，如果她能读懂这些文字，就能学会一切，但它们不会有机会被公开，不会被公之于世。到底是什么艺术，需要凭借爱情或欺骗，才能让她挤进那些秘密殿堂之中？有什么办法，才能让她像倒入瓶中的水一样，和她所爱慕的对象融为一体？身体或思想能否巧妙地融合在大脑错综复杂的通道中？还是说心灵能够达到这样的融合？人们口中所说的爱情，能让她和拉姆塞夫人合二为一吗？因为她所渴望的不是知识，而是融为一体；她渴望的不是石碑上的铭文，不是用任何人类已知的语言所撰写出来的内容，而是亲密的情感本身，而这就是知识，她以前是这么想的，她把头靠在拉姆塞夫人的膝盖上。

什么都没发生。她把头靠在拉姆塞夫人的膝盖上时，什么都没发生！什么都没有！可是，她知道知识和智慧都储藏在拉姆塞夫人心中。那么，她问自己，她要如何得知封存于他人心中的事？只能像蜜蜂一样，被空气中无法碰触、无法品尝的香甜或是刺鼻的味道吸引,它会久久地徘徊在穹形的蜂巢外不肯离去,它会独自漫游在世界各国的空气残渣之中,然后徘徊在嗡嗡作响、骚动嘈杂的蜂巢之外;那些蜂巢,就是人类。拉姆塞夫人站起身来。莉丽也站了起来。拉姆塞夫人离开了。接下来的好几天,就像是梦醒之后,能感觉到梦中出现的那个人有些许细微变化似的,莉丽耳边一直萦绕着那些蜜蜂的嗡嗡声,这比拉姆塞夫人所说的任何一句话都清晰,而当她坐在客厅窗前的柳条扶椅中时,在莉丽看来,有一种威严的架势,就像是穹顶的形状。

这道目光和班克斯先生的目光平行,笔直地投射到拉姆塞夫人的位置上,她正坐在那里读书,詹姆斯坐在她膝边。但现在,莉丽还在继续看着拉姆塞夫人的时候,班克斯先生已经收回了他的视线。他已经架上他的眼镜。他往后退了几步。他举起手。他轻轻地眯起了蓝色的双眼,当莉丽幡然觉醒,看到他在干什么的时候,像一条狗看到有人举起手来打它一样畏缩起来。她本可以一下子把画从画架上抢下来,但是她对自己说,总得给某个人看。她鼓起勇气,忍受着有人在看她画作的可怕考验。总得给某个人看,她说,总要给别人看的。而且如果这幅画总要给某个人看,比起其他人来说,班克斯先生还没那么可怕。但是,这幅画代表着自己三十年生活的残骸,自己每日生活的沉淀,画里夹杂的秘密比自己一直以来所说过或表达出的更多,要把这一切呈现在其他人的眼前是很痛苦的。可与此同时,这也是非常刺激的。

气氛不会比现在更冷静、更平静了。他拿出一把小刀，用骨质的刀柄敲着画布，问莉丽想用那个紫色的三角形表达什么。"就是那个。"他说道。

那是给詹姆斯讲故事的拉姆塞夫人，她说。她知道他会表示反对，说——没人看得出那是一个人的形状。但是她没打算画得像人，她说。那为什么要把它们画上去呢？他问道。究竟是为什么呢？——只是如果在那儿，那个角落，是明亮的，那么这里，在这里，她觉得应该是阴影部分。简单、明显、普通，一目了然，班克斯很感兴趣，他沉思起来，那么是母亲和孩子——普遍受到尊重的对象，而此位母亲则是以她的美貌著称——竟然能够被浓缩成一团紫色的阴影，而没有一丝不敬的意味。

但这幅画画的并不是他们，她说，或者说，至少不是他所理解的母与子。画里还包含了其他意义，当中也包括了对他们的尊敬。比如说，用这里的阴影或者那里的光线。如果按照她模糊的假设来说，一幅画必须是某种致敬，那她的致敬就是以这样的形式表达的。母与子的形象可以缩减成一团阴影而毫无冒犯之意。这里有光，那里就需要有阴影。他考虑了一下。他感到很有趣。他以科学的态度真心诚意地接受了它。事实上他所有的偏见都在另一方，他解释说。他客厅里挂着最大的那幅画是肯尼特河岸上的樱桃树，那幅画广受画家的赞誉，现在那幅画的价值远比他购买的时候高很多。他说他的蜜月就是在肯尼特河岸度过的。莉丽必须要来看看那幅画，他说。但是现在——他转过身，推起眼镜，严谨地审视着她的画布。他提出的问题包括了这几片色块之间的关系、光与影之间的关系，老实说，这些是他之前从未考虑过的问题，他希望她能解释一下——她想表达的究竟是什么？他指了指面前的景色。她看了看。如果手里没有拿着画笔，她根本没法告诉他自己想要表达的是什么，甚至连自己都看不出来。她又恢复到原来绘画时所摆出的姿势，眯着视力模糊的双眼，带着漫不经心的态度，把所有作为女性的感觉都压抑成更为普遍的东西，让她看到那片景色的力量再一次把她带回到那片树篱、那些房子，还有母亲和孩子身边——带回到她的油画里。她想起来了，该如何把右边的色块和左边那个色块联系起来，这是个问题。或许她能够在两者之间加一条表示树枝的线；或者用一个物体（或许是詹姆斯）来填补前景的空白。可这么做的危险之处在于，它可能会破坏整幅画的统一性。她停了下来；她不想让他感到厌烦；她轻轻地把画从画架上取了下来。

但已经有人看到了她的画；画已经被人从她身边夺走了。这位男性已经和她分享了极其亲密的东西。而且，她为此感谢拉姆塞先生和拉姆塞夫人，同样也感谢时间和地点，把一种她没有想到的力量归功于世界——她从未想到自己能够不再独自一人走在长廊上，而是与某人携手同行——这是这世界上最奇怪的感觉，也是最让人兴奋的感觉——她把颜料盒上的扣锁扣得太紧，那扣子就像是要把颜料盒、草坪、班克斯先生还有一冲而过的淘气鬼凯敏永远圈在一起。

第十章

凯敏跑过来的时候差点撞上画架；她才不会为了班克斯先生和莉丽·布雷斯克停下脚步；虽然班克斯先生（他本来自己也很想要个女儿）向她伸出了手；她不会为了自己的父亲停下脚步，她也和父亲擦肩而过；她也不会为了她的母亲停下脚步，她冲过去的时候，母亲在喊："凯敏！你过来一下！"她飞快地冲过去，就像一只鸟，就像一颗子弹，就像一支弓箭，是什么欲望在驱使着她？是谁射出了那颗子弹？那支弓箭又将射向何方？谁又能知道呢？是什么，是什么？拉姆塞夫人看着她女儿，内心寻思着。也许是一个幻象——一个贝壳、一辆独轮车、树篱外遥远的一个童话王国；或者只是速度给她带来的荣耀；没人知道。但是，在拉姆塞夫人又喊了一声"凯敏"后，那枚子弹在发射的途中跌落下来，凯敏慢慢走回母亲的身边，还顺手摘了一片叶子。

拉姆塞夫人很好奇她女儿到底在做着什么梦，她见凯敏站在那里时，全神贯注地沉浸在自己的思绪之中，不得不把自己的话又重复了一次——去问米尔德丽德，看看安德鲁、道尔小姐和瑞雷先生是否已经回来了？——这些话就像掉进井里一样，这些话是如此扭曲，如果那口井里的水是清澈的，就算它们在下坠的过程中，人们也能看到它们在翻来覆去，天知道会在孩子心中留下怎样的印记。凯敏能给厨子带去怎样的口信？拉姆塞夫人心里并不确定。没有其他选择，只有耐心等待，听着厨房里那个面色红润的老妇人喝着盘子里的汤，拉姆塞夫人最后才能激起凯敏鹦鹉学舌的本能，让她准确地记住米尔德丽德说的话，如果你耐心地等，她能够以一种毫无起伏的音调把那句话说出来。凯敏的重心从一只脚换到另一只脚，她重复着这些词句："不，他们还没有回来，而我已经告诉爱伦把茶点撤掉。"

那么，明塔·道尔和保罗·瑞雷还没回来。拉姆塞夫人想，那只可能意味着一件事。她肯定答应他了，或者她肯定是拒绝了他。在午餐后外出散步，就算安德鲁和他们在一起——还能意味着什么？除非是她做出正确的决定，接受了那个好小伙，拉姆塞夫人想（而她非常、非常地喜欢明塔），他或许并非很有才华，但是，拉姆塞夫人琢磨着（意识到詹姆斯在拉她，想让她继续大声朗读《渔夫和他的妻子》），自己心里对呆子的喜爱绝对远远超过那些会写论文的聪明人，譬如说查尔斯·坦斯利。无论如何，不管她接受与否，事情肯定已经发生了。

但她继续读："第二天一早，妻子先醒过来，天蒙蒙亮，她从床上看到了美丽的乡村。她的丈夫还在伸着懒腰……"

但是明塔现在怎么能说她不接受他的求婚呢？既然她已经答应一整个下午单独和他在乡间漫步，就肯定不会拒绝的——因为安德鲁肯定跑去抓螃蟹了——但南希还有可能跟着他们。她试图回想起午饭后他们站在大厅门前的情景。他们站在那里，看着天空，想知道天气如何。她开口的一部分原因是想要掩盖他们的羞怯，另一部分原因是为了鼓励他们外出（因为她支持保罗），她说道："好几英里内都没有一片云彩。"当时她就听到跟在他们后面走出来的小查尔斯·坦斯利在暗笑。但是她是故意这么说的。她在心里一个个回想当时在场的人，但她不确定南希在不在那里。

她继续念道："'啊，老婆，'那男人说，'我们为什么要当国王呢？我不想当国王。''好吧，'妻子说，'如果你不想当国王，我当；去找比目鱼，因为我要当国王。'"

"凯敏，进屋来，要不就出去。"她说。她知道凯敏只是被"比目鱼"这个词所吸引，没一会儿她就会变得不耐烦起来，然后像往常一样和詹姆斯吵架。凯敏一溜烟就跑了。拉姆塞夫人继续念故事，松了口气，因为她和詹姆斯兴趣接近，待在一起比较舒服。

"当他来到海边时，天空已经变成深灰色，海水从下往上翻滚，闻起来有腐臭的味道。然后他走过去，站在海边说：

'比目鱼，海里的比目鱼，
我恳求你，快来我这里；
因为我的妻子伊莎贝尔，
和我的想法不一致。'

"'那么她想要什么呢？'比目鱼问。"拉姆塞夫人想知道，他们现在到底在哪里呢？她一边读故事一边想，同时做这两件事对她来说轻而易举，因为《渔夫和他的妻子》就像是一个曲调轻柔的低音伴奏，时不时出乎意料地出现在曲子当中。而她什么时候才能知道结果呢？如果最后什么也没发生，她要严肃地和明塔谈一谈。因为她不能这样在乡村里到处闲逛，就算有南希跟着他们也不行（她又一次试图回想起他们走到路上的背影，想要数数有几个人，可是没能成功）。她要对明塔的父母——那只猫头鹰和拨火棍——负责。她在读故事的时候，给这两个人取的绰号钻进了脑袋里。猫头鹰和拨火棍——是的，如果他们听到，肯定会生气的——而他们肯定会听到，明塔住在拉姆塞夫人家，被看到了如何如何之类。"他在上议院的时候戴了顶假发，而她在楼梯前熟练地帮他戴上。"她重复了某次派对结束后编出来逗她丈夫的一句话，这句话又让她把他俩的形象从脑中捞了出来。我的天，我的天，拉姆塞夫人自言自语道，他们两夫妻是怎么生出这么一个不相称的女儿？这个假小子明塔？她的长袜上老破着个洞。她家的女佣总是不停地用簸箕清理着鹦鹉洒在地上的沙子，家里的话题（或许有趣，但无论如何是非常有限的）几乎总是局限在那只鹦鹉的丰功伟绩上——在这样令人难以置信的环境下她是如何生存的？自然而然地，她请明塔来吃午饭、喝下午茶、吃晚饭，最后邀请明塔和他们一起来芬莱住，这些邀请让她和那只猫头鹰——也就是明塔的母亲——产生了一些摩擦，于是更多的拜访，更多的对话，更多的沙子。而事实上，到了最后，她所说的关于鹦鹉的谎言已经足够用一辈子了（那天晚上从派对回来之后，拉姆塞夫人就是这么对她丈夫说的）。无论如何，明塔来了……是的，她来了，拉姆塞夫人想着，她怀疑这个缠绕在心头的想法中有根刺，解开一看，她找到了这个：曾经有一个女人指责拉姆塞夫人"夺走了女儿对自己的喜爱"，而道尔夫人所说的某些话让她再次想起了那项指控。喜欢掌控别人、喜欢干涉别人、喜欢让别人按照她的意愿办事——这是对她的指控，而她觉得这指控实在是非常不公平。她看上去"就是那个样子"，她又有什么办法呢？没有人能指责她煞费苦心地想要给人留下好印象。她常常为自己的寒酸感到羞耻。她既不盛气凌人，也不专横跋扈。要说她对医院、下水道和牛奶场相关的事情盛气凌人倒是真的。她对这类事情的确很有激情，如果有机会，她会抓住人们的脖子，让他们看看清楚。整个岛上没有一间医院。这简直丢人。在伦敦，牛奶送到家门口的时候，已经被尘土染成棕色。这应该被定为违法行为。一个模范牛奶场和岛上的一间医院——这是她希望自己能做到的两件事。但是如何完成？在有这些孩子的情况下？等他们长大一点，那时候或者她会有更多的时间；等他们都开始上学的时候。

噢，但是她完全不想让詹姆斯长大一丁点儿！也不想凯敏长大。她希望这两个孩子能够永远保持现在的样子，邪恶的小魔鬼、快乐的小天使，永远也不要看到他们长成长脚怪物。没有什么能够弥补那样的损失。当她给詹姆斯读"那里还有很多士兵拿着鼓和军号"时，他的眼神变得黯淡起来，她想，为什么他们要长大成人、失去这一切呢？他是孩子当中最有天赋、最敏感的一个。但她认为，所有孩子的未来都充满希望。普鲁对待他人简直就是个完美的天使，而且有些时候，尤其是在晚上，她美得让人窒息。安德鲁——就连她丈夫也承认他数学的天赋非比寻常。而南希和罗杰，他俩现在都是野孩子，整天在乡间上蹿下跳。至于说罗丝，她管不住自己的嘴巴，不过她的双手特别灵巧。如果他们玩比手画脚的猜谜游戏，罗丝会缝纫衣服；准备一切道具；她最喜欢布置桌子、摆弄花卉，布置一切。拉姆塞夫人并不喜欢贾斯伯射鸟的行径；但这只是一个阶段；他们都经历过这样的阶段。她把脸颊靠在詹姆斯的头上问道，他们为什么要成长得这么快？他们为什么要去学校呢？她想要身边一直都有个婴儿。怀中抱着婴儿的她是最幸福的。人们可能会说她专横跋扈，说她盛气凌人，说她颐指气使，就让他们说去吧；她不介意。她用嘴唇亲了亲詹姆斯的发丝，她想着，他永远也不会这么快乐了，但是她又突然打消了这个念头，因为她记起自己的丈夫听到她这么说的时候有多生气。但是，这是事实。他们长大之后永远也不会比现在更快乐。一套十便士的茶具能让凯敏开心好几天。他们早上一醒来，她就听见他们在她头顶的地板上跺脚和吵闹。他们争先恐后地跑过走廊。然后门猛地一下就被打开了，他们蜂拥而至，就像玫瑰一样娇艳欲滴，眼睛瞪得老大，神清气爽，就仿佛吃完早餐跑进客厅这件事——他们人生中每天清晨都会发生的事——是一件让他们激动万分的事。除此之外，还有其他的事，一件接着一件，一整天下来，直到她上楼跟他们说晚安，发现他们躺在儿童小床上，就像小鸟一样，身边环绕着樱桃和覆盆子，还在编着故事，讲的都是些无关紧要的事——一些他们白天听到的事情，或者是偶然在花园里看到的事。他们都有自己的小小宝藏……而她就这样走下楼对丈夫说，为什么他们要长大成人失去这一切？他们永远也不会这么快乐了。而他非常生气。为什么对人生要抱有如此悲观的态度？他说。这不合理。因为奇怪的是，尽管他忧郁绝望，但总的来说，他比她更快乐，比她更心怀希望；而她相信这是真的。他更少地接触人生的烦恼——或许这就是原因。他总有他的工作作为支柱。她并非像他指控的那样"悲观"。只是她想到生活——一小段时间出现在她眼前——她五十年的人生。它就摆在她眼前——生活。生活，她想着——但她并没有停止她的思考。她审视着生活，因为她对生活有一种清晰的感觉，某种真实的、私人的东西，她既无法与孩子分享，也无法与丈夫分享。她与生活之间进行着某种交易，她站在一侧，而生活在另一侧，她总是想抢占上风，而生活也同样想要战胜她；有时候，他们之间会进行谈判（她独自坐着的时候）；在她记忆当中，有过一些大型的和解场面；但奇怪的是，在大多数情况下，她必须承认，她觉得这个被称作生活的东西是可怕的、充满敌意的，只要它有机可乘，就会扑面而来。还有永恒存在的问题：痛苦、死亡和贫穷。就连在这里都总会有女性死于癌症。但是她也曾对所有的孩子说过，你们都将经历这所有的苦难。她对八个孩子都无情地说过这些话（而修理花房屋顶的账单要五十英磅）。正因如此，她知道未来摆在他们面前的是什么——爱情、雄心壮志，以及孤独地生活在凄惨的地方——她常常有这样的感觉，为什么他们一定要长大成人、失去一切呢？然后她向生活挥舞着她的剑，对自己说，一派胡言！他们会非常快乐的。而此时她在这里促使明塔嫁给保罗·瑞雷，她反思着这一切，再次感到生活十分邪恶；因为无论她如何看待自己和生活之间的交易，她所经历的一切未必会发生在每个人身上（她自己也不愿明说），她被迫说人们必须结婚，人们必须养育小孩，她知道自己说得太快，对她来说几乎也像是一种逃避。

在这一点上她做错了吗？她问自己，回想了一下过去一两个星期内的行为，想知道自己是否真的对明塔施加了压力让她下定决心，毕竟她才二十四岁。她感到不安。她不是嘲笑过这件事吗？难道她又忘了自己对人们的影响有多大？婚姻是需要具备——噢，各种各样的素质的（修理花房屋顶的费用需要五十英镑）；有一点——她不必说出来——是至关重要的；她和丈夫之间拥有的那一点。他们之间有吗？

"然后他穿上裤子，发疯似的跑了出去。"她念道，"但是外面狂风怒吼，吹得他几乎站不住脚，树木和房屋都被刮倒了，大山在颤抖，岩石滚进大海之中，天空一团漆黑，电闪雷鸣。大海掀起黑色的巨浪，浪高得就像教堂的尖塔和高高的山峰，浪尖上翻滚着白色的泡沫。"

她翻了一页书，还有几行字这个故事就结束了，虽然已经过了睡觉的时间,她还是打算讲完这个故事。看着花园暗下来的光线,她知道已经很晚了,看上去愈发苍白的花朵和叶片上灰色的阴影串通起来,在她心头激起一丝丝忧虑。她一开始还想不出自己在担忧什么。然后她想起来——保罗、明塔,还有安德鲁还没回来。她再次在脑海中回忆起那一小群人站在大厅门前的露台上,站在那里抬头仰望着天空的样子。安德鲁带着他的渔网和篮子,这意味着他要去抓螃蟹和其他东西。这意味着他有可能要爬到外面的岩石上;他有可能被困在岩石上。或者在回家的时候,他们要排成一小列纵队一个个走在悬崖边的小路上,其中某个人有可能失足摔下悬崖。他有可能滚下山,摔得粉身碎骨。天色已经很暗了。

但她讲完这个故事的时候,声线没有表现出一丝变化,她合上书,补充说了最后几个字,仿佛那些内容是她自己编出来的,她看着詹姆斯的双眼:"而他们现在依然住在那里。"

"故事讲完了。"她说,而她从他的眼睛里看到,随着他对故事的兴趣逐渐消失,另一种东西取代了故事;某种引起他好奇的东西,它颜色苍白,就像是一道光的反射,立刻使他凝视着,惊叹起来。她转过身朝着海湾望去,就在那儿,毫无疑问,穿过波涛传来了灯塔的灯光,一开始先是有规则地闪了两下,然后是一道长而稳的光。灯塔亮起来了。

马上,他就会问她:"我们要到灯塔去吗?"而她不得不回答说:"不,明天不行,你父亲说明天去不了。"幸好，米尔德丽德进来找他们，忙乱的场面转移了他们的注意力。但在米尔德丽德把他抱出去的时候，詹姆斯不停地转身往后看，她可以肯定他在心里想着：我们明天不能到灯塔去了。而她想，他这辈子都会记着这件事。

第十一章

不,她一边把詹姆斯剪出来的图片(一个冰箱、一个割草机,还有一位穿着晚礼服的先生)收起来,一边想:孩子们是永远不会忘记的。正因为孩子们记性好,她说过的话、做过的事都很重要,而当他们都上床睡觉后,她才松了口气。因为现在她不需要为任何人操心。她可以做自己,独自待着。而这就是她常常感到需要的——去思考;好吧,甚至不能算得上是思考。就是安静不说话;独自一人。所有那些膨胀的、闪光的、有声的存在和行为都烟消云散;她带着一种庄严的感觉,缩回成自己:一个楔形的黑暗内核,某种其他人看不见的物质。虽然她还继续织着袜子,而且坐直了身子,她就是通过这样来感知自己的;而这样的自我已经摆脱了牵绊,现在可以自由自在地体验最奇特的冒险。当生命沉淀片刻,其产生的体验是毫无边界的。她觉得,每个人都有这种拥有无限资源的感觉;对每个人来说都是如此,她、莉丽、奥古斯都·卡迈克尔,大家肯定都觉得我们的幻影——就是那些你们用于了解我们的东西,根本就是幼稚的。幻影之下,是一片黑暗,它在四处蔓延,它深不可测;但有时我们会浮到表面,这就是你们所看到的我们。她心中的想象力是用之不竭的。还有那么多她没见过的地方；印度的平原；她感受到自己正在掀开罗马教堂里一层厚厚的皮帘。这黑暗的内核可以前往任何地方，因为没人看得见它。没人能阻止得了它，她高兴地想到。那里有自由，有宁静，还有最受欢迎的，就是把所有的一切召唤起来，在稳定的平台上休憩的感觉。从她的经验看来（这时她用针完成了一个巧妙的花样），她作为自己的时候是从来也没有办法休憩的，只有作为黑暗内核的时候才可以。抛开个性，她就失去了烦恼、仓促和骚动；而当所有的事情像这样集中在这种宁静、休憩和永恒之中时，她唇边总是会响起某种战胜了生活的欢呼之声；她的思绪停在这里，她往外望去，看到了灯塔的亮光，那道又长又缓的灯光，三道灯光之中的最后一道，这是她的灯光，因为在这样的情绪下，总是在这样的时间点看着某样东西，会让她情不自禁地把自己和它——尤其是她看到的——联系起来；而这样东西，这道又长又稳的灯光，就是她的灯光。她发现自己经常坐在那里，看着灯光，手中一边干着自己的活儿，一边坐在那里看着，直到最后她变成了自己一直在看的那样东西——比如说，那道光。而它会使她想起一直沉寂在心中的一句话或别的什么——"孩子们不会忘记，孩子们不会忘记"——她会一直重复，并且再加上一句，"它会结束的，它会结束的。"她说。"那一天会到来的，那一天会到来的。"突然之间，她又加上一句，"我们都掌握在上帝的手中。"

但她很快就为自己说出这样一句话而感到恼火。谁说过这样的话？不是她；她上当受骗才说出了言不由衷的话。她的目光穿过织的袜子，和第三道光相遇，对她来说，就像是她自己的眼神和自己的眼神对在了一起，那灯光在寻找，像只有她自己能做到的那样，在她的思想、她的内心中寻找，净化存在之中的那个谎言，净化任何一个谎言。她表扬那灯光就是表扬她自己，一点也不虚荣，因为她就像灯光一样严厉，一样在探索，一样的美丽。她想，这实在很奇怪，为什么如果一个人在独处的时候，就会倾向于无生命的东西：树木、溪流、花朵，觉得它们能够表达自己的情感；觉得它们变成了自己；觉得它们了解自己，在某种意义上成了自己；因此感到了一种非理性的柔情（她望着那又长又稳的灯光），就像是顾影自怜。她停下手中的毛衣针注目凝视，一团云雾蜷缩着离开了心底，从她生命之湖中升起，幻化成一位要去和爱人相会的新娘。

她好奇是什么促使她说出了"我们都掌握在上帝的手中"这句话？事实中掺和进来的不真诚激怒了她，使她感到恼火。她又继续开始织起袜子。这个世界怎么可能是由某个上帝创造出来的？她问道。在她脑海中，她总是抓住了这个事实：世界上并没有理性、秩序和正义；只有痛苦、死亡和贫穷。在这个世界上没有什么卑鄙的奸诈行为是做不出来的，她知道这点。没有永恒的快乐，她知道这点。她表情坚毅地织着袜子，下意识地微微噘起了嘴唇，在那惯有的坚定神态之中，她脸上的线条是如此僵硬和沉静，以至于在丈夫经过时，虽然他正想到那个越长越胖的哲学家休谟曾陷入沼泽里出不来而咯咯直笑，此刻，当他走过的时候,却无法不注意到她美貌之中深藏的坚定。这让他感到悲伤,而她的遥不可及让他心痛。在他经过的时候,他感到自己无法保护她,而他到达树篱的时候,他很悲伤。他爱莫能助,他只能袖手旁观。的确,残酷的事实是,他只会让情况变得对她来说越来越糟。他很容易发火——他很敏感。他因为灯塔的问题大发雷霆。他看着树篱,看着它的错综复杂,看着它的一片漆黑。

拉姆塞夫人觉得,她要摆脱孤单寂寞,总需要勉强抓住一些琐碎的事物,某种声音、某种景象。她侧耳聆听,可四周一片寂静;板球打完了;孩子们都洗澡去了;只能听见大海的声响。她停下手中织毛线的活儿;她把那只晃来晃去的棕红色长袜子在手里拿了一会儿。她又看到了那道光。她审视的目光之中带有一丝讽刺的味道,因为当她彻底清醒时,他们的关系就发生了改变,她看着那道稳定的灯光,那道冷酷无情的灯光,它和她是如此相似,却又如此不同,要不是她还有脑海中那些想法,那灯光早已让她俯首称臣(她在深夜醒来的时候,看到灯光穿过他们的床铺,轻抚着地面)。她陶醉地看着那道光,仿佛被催眠一般,就像是它要用那银色的手指触摸她脑中封存的容器,那容器一旦破裂,她将会被愉悦之感淹没,她曾经感受的快乐:细腻的快乐、强烈的快乐。灯光给海浪镀上银边,显得稍微明亮一点,随着日光渐渐褪去,蓝色的海面彻底消失,它伴着纯柠檬色的海浪翻腾起伏,拍打着海岸,她眼中爆发出狂喜的光芒,纯粹的愉悦像海浪般涌入她的心底,然后她感到,这足够了!这足够了!

他转过身看到她。啊！她太美了，他想，她比以前任何时候都要美。但是他不能跟她说话。他不能打扰她。既然詹姆斯已经离开了，终于只剩下她独自一人，他迫切地想和她说话。但他下定决心，不，他决不能打扰她。她现在距离他很远，独自沉浸在自己的美貌与悲伤之中。他不会去打扰她，他经过她身边的时候一句话也没说，虽然她看上去如此遥远，让他很受伤，他触碰不到她，他对她爱莫能助。如果不是在那一刻，她出于自愿（她知道他是不会主动提出的）满足他内心的需求，叫住他，并且把绿色披肩从画框上取下来，然后走到他身边，他会再一次沉默地经过她。因为她知道，他希望可以保护她。

第十二章

她把绿披肩围在肩上。她挽起他的手臂。她说他长得太好看了,她开始说起园丁肯尼迪,他一下子变得如此英俊,都让她不忍心解雇他。花房前面放着一把梯子,周围粘着些许小块的油灰。他们正准备修理花房。是的,但是在她和丈夫一同散步的时候,她感到忧虑的根源早已深植于心。他们散步的时候,她话都到了嘴边,她本来想说:"修理花房屋顶要花五十英镑。"因为钱的事让她感到心灰意冷,所以她没能开口,转而说起了贾斯伯用枪打鸟的事,而他马上安抚她说,男孩子这么做很自然,他相信贾斯伯很快就能找到其他自娱自乐的方式。她丈夫是如此明智、如此公正。于是她说:"是的,所有的孩子都会经历各种阶段。"然后她开始考虑起大花坛里的大丽花,不知道明年的大丽花会怎样,她问起他是否听过孩子们给查尔斯·坦斯利起的绰号。无神论者,他们这样叫他,那个小无神论者。"他可不是个精致儒雅之人。"拉姆塞先生说。"差得远了。"拉姆塞夫人说。

拉姆塞夫人说,她觉得就任由他去好了,同时她怀疑把花茎送来这里到底有没有用,他们到底会不会把花种了。"噢,他还要写论文。"拉姆塞先生说。关于论文的事她可太了解了，拉姆塞夫人说。他除此之外什么也不说。论文是关于什么人对什么事的影响。"这个嘛，他就指望这篇论文了。"拉姆塞先生说。"老天保佑他可别爱上普鲁。"拉姆塞夫人说。要是普鲁嫁给坦斯利，就剥夺她的继承权，拉姆塞先生说。他的目光并没有投向他妻子正在担心的花卉上，而是落在花卉上方大概一英尺的地方。坦斯利并没有什么恶意，他补充道，他正准备说反正坦斯利是全英国唯一欣赏他（的书）的年轻人——可是他又把这句话咽了下去。他不会再用自己的书去烦她了。这些花看上去长得不错，拉姆塞先生说，他低头往下看，留意到一些红色和棕色的东西。是的，但是这些花是她亲手种的，拉姆塞夫人说。问题在于，如果她送来了花茎，肯尼迪会把它们种好吗？他可懒得没法治了，她继续往前走的时候，又加了一句。如果她手里拿着铲子一整天站在他身边，他有时候也会干点活儿。他们就这样继续朝火炬花的方向往前走。"你在教女儿们夸大其词。"拉姆塞先生责备她。姨妈卡米拉比她更夸张，拉姆塞夫人说。拉姆塞先生说："据我所知，从来没有人把你姨妈卡米拉当作道德楷模。""她是我见过最美丽的女人。"拉姆塞夫人说。"最美的另有其人。"拉姆塞先生说。普鲁会比她美得多，拉姆塞夫人说。他一点也看不出来，拉姆塞先生说。"好吧，那你今天晚上再看。"拉姆塞夫人说。他们停下脚步。他希望能说服安德鲁更用功学习。如果他不够努力，将失去获得奖学金的一切机会。"哦，奖学金！"她说。拉姆塞先生认为她以这样的语气说一件严肃的事——比如说奖学金——是很愚蠢的。如果安德鲁拿到奖学金，他会很为他感到自豪，他说。如果安德鲁没拿到奖学金，她也一样会为他感到自豪，她回答道。他们在这个问题上总会产生分歧，但这无关紧要。她喜欢他相信奖学金的用处，而他也喜欢她无论安德鲁做什么，都会为他感到骄傲。突然之间，她想起悬崖边上的那些小路。

不是已经很晚了？她问道。他们还没有回来。他漫不经心地打开他的怀表。可现在才刚过七点。他没有立刻把表合上，决定把自己刚才在露台上的感受告诉她。首先，没有必要这样大惊小怪，安德鲁能够照顾好自己。然后，他想告诉她刚才在露台上散步的时候——此时他感到有些不适，仿佛他要闯入到她的那份孤独、那份超然和那份距离感之中。但是她继续追问。他刚刚想告诉她些什么？她问道，以为他要说的是去灯塔的事，以为他对自己刚才说了"该死的"而感到抱歉。但并不是。他说，他不喜欢她看上去如此悲伤。她抗议道，刚才只是在发呆而已，她脸上有些泛红。他们两人都觉得有些不自在，就好像不知道接下来该继续往前走还是转身回去。她刚才在给詹姆斯读童话故事，她说。不，他们不能分享那个，他们不能说那个。

他们已经走到两丛火炬花之间的树篱缺口处，眼前又出现了那座灯塔，但她不让自己去看它。她想，如果早知道他刚才在看着自己，她绝不会允许自己坐在那里沉思。她不喜欢任何能迫使她想起有人曾目睹她坐在那儿沉思的东西。于是她回头往城镇的方向看去。荡漾的灯光在流淌着，就像是被风稳稳托起的一串串银色水珠。而所有的贫困、所有的苦难都化作那一片灯光，拉姆塞夫人想着。镇上的灯光、港口的灯光、船只的灯光，仿佛结成了一张虚幻的大网，漂浮在那里，标志着已经沉没的某个物件。好吧，如果他无法分享她内心的想法，拉姆塞先生自言自语道，那他就独自离开了。他要继续沉浸在自己的思绪当中，给自己讲述休谟如何陷在泥沼里的故事；他想要大笑一场。但首先，为安德鲁担心简直是无稽之谈。在他还是安德鲁那个年纪的时候，他曾经一整天在乡间游走，口袋里除了一包饼干什么都没装，没人打搅他，也没人担心他是否跌下悬崖。他大声地说，如果天气好的话，他要出去散一整天的步。他已经受够了班克斯和卡迈克尔，他需要一点和自己独处的空间。好的，她说。她没有提出抗议，这使他很生气。她知道他永远不会这么做。他现在年纪太大，不可能只在口袋里装点饼干走一整天的路。她担心的是那些男孩的安全，而不是他的安全。他们站在两丛火炬花树篱之间时，他遥望着海湾思忖：多年以前，在他结婚以前，他曾一走一整天；他曾在一家小酒店里用面包和奶酪做了一顿饭；他曾一连工作十个小时，一位老妇人时不时探头进来顾着炉子。那是他最喜欢的乡野，在那里，沙丘渐渐消失于夜色之中。他可以走上一整天，连个人影都碰不到。那里几乎没有一所房子，几英里之间连一个村庄也没有。独自一人的时候，他可以把心中的烦恼大声吐露出来。那里还有一些自打一开始就无人踏足的小沙滩。海豹挺直身子盯着你。有时候，他觉得仿佛在外面的一所小房子里，只有他一个人就可以——他不再想下去，叹了口气。他没有这样的权利。他可是八个孩子的父亲——他提醒自己。要是他想改变现状，那他简直就是畜生和混蛋。安德鲁会成为比他更优秀的男人。普鲁会出落成一位美人，她母亲说。他们会稍稍阻挡住那股洪流。整体来说，这成果算是很不错了——他的八个孩子。孩子的存在表明，他并没有彻底厌恶这个可怜的渺小宇宙，因为在这样一个夜晚，他看着逐渐缩小的陆地，心想，这小岛似乎小得可怜，有一半都被海水吞没了。

"这可怜的小地方。"他叹了口气，低声呢喃道。

她听到他说的那句话。他说出了最忧郁的话，可是她立刻注意到，每次他说完之后，总是显得比平常更高兴。她想，所有这些措辞不过只是一场文字游戏而已，她如果说了他所说的一半，现在已一枪把自己的脑袋打飞了。

这种玩弄辞藻的行为让她感到厌烦，于是她就事论事地对他说，这是一个非常美丽的夜晚。而他到底在叹息些什么呢，她半笑半埋怨地问道，因为她猜到了他在想什么——要是他没有结婚，会写出更好的作品。

他并不是在抱怨，他说。她知道他没有抱怨。她知道他根本没有什么好抱怨的。他一把抓起她的手，把它举到唇边亲了一下，那种炽热的感情使她热泪盈眶，很快地，他又把她的手放了下来。

他们转身离开了眼前这片风景，手挽着手，开始朝着长满银绿色长矛般植物的小路走去。拉姆塞夫人想着，他的胳膊和年轻人的胳膊一样，又瘦又紧实，这让她很高兴，虽然他已经年过六十，还是那么强壮，而且他是多么地桀骜不驯、多么地积极乐观，这实在太奇怪了，尽管他对各种各样可怕的事情深信不疑，可这些事情似乎没有让他感到沮丧，反而使他情绪高昂。她想，这难道不奇怪吗？的确，在她看来，他有时候似乎真的有些与众不同，对平凡的事情，他就像是天生的瞎子、聋子和哑巴一样充耳不闻、视而不见，可对非凡的事物，却有着像老鹰一样敏锐的双眼。他的理解能力经常让她震惊。但是他能留意到那些花吗？不会的。他能注意到那景色吗？不会的。他到底有没有注意到自己女儿的美貌，又或者注意到面前盘子上摆放的是布丁还是烤牛肉？他只会像一个在梦中神游的人，和他们一起坐在桌边。她很担心，他大声说话或者是大声朗诵诗歌的习惯已经越来越严重，有的时候会让人很尴尬——

最好的，最光明的，请远去！[1]

可怜的吉丁斯小姐，他对她吼出那句诗歌的时候，她几乎吓得魂不附体。可尽管如此，拉姆塞夫人还是马上站在他这边，去对抗世界上所有像吉丁斯这样的蠢人。然后她按了按他的胳膊，暗示他上坡走得有点太快，她跟不上他的步伐。她必须停一停，看看河岸上是不是出现了新的鼹鼠丘。她一边弯下腰看，一边心想：像他这样伟大

---

[1] 出自珀西·比希·雪莱的《致珍妮：请柬》。

的头脑,肯定在各方面都和我们的头脑不一样。所有她认识的伟大人物都是如此,她想(肯定是有一只兔子跑进去了),而对年轻人来说(虽然对她来说,教室里的空气沉闷压抑到让她无法忍受),只要能够听听他的见解,看看他的仪表,就能够获益匪浅。她想知道,如果不射杀那些兔子,又怎能减少它们的数量?有可能是只兔子;也有可能是一只鼹鼠。反正有什么东西在破坏她的月见草。她抬起头,在稀疏的树木之上,看到了闪烁繁星在今夜初现的光芒,她想让丈夫抬头看看星光,因为这样的景象给她带来如此巨大的喜悦。但是她并没有这样做。他从不会看这些东西。如果他看了,他所说的也只会是"这可怜渺小的世界",紧接着是一声叹息。

就在那时,他用一句"非常好"来取悦她,假装他在欣赏那些花朵。但是她非常清楚他并不欣赏它们,他甚至没有意识到它们的存在。这话只是为了取悦她。啊,那不是莉丽·布雷斯克和威廉·班克斯在一起散步?她用近视的双眼盯着两人往回走的背影。是的,就是他们。这不意味着他们将会结婚?是的,一定是这个意思!多好的主意啊!他们必须结婚!

第十三章

班克斯与莉丽·布雷斯克漫步穿过草坪，他说自己去过阿姆斯特丹，看过伦勃朗的作品。他去过马德里，不幸的是，那天是耶稣受难日，普拉多美术馆关门了。他去过罗马。难道布雷斯克小姐从没去过罗马吗？噢，她应该去的——这对她来说会是一次美妙的经历——西斯廷教堂的壁画；米开朗基罗的真迹；帕多瓦，以及乔托在那里的画作。他的妻子多年来身体一直抱恙，所以他们旅游观光的活动范围都不大。

她去过布鲁塞尔；她去过巴黎，不过只是去探望一位生病的姨妈，逗留时间非常短暂。她去过德累斯顿，那儿有许多名画她没参观过；不过莉丽·布雷斯克反思，也许不去看那些名作更好：它们只会让她对自己的作品感到无比失望。班克斯先生认为她这样的观点太过偏激。我们不可能都成为提香，我们不可能都成为达尔文，他说；同时，他也怀疑如果没有我们这等凡夫俗子作为衬托，是否能够体现出达尔文和提香的伟大。莉丽本想恭维他一番，"班克斯先生，你并不是凡夫俗子"，她本想这么说的。但是他不想要别人的恭维（大多数男人都想要得到别人的恭维，她想），她对于自己的一时冲动感到一丝惭愧，当他说也许他的话不适用于绘画时，她一句话也没说。无论如何，莉丽抛开她略为伪善的态度说道，她会一直画下去的，因为她对画画感兴趣。是的，班克斯先生说，他肯定她会继续画下去，他们走到草坪尽头时，他正在问她是否很难在伦敦找到画画的题材，就在此时，他们转身碰到了拉姆塞夫妇。所以那就是婚姻，莉丽想着，一个男人和一个女人一起看着小女孩丢球。这就是拉姆塞夫人那晚试图告诉我的事情，她想。因为她披着一条绿色披肩，他们夫妻俩紧紧地站在一起，看着普鲁和贾斯伯抛接球。也许是在人们走出地铁或是拉响门铃的时候，某种意义会降临在他们身上，让他们成为象征、成为代表，这种意义毫无理由地突然产生于拉姆塞夫妇身上，让站在薄暮之中看着孩子的两人成了婚姻的象征——丈夫和妻子。过了一会儿，那个超越了真实人物形象的象征性轮廓又隐匿起来，当班克斯和莉丽遇到他们的时候，他们变回了拉姆塞先生和拉姆塞夫人，看着孩子们玩抛接球。但还是有那么一瞬间，虽然拉姆塞夫人像往常一样，微笑着和他们打招呼（噢，她以为我们要结婚了，莉丽想）并且说道："今晚我终于胜利了。"言下之意，班克斯先生这次终于答应和他们一起晚餐，而不是逃回自己的住处去吃他家用人煮得恰到好处的蔬菜；球被抛到高空中，他们的视线追随着它，却失去了它的踪影，眼前所剩的只有那颗星星与垂挂的树枝，尽管如此，在那么一瞬间，还是有一种什么东西被击碎的感觉，一种空荡荡的感觉，一种不负责任的感觉。在昏暗的光线之中，他们看上去都显得棱角分明、虚无缥缈，而且彼此间距离相隔甚远。普鲁在宽广的空间里向后冲去（感觉上就好像所有的物体都已经彻底消失于夜色中），全速冲到他们之间，出色地用左手高高地接住了那颗球，然后她母亲说："他们还没有回来吗？"于是魔咒被打破了。拉姆塞先生觉得，现在他可以放声大笑了，他想到休谟曾经深陷在泥沼里，而一位老妇人要求他说出主的祷文才愿意救他出来，他忍俊不禁，然后一边笑，一边溜达回书房。本来普鲁已经逃离了抛接球游戏，拉姆塞夫人又把她拉回去，问道："南希和他们一起去了吗？"

第十四章

【当然,南希也和他们一起去了,因为明塔·道尔在南希吃完午饭回到阁楼躲避恐怖的家庭生活时,伸出手,用她沉默的表情邀请南希和他们同行。既然如此,她觉得自己必须得去。她并不想去,她一点也不想被卷入这一切。因为他们走在通往悬崖的路上时,明塔一直拉着她的手。然后她会放开她的手,然后她又拉起她的手。她到底想要什么?南希问自己。当然,人们总是想要些什么的;因为当明塔拉起她的手握在手心时,南希不情愿地看到整个世界在她的脚下伸展开来,就像是透过迷雾看到了君士坦丁堡,然后,不论她感到多么昏昏欲睡,都必须得问:"那是圣索菲亚[1]吗?""那是金角湾[2]吗?"于是当明塔拉着她的手时,南希这么问了。"她想要的是什么?是那个吗?"而那又是什么?薄雾(南希俯视着展现在她脚下的人生)中不时浮现出一个尖顶、一个穹顶,都是一些显眼的、叫不出名字的东西。但是在他们从山坡上往下跑,明

---

[1] 圣索菲亚大教堂,位于现今土耳其伊斯坦布尔,有近一千五百年的历史,因巨大的圆顶而闻名于世。
[2] 金角湾,位于博斯普鲁斯海峡南口西岸,从马尔马拉海伸入欧洲大陆,曾是土耳其伊斯坦布尔港口的主要部分。

塔松开她的手时,所有的一切,那个圆顶、那个穹顶,所有穿透云雾高耸出来的东西,都沉到雾里消失不见了。据安德鲁观察,明塔挺能走的。她穿的衣服也比大部分女性要合理一些。她穿着非常短的裙子和黑色的灯笼裤。她会直接跳进小溪里,挣扎着蹚过河去。他喜欢她的草率,但他知道这是不合适的——总有一天,这种鲁莽愚蠢的行为会让她送命。她似乎什么都不怕——除了公牛。她一看见田野里有头公牛,就会举起双臂,尖叫着飞奔而去,当然,这样做恰巧会激怒公牛。但她一点也不介意承认这个弱点,这的确是事实。她知道在公牛面前,自己完全就是个胆小鬼,她说。她觉得自己婴儿时肯定在婴儿车里被牛撞过。她看上去并不在意自己的言行举止。此时,她突然俯冲到悬崖边缘,开始大声唱起歌来:

你该死的眼睛,你该死的眼睛。

他们不得不加入进来,唱起了和声的部分,一起高唱:

你该死的眼睛,你该死的眼睛。

但是如果在他们到达海滩之前,海水涨潮,淹没了所有捕鱼捉蟹的狩猎场地,那就太糟糕了。

"那就糟了。"保罗跳起来表示赞同,然后在他们从山上往下滑行的时候,他一直在引述旅游指南里的话,"这些岛屿,因为它们像公园般优美的风景和海里奇珍异宝的繁多种类而享有盛名。"但是，安德鲁在挑选从悬崖往下走的路时，心想，可这完全不合适，像这样大喊大叫，唱着"你该死的眼睛"，像这样拍着他的后背，叫他"老兄"，还有所有的这一切，一点也不合适。带女人出来散步最糟糕了。一到了海滩他们就分散开来，他要去海滩外面那块叫"教皇的鼻子"的岩石那里，他脱下鞋子，把袜子卷起来塞进鞋子里，让那对情侣自己照料自己去吧；南希蹚着水走到她的岩石那边，去找属于她的小水坑，让那对情侣自己照料自己去吧。她俯身蹲了下来，抚摸着像橡胶般光滑的海葵，海葵就像是一团果冻似的，粘在岩石边上。她暗自思忖，在脑海中把小水坑变成汪洋大海，把小米诺鱼变成鲨鱼和鲸鱼，她伸出手掌遮挡着太阳，在这小小的世界上空撑起了大片大片的云朵，像上帝一样，就这样给上百万无知又无辜的生物带来了黑暗和荒凉，然后她突然之间又把手移开，让阳光倾洒下来。在远处纵横交错的浅白色沙滩上，某种神奇的巨型海兽（她还在扩张着水坑的领地）正昂首阔步地走着，它步伐矫健，身上垂着穗边，还戴着金属护手，然后溜进了山腰的巨大裂缝里。随后，她的视线在不知不觉间划过水坑，停留在那摇曳着的天海一线之上；极目所至之处还有那些树桩，透过汽船喷出的烟雾看过去，它们就像在地平线上摇摆起来一样，在这样强大的力量野蛮地席卷而来又不可避免地褪去后，她觉得自己就像被催眠了般，而海洋的广袤和水坑的渺小（它又开始缩小了）这两种感觉在那股力量中绽放，让她觉得自己手脚被这种强烈的感觉束缚起来，动弹不得，而这种感觉让她自己的身体、自己的生命,以及世界上其他所有人的生命,都永远被化为乌有。所以,她听着海浪的声音,蹲在水坑边上,默默地沉思着。

安德鲁大喊,说要涨潮啦,于是南希跳过浅浪回到岸边,四处溅起水花,然后她跑上沙滩,出于冲动和想要快速运动的欲望,她一股脑跑到了一块岩石后面,而就在那里——噢,天啊!保罗和明塔彼此相拥,可能在接吻。她怒不可遏,简直是义愤填膺。她和安德鲁一言不发地穿上鞋袜,对看到的事只字不提。的确,他俩还挺针锋相对的。安德鲁嘟囔着说,她看到小龙虾或者是其他什么的时候,本可以叫他的。无论如何,他俩都觉得,这不是他们的错。他们才不想让这可怕的烦心事发生。尽管如此,安德鲁还是觉得气愤,南希竟然是个女人,而南希也同样因为安德鲁竟然是个男人而感到生气。然后他俩都把鞋带系得整整齐齐,把蝴蝶结绑紧。

直到他们再次爬上悬崖崖顶,明塔才大喊说她弄丢了祖母的别针——她祖母的别针,她所拥有的唯一一件饰品——一棵垂柳,上面嵌着珍珠(他们肯定记得)。他们一定见过,她一边说,眼泪一边顺着脸颊往下流,那是她祖母直到生命尽头都一直别在帽子上的别针。现在她把它弄丢了。她情愿丢掉任何东西,也不想弄丢这个别针。她要回去找别针。他们都折回去了。他们用手戳来戳去,到处寻找。他们头垂得很低,粗声粗气地和彼此简短地对话。保罗·瑞雷像个疯子一样,在他们坐过的那块岩石周围搜寻。当保罗告诉安德鲁"仔细搜索这两点之间的范围"

时，安德鲁想，这样乱作一团地寻找别针真的一点用也没有。潮水涨得很快。海水很快就会淹没他们刚才坐过的地方。现在他们没有一丝可能找到那个别针。"我们会被潮水困在这里的。"明塔突然吓坏了，尖叫起来，就好像会有什么危险似的！这就像公牛事件的再现——她无法控制自己的情绪，安德鲁想。女人都无法控制自己的情绪。可怜的保罗不得不安慰她。男人们（安德鲁和保罗立刻变得很有男子气概，和往常不一样了）稍做商讨，决定把瑞雷的手杖插在他们坐过的地方，然后等退潮时再回来。现在已经没有其他办法了。他们向明塔保证，如果别针掉在那里，明天早上它还会在那儿，但明塔往悬崖顶上爬的时候，还是一直在哭。那是她祖母的别针；她情愿弄丢任何东西，也不愿弄丢那个别针。然而，南希觉得，她的确在意丢了别针，但她并不仅仅是为了这个而哭泣。她是为了其他什么事情而哭泣。我们都可以坐下来大哭一场，她觉得。可是她不知道是为了什么而哭。

保罗和明塔一起走在前面，他安慰她说，他是以找东西闻名的。他还是个小男孩的时候，有一次他找到了一块金表。明天天一亮他就起床，他确信能找到别针的。在他看来，一大早天还未亮，他要是一个人独自留在海滩上，不知怎么的，会有点危险。不过他向她保证，自己一定会找到它的，而她说不想再听他说天一亮就起床：别针已经丢了——她心里知道——那天下午把它戴上的时候，她心里就有了一种预感。他暗自决定不告诉她，但他会在黎明时分趁他们还在睡觉的时候溜出房子，而如果找不到别针,他就去爱丁堡再买一个,就像原来的那个一样,但要更漂亮一些。他要证明自己的能耐。他们走到山坡之上,看到山下城镇里的灯光时,灯光突然一个接一个亮了起来,就像将要发生在他身上的事情一样——他的婚姻、他的孩子、他的房子;而当他们走到被高耸的灌木丛遮蔽的大路上时,他再一次想起,他们将如何一同退隐回孤寂之中,不停地往前走,他总是带领着她,而她紧紧地依偎在他身边(就像现在)。他们在十字路口转弯的时候,他想到自己经历的是多么可怕的一件事啊,而他必须要和某人分享——当然是拉姆塞夫人了,因为一想到他刚才所经历和所做的一切,就连他自己都会大吃一惊。他向明塔求婚的时候无疑是一生中最可怕的时刻。他会直接去找拉姆塞夫人,因为不知怎么的,他总觉得是拉姆塞夫人逼他求婚。她让他感到自己无所不能。没有人把他当回事。但是她让他相信,他可以做到任何自己想做的事。今天一整天,他都感到她的目光一直落在自己身上,追随着他(尽管她一句话也没说),仿佛在说:"是的,你能做得到的。我对你有信心。我对你期待很高。"这一切都是她让他感觉到的。他们一回去(他寻找着海湾上那座房子的灯光),他就会走到她跟前说:"我做到了,拉姆塞夫人;多亏了你。"所以当他拐进通向那所房子的小巷时,他能看到楼上窗户里的灯光在晃动。那么他们一定是回来得太晚了。大家正在准备吃晚饭。房子里面灯火通明,黑暗之后的光明让他的眼前一片充盈,而当他走上车道的时候,孩子气般地喃喃自语道"灯光、灯光、灯光";他们走进房子时,他还在恍惚地重复着"灯光、灯光、灯光",进屋后他环视四周,表情非常僵硬。但是,我的天,他用手摸着自己的领带,自言自语道,可千万别让我出洋相。】

第十五章

"是的,"普鲁以她自己的方式,体谅地回答了母亲的问题,"我觉得南希的确和他们一起去了。"

第十六章

那么好吧，拉姆塞夫人觉得，南希的确和他们一起去了，她放下发刷拿起梳子，并且对敲门的人（贾斯伯和罗丝进来了）说了句"请进"，此刻，她好奇南希和他们在一起这个事实，到底是增大还是减小了任何意外发生的可能性；不知为何，拉姆塞夫人觉得，这会降低意外发生的可能，这种感觉是非理性的，不过，毕竟这样大规模的惨剧是不可能发生的。他们不可能都淹死了。她又一次在她的老对手——生活——面前感到孤立无援。

贾斯伯和罗丝说，米尔德丽德想知道她是否应该推迟晚饭的时间。

"就算是英国女王也不推迟。"拉姆塞夫人用强调的语气说。

"就算墨西哥女王也不推迟。"她补充了一句，对着贾斯伯笑了笑，因为他有和他母亲一样的坏习惯：他也喜欢夸大其词。

拉姆塞夫人说，如果罗丝乐意的话，她可以在贾斯伯去传话的时候替她挑选今晚佩戴的珠宝。有十五个人要坐下来用晚餐，她不能一直等下去。她这会儿开始为他们迟迟未返回而恼火；他们太不体谅别人了。她不仅担心他们的安危，而且更生他们的气，他们偏偏选在今天晚上外出到很晚。本来，她希望这顿晚饭可以特别顺利，因为威廉·班克斯终于答应和他们一起用餐。他们要享用的是米尔德丽德的拿手菜——红酒炖牛肉。所有一切都取决于每样东西要在准备好后及时端上桌来。牛肉、月桂叶和红酒——所有的一切都必须按顺序做好。推迟上菜是不可能的。而偏偏在今晚，他们要外出，他们还回来得这么晚，而准备好的食物必须要端出去，还必须要保温，那红酒炖牛肉都要给糟蹋了。

贾斯伯给她选了一条猫眼石项链；罗丝选了一条金项链。哪条项链配她的黑色礼服最好看？究竟哪条更适合？拉姆塞夫人一边心不在焉地说着，一边看着镜中自己的脖子和肩膀（但避开了脸）。然后，在孩子们翻她东西的时候，她向窗外看了一眼，那景象总是让她感到有趣——白嘴鸦正在决定要栖息在哪棵树上。每一次快落下来时，它们似乎改变了主意，又飞上天空，她想，因为那只老白嘴鸦、那只白嘴鸦父亲（老约瑟夫是她给它取的名字）是一只让人讨厌、性格糟糕的鸟。它是一只长得很难看的老鸟，翅膀上的羽毛少了一半。它就像是她以前见过的某位老绅士，衣衫褴褛，戴着一顶大礼帽在小酒馆前吹小号。

"看！"她笑着说。它们真的在打架。约瑟夫和玛丽在打架。无论如何，它们又都飞了起来，黑色的翅膀把空气推向两边，把它切成精美弯刀的形状。那翅膀往外拍打、拍来拍去的动作——她从来没能找到让自己满意的方式来准确地描述那个动作——对她来说是最可爱的。快看看那里，她对罗丝说，希望罗丝能看得比她更清楚。因为孩子总能把父母的观察力稍稍向前推进一点。

但究竟要选哪一个呢？他们把她珠宝盒里所有的隔底匣都打开了。应该选那条意大利的金项链，或者是那条猫眼石项链，那是詹姆斯叔叔从印度给她带回来的；还是说她应该佩戴紫水晶？

"选吧，我最亲爱的，选吧。"她说道，希望他们能够赶紧做决定。

不过她让他们慢慢挑选：尤其是罗丝，她让罗丝拿起这个首饰、又拿起那个首饰，把她的珠宝放在那件黑色礼服前比试，因为她知道，每晚例行的挑选珠宝的小仪式是罗丝最喜欢的。罗丝对母亲佩戴什么珠宝这件事特别重视，她有自己隐藏的原因。究竟是什么理由呢？拉姆塞夫人感到好奇，她站着不动，让罗丝把自己挑选的项链扣紧，通过往昔岁月的记忆，她推测着像罗丝这么大的时候，自己对母亲所感受到的某种深刻的、埋藏起来的、无法言喻的感情。拉姆塞夫人想，就像所有对自己的感情一样，这让人感到悲伤。她所能给予的回报，与那种感情相比，是多么地微不足道，而罗丝感受到的，和她的实际情况相比，又是多么地不成比例。而罗丝会长大成人；她想，如此深情的罗丝肯定会受苦的。然后她说她现在准备好了，他们要一起下楼，因为贾斯伯是绅士，他应该让她挽着他的手臂，至于罗丝，因为她是一位淑女，应该替她拿着手帕（她把手帕递给罗丝），然后还有什么？噢，对了，可能会冷：需要一条披肩。给我选条披肩吧，她说，因为这会让罗丝开心，这个注定要受苦的孩子。"在那儿，"她停在楼梯口的窗前说，"那些鸟又到那儿去了。"约瑟夫已经栖息在另一棵树顶。"你觉得它们会介意自己的翅膀被打断吗？"她对贾斯伯说。他为什么要用枪射可怜的老约瑟夫和玛丽？他在楼梯上有点支支吾吾，觉得受到了责备，但并不严重，因为她不懂得射鸟的乐趣；而且鸟是没有感觉的；作为他的母亲，她生活在这个世界的另一个区域，但他很喜欢听她讲关于玛丽和约瑟夫的故事。她逗他开心。但她怎么知道那些鸟儿就是玛丽和约瑟夫？难道她以为每天晚上都是同样的鸟儿飞回到同样的树上？他问。但话说到这里，就像所有成年人一样，她的注意力突然完全从他身上转移。她在听大厅里喧闹的谈笑声。

"他们已经回来了！"她惊呼道，然后立刻觉得，随着对他们担忧的消除，她现在更多的是感到生气。然后她好奇，到底有没有发生？她走下楼，他们就会告诉她的——可是，不。有那么多人在，他们什么也不能告诉她。所以她必须下去，开始吃晚饭，耐心等待着。然后，她就像是某个女王，发现她的子民都聚集在大厅当中，她低头看着他们，缓慢地往下走到他们中间，沉默地对他们的致敬示意，并且接受他们对她的忠诚与恭敬（保罗在她经过的时候，肌肉都没有抽动一分，只是径直地望着前方），她走下楼梯，穿过大厅，微微颔首，就像是她接受了他们的无法言喻的心意：他们对她美貌的赞辞。

但她停下了脚步，空气里闻起来有一股烧焦的味道。难道他们把红酒炖牛肉煮糊了？她不禁担心起来，上帝保佑可千万不要啊!巨大的铜锣声敲响,庄严而权威地宣布,所有分散在房子各处的人,无论是在阁楼上,在卧室里,还是在他们各自休憩的地方读书、写作、梳最后一下头发、绑紧裙子,都必须停下手中的事,把那些零零碎碎的东西放在梳洗台或是梳妆台上,把小说和私人日记放在床头柜上,然后在餐厅集合,准备享用晚餐。

第十七章

但我到底对自己的生命做了些什么？拉姆塞夫人在餐桌的首席就座，她看着所有白色的盘子在餐桌上围成了白色的圆圈时，在心里想着。"威廉，坐在我旁边。"她说。"莉丽，"她无精打采地说，"坐在那边。"他们彼此之间有爱情——保罗·瑞雷和明塔·道尔——而她，只有这个——一张一眼望不到头的长桌还有碗碟和刀叉。在桌子最远的那头是她的丈夫，他坐下来，瘫作一堆，皱着眉头。有什么让他不乐意的？她不知道。她根本也不在乎。她不明白自己怎么曾经会对这个人产生过什么感情或者是爱过他。她在给大家分汤的时候，有一种自己已经抛开了一切、经历了一切、摆脱了一切的感觉，就像是那里有一个漩涡——就在那儿——她可以深入其中，也可以置身事外，而她已经置身事外了。当他们一个接一个走进来时，她想，一切都结束了。查尔斯·坦斯利——"请坐在这里。"她说——奥古斯都·卡迈克尔——说完她也坐了下来。而与此同时，她被动地等待着，等待着有人能回答她的问题，等待着有什么事发生。但她在舀汤的时候想，这不是她该说出来的。

这两者间的差异让她扬起了眉头——那是她所想的、

这是她所做的——舀着汤——她越发强烈地感觉到自己从那漩涡中抽身而出；或者说就像是一层阴影落下，色彩褪去，她可以看到事实的真相。房间（她环顾四周）很破旧，毫无任何美感可言。她忍住没去看坦斯利先生。似乎什么也没能融合到一起。他们都各顾各地坐在那里。而所有让彼此交谈、让气氛融洽、制造话题的重担都落在她的肩上。她再一次感受到（作为一个事实而并非对男人的敌意）男人的无能，因为如果她不采取行动，没有人会打破僵局，于是，就像是摇摇停止走动的钟表一样，她摇了摇自己，让自己打起精神，那似曾相识的脉搏开始跳动，就像钟表开始滴答作响一样——一、二、三，一、二、三。就这样一遍又一遍周而复始，她重复着，一边仔细聆听，一边守护照料着依旧微弱的脉搏，就像是用报纸守护着微弱的火苗一样。然后，她得出了结论，朝着威廉·班克斯的方向稍稍弯下身子，对自己说——可怜的男人！他既没有妻子，也没有孩子，除了今晚，平常都是一个人孤单地在住处吃饭；出于对他的怜悯，她的生活现在又强大到足以重新支撑她了，于是她开始营造气氛，就像是一个精疲力竭的水手，看到风吹满了他的船帆。但他却不太愿意再次出航了，他在想，如果船沉没了，他会如何不停地旋转，旋转，再旋转，然后沉没到海底寻得一片平静。

她对威廉·班克斯说："你找到信了吗？我让他们把信放在大厅里。"

莉丽·布雷斯克眼看着她漂泊到那片奇怪的无人之境，那是一片无法跟随的领域，可他们进入的决定，让那些旁观者感到一阵强烈的寒意,他们至少试图用目光追随着那些身影,就像是遥望着渐行渐远的船只,直到船帆消失于海平线之下。

她看上去是如此地苍老、如此地疲惫,莉丽想着,她看上去好疏离。然后她微笑着转向威廉·班克斯的时候,就像是那艘船调了个头,阳光又照射在船帆上,因为莉丽心里松了一口气,她感到有些好笑地想着:为什么她要可怜他?因为这是拉姆塞夫人告诉班克斯他的信件在大厅时给人的感觉。就好像她在说,可怜的威廉·班克斯,仿佛她自己的疲倦在一定程度上源自对他人的怜悯,而她内心之中的生命力、让她重获生活的决心,却是被她的恻隐之心激起的。然而,这并不符合事实真相,莉丽想;这是拉姆塞夫人某个错误判断,它似乎出于本能,并且是出于她本人而并非他人的需求。他一点也不可怜。他有他的工作,莉丽自言自语道。突然之间,就像是找到了宝藏似的,她想起来,她也有自己的工作。她的画在那一瞬间浮现在自己眼前,她心想,是的,我应该把那棵树往后移到画的正中央;这样就能避免留下那片尴尬的空白。我就该这么做。这就是一直困扰着我的问题。她拿起盐罐,又把它放在桌布的花形图案上,以便提醒自己把那棵树移开。

"说来也怪,他几乎很少从邮局收到什么有价值的东西,却总是在期待着自己的那几封信。"班克斯先生说。

他们都在胡说八道些什么呀,查尔斯·坦斯利一边想,一边把勺子放在自己盘子的正中央,盘子已经被他打扫得一干二净,莉丽想(他坐在她对面,背对着窗子,刚好坐在窗外景色的中间），就像是他下定决心不能浪费一点食物。他身上给人一种浅陋固执的感觉，那种不讨喜的气息根本无法掩藏。不过，不管怎么说，事实是只要她注视着某个人，就不可能不喜欢他们。她喜欢他的眼睛；它们是蓝色的，深陷在脸颊当中，令人望而生畏。

"你常写信吗，坦斯利先生？"拉姆塞夫人问道。莉丽觉得，她现在又开始可怜坦斯利了；因为拉姆塞夫人就是这样——她总是同情男性，就像是他们缺少了什么——可她从不同情女性，就像是她们拥有着什么。他给他的母亲写信；除此之外，他大概一个月也不会写一封信，坦斯利先生简短地回答道。

因为他才不想说那些人要他说的那种废话。他才不会向那些愚蠢的女人屈尊俯就。他本来一直在自己房间里读书，而现在他下楼来，对他来说所有的一切看上去都很愚蠢、很肤浅、很浅薄。他们为什么要盛装打扮？他穿着平时的衣服就下来了。他没有什么正式的礼服。"他几乎很少从邮局收到什么有价值的东西。"——这是他们总在讨论的内容。她们让男人说那样的话。是的，的确如此，他心想。他们一年到头都收不到什么有价值的东西。她们除了说说说、吃吃吃以外，什么事都不做。这都是女人的错。女人利用她们的"魅力"让文明无法进步，都是她们的愚蠢害的。

"拉姆塞夫人，明天去不了灯塔了吧。"他胸有成竹地说。他喜欢她；他钦慕她；他仍然记得那个在下水道干活的男人抬头望着她；但他觉得有必要表明自己的立场。

尽管他长着一双迷人的眼睛，莉丽·布雷斯克想，可是再看看他的鼻子、看看他的双手，他可真是她所见过最没有魅力的人。那么她为什么要介意他说的话？女人不会写作、女人不会画画——这样的话从他嘴里说出来又有什么关系呢？因为很明显，他自己也不是真的这样认为，但出于某种原因这么说对他有益，这就是他说这些话的原因。为什么她的整个身体要像被风吹过的小麦一样，弯下腰来，经过相当痛苦的巨大努力后，才从这种屈辱中挺直腰杆重新站起来呢？她必须再来一次。桌布上有个小树枝形状的图案；我的画在那儿；我必须把树移到中间去；这才是重要的——其他一切都无关紧要。她扪心自问，难道她就不能坚持下去，不发脾气、不去争论吗？而且如果她想报复，何不嘲笑他一下就好？

"噢，坦斯利先生，"她说，"务必要带我和你一起去灯塔。我真的非常想去。"

他能看得出她在说谎。不知是何原因，她故意说着言不由衷的话来激怒他。她在嘲笑他。他还穿着他的旧法兰绒裤子。他没有其他的裤子可穿。他感到非常生气、孤独和寂寞。他知道她出于某种原因想要揶揄他；她才不想和他一起到灯塔去；她看不起他，普鲁·拉姆塞也看不起他；她们都是如此。但是他可不能被女人愚弄。于是他故意坐在椅子上转过身，望着窗外，突然非常粗鲁地说，明天的天气对她来说太恶劣了，她会晕船的。

她竟然让他说出了那样的话，而拉姆塞夫人还在一旁听着，这使他很恼火。要是他能一个人待在房间里工作就好了,他想。身处自己的书本之中,那是他感到轻松自在的地方。他从来没有欠过一分钱的债;自打他年满十五岁后,就再也没有花过他父亲一分钱;他用自己的积蓄帮补家用;他替妹妹交学费。尽管如此,他还是希望自己知道如何才能得体地回答布雷斯克小姐的问题;他真希望自己没有脱口而出那样一句话——"你会晕船的。"他希望自己能想些什么话对拉姆塞夫人说,让她知道自己并不只是一个自命不凡的无趣之人。他们都是这样看他的。他转而面对拉姆塞夫人,但她正和威廉·班克斯谈论着一些他闻所未闻的人。

她简短地对女佣说了一句:"是的,把它撤下去。"这打断了她和威廉·班克斯的对话。"我最后一次见到她,肯定已经是十五年前——不,是二十年前——"她又转过身来对他说,仿佛她一秒也不愿意浪费他们彼此间的谈话,因为他们的聊天内容深深地吸引着她。所以,他其实是今晚收到她的信的!那凯丽还住在马洛吗?所有的一切都照旧吗?噢,一切都历历在目,仿佛就发生在昨日一般——他们在河上,感觉很冷。但是如果曼宁一家制订了计划,一定会坚持到底。她永远忘不了赫伯特用茶匙在岸边杀死了一只黄蜂!这一切还在继续,拉姆塞夫人沉思着,就像一个幽灵一样,滑过客厅的桌椅之间,客厅坐落在泰晤士河畔,二十年前,她曾在那里感到非常、非常地寒冷;而现在她就像是幽灵一样穿梭于它们之间,让她着迷的是,在她已经有所改变之后,那特殊的日子现在仿佛已经变得静止而美丽,这么多年过去了,它依旧原封不动地停留在原地。是凯丽亲自给他写的信吗?她问道。

"是的。她说他们正在建一个新的台球室。"他说。不!不!那是不可能的!建一个新的台球室!在她看来,这似乎是不可能的。

班克斯先生不觉得这有什么好奇怪的。他们现在很富裕。需要他替她向凯丽问好吗?

"噢,"拉姆塞夫人吃了一惊,"不用了。"她又加了一句,心里想着自己可不认识这个建了新台球室的凯丽。但是,多奇怪啊,她重复说着他们居然还继续生活在那里,这让班克斯先生感到很有趣。一想到他们这些年来一直在那里生活,而她这么长时间以来,一次也没有想起过他们,这是多么神奇的事啊。在同样的这些年里,她自己的人生中有如此多的变故。然而,或许凯丽·曼宁也没有想到过她。这种想法既奇怪又让人感到不悦。

"人们很快就渐行渐远了。"班克斯先生说,可是当他想到毕竟自己既认识曼宁一家人也认识拉姆塞一家的时候,有一种满足的感觉。他想,自己并没有渐行渐远,他放下勺子,一丝不苟地擦着嘴,嘴唇周围的胡须都刮得干干净净。但是,他想,也许他在这方面是非常与众不同的;他从不拘泥于固定的社交圈。他在各个领域都有朋友……拉姆塞夫人此时不得不打断他们的对话,告诉女佣要注意给食物保温。这就是他更喜欢一个人吃饭的原因。所有这些打扰都使他心烦意乱。威廉·班克斯保持着一种彬彬有礼的风度,只是把左手的手指在桌布上摊开,就像是机械工正在检查一件擦得锃亮并在闲暇时待用的工具。

好吧，他想，这就是他为友谊所做出的牺牲。如果他拒绝来用餐，会伤了她的心。但这对他来说并不值得。他看着自己的手，心想，要是他独自用餐，现在晚饭早就已经快吃完了；他就可以有时间去工作。是的，他想，这是对时间严重的浪费。孩子们还在陆陆续续地走进餐厅。"我希望你们有谁能跑到罗杰的房间去。"拉姆塞夫人说。这一切和另一件事——工作——相比，是多么微不足道、多么无聊啊，他想。他坐在这里，用手指咚咚地敲打着桌面，而他本可以——他的工作概况在脑中一闪而过。毫无疑问，这一切都是在浪费时间！然而，他想，她是我交情最深的朋友之一。我是出于对她的忠诚才这么做的。可现在，在这一刻，她的存在对他来说毫无意义：她的美貌对他来说毫无意义；她和她的小儿子坐在窗前——毫无意义、毫无意义。他只想一个人待着，拿起那本书。他感到不适；他觉得自己坐在她身边而对她毫无感觉，是对她的背叛。事实是，他并不享受家庭生活。正是在这种状态下，他会问自己，他活着究竟是为了什么？他会问自己，为什么要为人类的繁衍承受这么多的痛苦？这真的如此令人向往吗？作为一个物种，我们有那么大的吸引力吗？并没有那么大的吸引力，他看着那些邋遢的男孩这么想。按他推测，他最喜欢的凯敏已经上床睡觉了。愚蠢的问题、虚无的问题，如果他在忙碌的时候，是从来不会提出这些问题的。人类的生活就是这样吗？人类的生活就是那样吗？他从来也没有时间思索这个问题。而此时此刻，他却在问自己这样的问题，因为拉姆塞夫人正在给仆人下达命令，同时也因为想到拉姆塞夫人得知凯丽·曼宁还存在的时候感到多么地惊讶,这让他想到,友谊,即使是最好的友谊,也是脆弱的。人们会渐行渐远。他又责备起自己。他正坐在拉姆塞夫人身边,却没有任何话想对她说。

"我很抱歉。"拉姆塞夫人最后把头转向他说。他觉得自己既僵硬又空虚,就像一双湿透后又晒干的靴子,你几乎没法把脚塞进去。但他必须把脚硬塞进去。他必须让自己说话。他想,除非他非常小心,否则她会发现他的背叛;她会发现他对她毫不关心,这会令人十分不悦。于是他彬彬有礼地俯首转向她。

"你一定很讨厌在这种喧闹嘈杂的地方用餐吧。"她用法语说道,她心烦意乱的时候,就会使用这种社交手段。就像每当在某个会议上出现言语上的冲突时,主席为了让大家团结一致,建议每个人都应该说法语。也许大家说的都是蹩脚的法语;发言人根本没有足够的法语词汇去清楚地表达自己的想法;尽管如此,说法语还是给人一种秩序、一种统一性。班克斯先生同样用法语回答她说:"不,一点也不。"而坦斯利先生对这门语言一窍不通,即便只是单音节发音的词他也不知道是什么意思,但他立刻猜到这些话说得一点也不真诚。他想,拉姆塞这一家人的确都在胡扯;然而,他兴致勃勃地逮住了这个新的例证,把它记录下来,将来的某天,他要在一两位朋友面前大声朗读出来。在那儿,在一个人们可以畅所欲言的社会里,他会讽刺地描述"和拉姆塞一家一起生活"的情形,以及他们胡扯的那些话。这种生活体验一次还是值得的,他会说;

可是再来一次就没什么意思了。要按他说，女人可把人烦死了。当然，拉姆塞先生娶了一位美丽的女人，生了八个孩子，已经把自己毁了。像那样的婚姻本该呈现出它该有的样子，可是现在，就在此刻，他被困在这里，旁边还有一个空着的位子，没有任何东西呈现出完美家庭该有的样子。所有的一切都是四分五裂的碎片。他感到非常不舒服，甚至是身体上的不适。他希望有人给他一个机会出出风头。他是如此迫切地想要找到这个机会，以至于他在椅子上开始坐立不安起来，他看看这个人，又看看那个人，想要插入到他们的谈话当中，他张开嘴想要开口，然后又闭上了嘴。他们在谈论捕鱼业的问题。为什么没人询问他的意见？他们哪里懂得什么捕鱼业的问题？

莉丽·布雷斯克了解那一切。她坐在他对面，难道她看不见这个年轻人想要表现自己的欲望？就像在X光照片上，那欲望的肋骨和大腿骨深藏于血肉之躯的迷雾之中——那层薄雾，是被传统笼罩在他想要插入别人谈话的强烈欲望之上的。但是，莉丽眯着她中式的小眼睛，想起他是怎么讥笑女性"不会画画，不会写作"的，为什么我要帮助他从痛苦中解放出来呢？

她知道有这样一种行为准则，里面的第七条（可能是）说，这种情况下，不论一个女人本身的职业是什么，都应该去帮助对面的青年男子，这样一来，他就能够展示出他虚荣心中的大腿骨和肋骨，释放出他迫切想要出风头的欲望。她思索着，态度如同老处女般公正，就好比说如果地铁突然着了火，男人们的确有责任帮助我们。然后，她想，我当然应该指望坦斯利先生把我救出来。可是，她想，如果我们两个都不做这两件事，又会怎么样呢？所以她坐在那里微笑。

"莉丽，你并不打算去灯塔，是吗？"拉姆塞夫人说。"记得可怜的兰利先生；他曾环游世界十几次，但他告诉我，他从未像我丈夫带他去灯塔那次那么痛苦过。你是个好水手吗，坦斯利先生？"她问。

坦斯利先生举起一把锤子：把它高高地抡在空中；但是，当锤子落下后，他意识到自己是不能用这样的工具锤到那只蝴蝶的，于是只说了一句他从来没晕过船。但是，这句话就像火药一样充满爆炸力，他说他的祖父是个渔夫；他的父亲是药剂师；他完全是靠自己努力奋斗；他为此感到自豪；他是查尔斯·坦斯利——而在座各位似乎没有人意识到这一事实；但总有一天，每个人都会知道他是谁的。他皱着眉头。他几乎开始同情这些温文尔雅、有教养的人，他们将来总有一天会像一捆捆羊毛和一桶桶苹果那样，被他体内的火药炸飞到天上去。

"你会带上我吗，坦斯利先生？"莉丽的语速很快，态度温和了一些，因为当然了，如果拉姆塞夫人对她说（而事实上她的确这么说了）："我亲爱的，我快溺死在这片火海之中。除非你在此刻的痛苦之上涂抹一些油膏，对那位年轻人说些好话，否则生活会触礁的——在这一刻我确实听到了摩擦声和隆隆声。我的神经绷得像小提琴的琴弦一样紧。再碰一下，它就会断掉。"——当拉姆塞夫人用她的眼神说出所有这些话的时候，莉丽·布雷斯克当然不得不第一百五十次放弃这个——如果有人不善待那个年轻人会怎样——的试验,转而对他以礼相待。

从她情绪的转变中,他正确地判断出,她现在对他的态度是友好的,他表现得不再那么以自我为中心,告诉她自己还是个婴儿的时候是怎样被抛出船外;他父亲曾经是如何用带钩的船篙把他钓上来;他就是这样学会游泳的。他说,他的一个叔叔在苏格兰海岸附近的某个岩石上看管灯塔。有一次,他和叔叔一起在灯塔里经历了一场暴风雨。他在大家聊天的间歇,大声地说出这番话。当他说到他和叔叔曾在暴风雨中待在灯塔里时,其他人不得不听他说话。啊,莉丽·布雷斯克想,当谈话有了转机,她感受到拉姆塞夫人的感激之情(因为拉姆塞夫人现在可以自由地和其他人聊会儿天),啊,莉丽想,为了帮助你得到你想要的,我还有什么是没付出过的? 可她刚才并不真诚。

她耍了那个司空见惯的手段——表现得很亲切。她永远也不会了解他。他永远也不会了解她。她想,人与人之间的关系就是如此,而其中最糟糕的(要不是因为班克斯先生的存在),就是男女之间的关系。她想,这些关系毫无疑问是非常虚伪的。然后,她的眼睛瞥到了那个盐罐,是她放在那里提醒自己的,而她记起明天早上要把那棵树移到画中间更靠后的位置,想到明天要画画,她的情绪一下子高昂起来,以至于她甚至被坦斯利先生说的话逗得放声大笑起来。如果他乐意的话,让他说上一整晚吧。

"可是他们要把人留在灯塔上多久呢?"拉姆塞夫人问道。他回答了她的问题。他这方面的知识渊博。而因为他对她十分感激，因为他喜欢她，也因为他已经开始享受这个夜晚，既然如此，拉姆塞夫人心想，现在她可以回到自己的梦中之地，那个虽不真实却让人痴迷的地方，二十年前在马洛的曼宁家的客厅；在那里，她可以无忧无虑地在客厅里到处移动，无须感到匆匆忙忙，因为在那里不用为未来感到担忧。她知道他们一家的遭遇，也知道自己这些年的经历。就像是重读一本好书，因为她已经知道那个故事的结局，由于它发生在二十年前，而生命，甚至开始从这张餐桌上倾泻而下、汇聚成瀑布，天知道在哪里被封存起来，就像湖泊一样，静静地躺在堤岸之间。他说他们已经盖了一个台球室——这有可能吗？威廉还会继续谈到曼宁一家吗？她想让他继续说。但是，不——不知为何，他似乎没心情继续说下去了。她尝试过。他并没有回应。她不能强迫他继续说下去。她感到失望。

"那些孩子们真丢人。"她叹了口气说道。他说了句什么"守时是一种次要的美德，我们要到晚年才会获得"。

"要真是这样就好了。"拉姆塞夫人说道，不过这只是为了避免尴尬找话说，心里想着：威廉怎么变成了一个老处女。他意识到自己的背叛，意识到她想和自己聊些更亲密的话题，但自己目前又没有心情，他感到生活的不快袭上心头，他坐在那里，等待着。也许其他人在说些有趣的事情？他们在说什么？

他们在说，今年捕鱼季节收获不好；人们开始迁往别处。他们在谈论工资和失业的问题。那个年轻人正在辱骂政府。威廉·班克斯想到，在私生活不顺心的时候，能了解到这类事情是多么令人宽慰啊!他听到那年轻人在说什么"本届政府最可耻的法案之一"。莉丽在听;拉姆塞夫人在听;他们都在听着。但莉丽已经感到厌倦,她觉得缺了点什么;班克斯先生觉得缺了点什么。拉姆塞夫人拽拽肩上的披肩,也觉得缺了点什么。他们全都屈身倾听,可与此同时都在想:"祈求上天不要让我内心的想法暴露出来。"因为每个人都暗自思忖:"别人都对此深有感触,他们对政府关于渔民下达的法令感到义愤填膺,可是我却对此无动于衷。"但是,班克斯先生看着坦斯利先生,心里想,或许这个男人就是那号人物。他总在等待这样一号人物的出现。总是有机会的。一位领袖随时都可能出现;在政治或者其他领域出类拔萃的天才人物。或者,他对我们这些老古董的态度会非常不友善,班克斯先生想着,他尽自己最大努力去体谅,因为一些身体上奇怪的感觉让他知道,就像脊椎上的神经竖立起来,他知道自己在嫉妒坦斯利,某种程度上是为自己感到嫉妒,更大的原因可能是为了他的工作、他的观点、他的学问而嫉妒;因此,他并没有打开心胸,也不完全公正,因为坦斯利先生似乎在说,你已经浪费掉了自己的生命;你们都是错的;可怜的老古董们,你们已经无可救药地被时代抛弃了。这个年轻人似乎相当自信;他的举止也很糟糕。但班克斯先生继续观察,他有勇气;他有能力;他对事实了如指掌。在坦斯利辱骂政府的时候,班克斯先生想,或许他说的话很有道理。

"现在告诉我……"他说。于是他们争论起政治来,莉丽看着桌布上的树叶;而拉姆塞夫人彻底把这场争论交给了那两个男人，不明白自己为什么对这场谈话感到如此厌烦，她望着坐在桌子另一头的丈夫，希望他能说点什么。哪怕就一个字，她对自己说。因为只要他说上一句话，局面就会大有不同。他能深入到事物的核心。他关心渔民和他们的工资。他想到他们的问题就彻夜难眠。他开口的时候情况会完全不同；他那时还没感觉到，祈求上天别让人看出我对于这些问题是多么地无动于衷，因为他真的在乎。然后，她意识到，她是如此崇拜他，所以等着他开口说话。她觉得好像有人在对她夸奖她的丈夫和他们的婚姻，她不禁激动得容光焕发，丝毫没有意识到，夸奖丈夫的其实是她自己。她看着他，想从他脸上看出这一点，他看起来会气派非凡……但一点这样的感觉也没有！他的脸皱成一团，他皱着眉毛，满脸气得通红。他到底在生哪门子气？她搞不清楚。究竟能为了什么？只是可怜的老奥古斯都又要了一盘汤——仅此而已。奥古斯都竟然又要再喝一盘汤，这简直是难以想象，简直是讨厌至极（他从桌子那一头向她示意）。他憎恨那些在他吃完饭后还在继续吃的人。她看到他的愤怒像一群猎狗，飞冲到他的眼睛和额头上，然后她知道下一刻，有什么激烈的东西会爆发，然后——谢天谢地！她看见他紧紧地握住了拳头，在车轮上猛地踩下刹车，然后他整个身体看上去就像是迸发出了火花，但没有说出一句话。他板着一张臭脸坐在那里。他什么也没说，他要她看着自己。让她为此赞扬自己吧！但是，可怜的奥古斯都究竟为什么不能再要一盘汤呢？他只不过碰了碰爱伦的胳膊说道：

"爱伦，请再给我来一盘汤。"然后拉姆塞先生就像那样板起了脸。

可是为什么不能呢？拉姆塞夫人问道。如果奥古斯都想喝汤，他们当然可以让他喝。拉姆塞先生讨厌人们沉溺于食物之中，他对她皱起眉头。他讨厌像这样每件事拖上几个小时。但拉姆塞先生会让她看到，尽管这景象令人作呕，但他已经在控制自己。但是为什么要表现得如此明显，拉姆塞夫人要求他做出解释（他们隔着长桌，互相看着对方，把这些问题和答案丢给对方，彼此都非常清楚对方的感受）。每个人都能看见，拉姆塞夫人心想。罗丝在那儿盯着她的父亲，罗杰在那盯着他的父亲；她知道，再过一秒钟，他俩都会笑得前仰后合，所以她及时说道（确实也该是时候了）：

"把蜡烛点起来吧。"然后他们立刻跳起来，去餐具柜里到处翻找。

为什么他从来都无法掩藏他的感情？拉姆塞夫人十分好奇，而她也不知道奥古斯都·卡迈克尔是否注意到了。也许他注意到了；也许他没有。她不禁佩服起他端坐在那里喝汤时的镇静。如果他想要喝汤，他就会要一盘汤。无论其他人是否在取笑他，或者因此感到生气，他都不为所动。他不喜欢她，她知道这一点，可某种程度上，恰巧是这个原因让她尊敬他，她看着他喝汤，在昏暗的光线下，他显得非常庞大、非常安详，就像是一座纪念碑，在那里沉思着，她好奇他当时的感受究竟如何，为什么他看上去总是那么满足、那么高贵；而她想到他是多么喜欢安德鲁，他会把安德鲁叫到自己的房间里，安德鲁说是"给他看看东西"。而且，他会一整天躺在草坪上，大概是在琢磨着他的诗歌，直到他的那副模样让人联想到一只在看鸟的猫，然后当他找到恰当的词时，就会拍一拍他的"爪子"。而她的丈夫会说"可怜的老奥古斯都——他是一个真正的诗人"，这话出自她的丈夫口中，可是极高的赞美。

此刻，桌上已经点起了八支蜡烛。烛光一开始低头闪烁着，随后挺直身板，把整张长桌都照得亮亮堂堂，而桌子中央放着一盘黄色和紫色的水果。那孩子把果盘装点得多美，拉姆塞夫人感到惊讶，因为罗丝把葡萄、梨、粉红色内里的角状贝壳和香蕉摆放在一起，使她想到从海底捞上来的战利品，想到海神尼普顿[1]的宴席，想到挂在酒神巴克斯[2]肩上的那串葡萄藤叶（在某些图画中），四周则环绕着豹皮和吞吐着金红色火舌的火把……她想，就这样赫然出现在烛光之下的果盘，看上去似乎面积庞大、深不可测，就像是一个世界，她可以带上自己的拐杖在这个世界里攀上高峰、走下山谷。令她感到愉快的是（因为这使他俩短暂地产生了同样的感受），她看到奥古斯都的眼神也肆无忌惮地投射在同一个果盘上，他扑身其中，在那里摘摘花，在这里折折花穗，大饱眼福后，自己又躲藏起来。那是他观赏的方式，和她的不一样。但是共同观看这个果盘，让他们团结一致。

---

1 罗马神话里的海神，即希腊神话里的海神波塞冬。
2 罗马神话里的酒神，即希腊神话中的酒神狄俄尼索斯。

这会儿，所有的蜡烛都亮了起来，坐在桌子两边的人的脸在烛光的映衬之下显得更加靠近，他们围绕着餐桌团结成一个整体，而刚才在暮色之中并没有这种氛围，因为现在黑夜被玻璃窗关在了屋外，透过玻璃，完全没法清楚地看到外面世界的景象，玻璃窗激起的一片涟漪，奇妙地把屋内屋外分割成两个世界，在屋内，这里似乎是井然有序的干燥陆地，而屋外则是一个倒影，在那里所有东西像水波一样摇摆，然后消逝。

他们立刻都产生了一些变化，仿佛这一切真的发生了，而他们都意识到要在小岛上的山洞里结成一个团体；他们拥有共同的理由去对抗外面流动的世界。拉姆塞夫人之前一直在焦急地等待着保罗和明塔的到来，她本来觉得自己静不下心来处理各种事情，现在觉得自己的不安变成了期待。因为现在他们总该要进来了吧，莉丽·布雷斯克正试图分析是什么造成了这突如其来的兴奋，她把现在的情况与网球场上的那一刻做了比较，当时她们之间的坚实牵绊突然消失，彼此间出现了如此巨大的空隙；在装饰得如此简陋的房间里，窗户甚至没有挂上窗帘，在这么多烛光的照射下，每个人的脸上就像是戴着一张张明亮的面具，而此时此刻，这里的一切也起到了同样的效果。他们都感到如释重负；她觉得什么事都有可能发生。他们也该进来了，拉姆塞夫人一边想，一边朝门口看。就在这时，明塔·道尔、保罗·瑞雷和手里端着大盘子的女佣一同走进来。他们来得实在太晚了；实在太晚了，明塔抱歉地说道，然后他俩分别走到餐桌的两头就座。

"我弄丢了别针——我祖母的别针。"明塔坐在拉姆塞先生身边时说道,语气里流露出悲伤的气息,那双棕色的大眼睛有些泛红,一会儿抬头看看,一会儿又低下头,这激起了拉姆塞先生的骑士精神,于是他开始逗她开心。

她怎么这么笨,他问,竟然戴着珠宝在岩石上爬来爬去?

她只是装作害怕他——他聪明得吓人,她坐在他身边的第一天晚上,听他谈起乔治·艾略特的时候,她真的吓坏了,因为她把《米德尔马契》第三卷落在火车上了,她根本不知道最后结局是什么;可是之后他们相处得非常融洽,而她让自己表现得比实际上更无知,因为他喜欢对她说她是个小傻瓜。所以今晚,他直接就开始嘲笑她,她也不害怕。此外,她一走进房间就知道奇迹发生了;她身上笼罩着那层金色的薄雾。有时候这层雾会笼罩着她;有时不会。她从来不知道它为何而来、为何离去,也不知道薄雾是否笼罩在自己身上,直到她走进房间,然后立刻从某些男士看她的眼神中得知。是的,今晚那层薄雾笼罩着她,而且非常明显;拉姆塞先生让她不要当傻瓜的神态,让她确定了这一点。她微笑着坐在他身旁。

一定是那时发生的,拉姆塞夫人想;他们订婚了。有那么一瞬间,她感到了一种她从未想过会再次感受到的情绪——妒忌。因为他,她的丈夫,也感受到了——明塔散发着光芒;他喜欢这些女孩子,这些长着金红色秀发的女孩,她们有些飘逸、有些狂野、有些鲁莽,她们不会"把头发刮掉",也不会像他口中可怜的莉丽·布雷斯克那么

"……不打眼"。她们身上有些气质是她自己不具备的,某种光彩、某种风韵吸引着他,使他觉得有趣,使他特别喜爱像明塔这样的姑娘。她们可能会给他剪头发,为他编表链,或者打断他的工作,对他大喊(她听见她们的叫喊声):"来吧,拉姆塞先生,现在轮到我们打败他们了。"然后,他就出去打网球了。

可事实上,她并不是妒忌,只是偶尔当她逼自己照镜子的时候,对自己变老这件事感到有些愤愤不平,而这也许是她自己的过错。(花房和其他所有费用的账单。)她很感激那些女孩开丈夫的玩笑。("拉姆塞先生,你今天抽了多少烟斗"之类的,)直到这些玩笑让他看上去就像个年轻人;一个对女人很有吸引力的男人,并不是负担,不是被繁重的劳动、世俗的痛苦、个人的成败所拖累的男人,而再次变成像她第一次认识他时那样,瘦骨嶙峋但却很殷勤;她还记得,他是如何像那样扶她下船,态度十分讨喜(她看着他,他看上去显得出奇年轻,正在揶揄明塔)。至于她自己——"把它放在那儿。"她说,她帮那个瑞士姑娘轻轻地把盛着红酒炖牛肉的棕色大锅放在她面前——就她自己而言,她喜欢自己那些傻小伙儿。保罗必须坐在她旁边。她为他留了一个位子。真的,她有时觉得自己最喜欢傻小伙子。他们从不会拿他们的论文来烦她。这些聪明的男人到底错过了多少事情啊!哎呀,他们变得多么枯燥乏味。保罗坐下来的时候,她想,保罗也有他的迷人之处。他的行为举止、直挺挺的鼻子和明亮的蓝眼睛,都很讨她喜欢。他总是考虑周到。既然现在大家又都开始聊天,他会告诉她发生了什么吗？

"我们回去找明塔的别针。"他说着在她身边坐下。"我们"——这就够了。她从他费劲的样子，还有提高声线召唤出这么一个难以启齿的单词就能看得出，这是他第一次说"我们"。"我们做了这个，我们做了那个。"他们将会说上一辈子的，她想，玛尔特揭开锅盖时动作略为夸张，此时一股混合着橄榄、油和肉汁的精致香味从棕色大锅里飘出来。厨师花了三天时间准备那道菜。拉姆塞夫人心想，她把刀叉伸到柔软的肉块中时，必须非常小心，要给威廉·班克斯挑选一块特别柔嫩的肉。她往锅里看看，容器边上油光闪闪，里面美味可口的黄褐色牛肉、月桂叶和葡萄酒融为一体，她想：这道佳肴可以庆祝这个特别的时刻——庆祝节日这种奇怪的感觉在她心中升起，既荒诞又温柔，仿佛在她心里唤起了两种情感，一种是深刻的——有什么能比男人对女人的爱更严肃呢？有什么能比这个更威风凛凛，更感人至深，在它的怀中孕育着死亡的种子；与此同时，这些爱人、这些眼中闪烁着光芒进入幻想之中的人们，一定要戴着花环，让其他人带着嘲弄的神情围着他们跳舞。

"这道菜简直太成功了。"班克斯先生说着把刀放下了一会儿。他吃得很专心。这道菜的口感层次丰富；它入口即化，简直堪称完美。在这种穷乡僻壤，她是如何做到这一切的？他问她。她是个了不起的女人。他对她所有的爱意、所有的敬意已经回来了，而她感受到了。

"这道菜是按我祖母的法国食谱做的。"拉姆塞夫人说话的声音里带着极大的喜悦。当然是法国食谱。所谓英式的烹饪法是令人厌恶的（他们表示同意）。英国菜就是把卷心菜放进水里煮，把肉烤得像皮革一样硬，把美味的蔬菜皮都切掉。"蔬菜皮，"班克斯先生说，"是营养最多的部分。"太浪费了，拉姆塞夫人说。一个英国厨子扔掉的东西可以养活法国的一家人。她觉得威廉对她的仰慕之情又回来了，一切都恢复了正常，她的疑虑已经消除，现在她可以自由自在地享受胜利的喜悦，也可以自由地嘲讽，她开始谈笑风生、指手画脚起来。看着这一切，莉丽想，她是多么幼稚、多么荒唐，端坐在那里再次张扬起她的美貌，谈论着蔬菜的表皮。她身上散发着某种可怕的气息。她是不可抗拒的。她到最后总能随心所欲，莉丽想。现在她已经了结了这件事——保罗和明塔大概已经订了婚。班克斯先生在这里用晚餐。她仅仅是如此简单直接地许个愿，就给他们所有人都下了魔咒，而莉丽将那种充盈的影响力和自己精神的贫瘠相对比，觉得让坐在拉姆塞夫人身边的保罗·瑞雷感到浑身震颤，却又抽象专注、沉默寡言的部分原因，是对于这种奇怪又可怕的力量的信仰（因为她的脸上光芒四射——并不是看上去更年轻，而是容光焕发）。莉丽觉得，在拉姆塞夫人说起蔬菜皮的时候，她在歌颂那种力量，她在崇拜那种力量；她用双手去温暖它，去保护它，然而，当完成这一切后，不知怎的，她笑起来，莉丽觉得，拉姆塞夫人领着她的受害者们走向了祭坛。现在这种魔力也向莉丽袭来——那种爱的情绪和波动。她觉得自己待在保罗身边是多么地微不足道啊！他容光焕发、热情高涨；她冷漠无情、尖酸刻薄；他要启程冒险；她停泊在岸边；他奋勇前进、不拘小节；她孤身一人、被人遗忘——如果这是一场灾难的话，她准备好了去恳求他，让自己分享他的灾难，她羞怯地说："明塔什么时候弄丢了她的别针？"

他的微笑是如此精致，笼罩着回忆的面纱，渲染着梦想的色彩。他摇了摇头。"在海滩上。"他说。

"我会把别针找回来的，"他说，"我会起个大早的。"为了对明塔保密，他放低声线，然后把目光转向明塔所在的方向，她坐在拉姆塞先生旁边谈笑风生。

莉丽想要强烈地、肆意地提出她要帮助他的意愿，她想象着在黎明时分的海滩上，她将会是那个人，她将冲向半掩在某块岩石后的别针，这样她也就加入那些水手和冒险家的行列之中。但是他对她的提议作了怎样的答复？事实上，她以一种难得流露的热情说道："让我和你一起去吧。"而他只是笑了笑。他的意思是"好"或是"不好"——也许是不置可否。可关键不是他想表达的意思——而是他露出的那种诡异轻笑，就好像在说，你乐意的话跳下悬崖也无所谓，我不在乎。他把爱情的炽热，还有它的恐怖、它的残酷、它的肆无忌惮都甩到了她脸上。它像火焰一般灼伤了她，而莉丽看着明塔在桌子那一头对拉姆塞先生施展魅力，为她暴露在爱情的毒牙之下感到畏惧，与此同时又感到庆幸。因为，无论如何，她看着放在桌布图案上的盐罐，自言自语地说，她用不着结婚，谢天谢地：她不用沦落到那番田地。她从那种平淡无奇的生活中被解救了出来。她要把树移动到更靠近中间的位置。

这就是事情的复杂性。因为发生在她身上的事，尤其是跟拉姆塞一家生活在一起的事，会使她同时强烈地感到两种截然相反的东西：一方面，是你的感觉；另一方面，是我的感觉，然后二者共同在她的脑海里斗争，就像现在这样。这种爱，是如此地美丽动人，如此地激动人心，以至于我在它的边缘颤抖着，有悖于自己的一贯作风，我提议去海滩上找一枚别针；可这爱情同时也是人类情感之中最愚蠢、最野蛮的，它把一个有着像宝石般轮廓的善良年轻人（保罗的轮廓很精致）变成了麦尔安德路上手持铁棍的恶霸（他趾高气扬，目中无人）。然而，她对自己说，自古以来，人们就开始歌颂爱情，花环与玫瑰为其堆积如山，如果你问十个人，其中九个人会说他们除了爱情，什么都不想要；而从她个人经验看来，女性总是觉得——这不是我们想要的；没有什么比爱情更乏味、更幼稚、更不人道了；然而，它又是美好的、必要的。所以呢，所以呢？她问道，不知怎么的，她希望其他人继续争论下去，就像在这样的争论中，她射出自己的小弩箭，很明显力道不足，留待其他人再接再厉。于是她又开始聆听他们正在说些什么，说不定他们能把爱情这回事阐述清楚。

"然后，"班克斯先生说，"还有英国人称为咖啡的那种液体。"

"哦，咖啡！"拉姆塞夫人说。不过，实际上需要探讨的问题是真正的黄油和干净的牛奶（莉丽看得出来，她已经完全醒过来了，而且谈得很起劲）。她热情洋溢、滔滔不绝地描述了英国乳制品体系的弊端，告诉大家当牛奶送到门口时已经变得很不像样，而她正准备证明她的控诉，因为她已经参与其中，这时，围绕着整个餐桌，从坐在中间的安德鲁开始，就像火团从一簇金雀花跳到另一簇金雀花上，她的孩子们都笑了起来，她的丈夫也笑了；她被嘲笑，被火焰包围，被迫遮挡起羽冠，停止炮轰，而她唯一的反击，就是向班克斯先生展示餐桌上的挖苦和嘲笑，以此来例证攻击英国公众的偏见下场会如何。

不过，因为她心里知道，刚才替坦斯利先生解围的莉丽不太合群，所以她故意把她和其他人区分开来，说道："不管怎样莉丽会站在我这边的。"就这样她把莉丽拉进了争论之中。这使莉丽感到有点烦躁、有点吃惊。（因为她刚才在想爱情的问题。）拉姆塞夫人一直在思索，莉丽和查尔斯·坦斯利两人都不怎么合群。他们都被另外两人的光彩所掩盖。他，很明显地感觉到自己完全被冷落了，有保罗·瑞雷在这个房间里，就没有一个女人愿意看上他一眼。可怜的家伙！尽管如此，他还有他的论文，研究某人对某事的影响：他可以照顾自己。莉丽就是另一回事了。她在明塔的光彩之下黯然失色；她穿着灰色的小裙子，还有她那皱巴巴的小脸和中式小眼睛，显得比以往任何时候都更加不起眼。她的一切都显得如此袖珍。可是，拉姆塞夫人为了牛奶场和靴子的问题向莉丽求救的时候（因为莉丽会证实她的话，她谈到牛奶场的次数并不比她丈夫谈论他的靴子的次数多——他一说起靴子就是滔滔不绝），对比了一下她和明塔，她觉得莉丽到了四十岁会更胜一筹。

莉丽身上有一丝什么……某种闪光点，某种她自己特有的气质，这的确让拉姆塞夫人非常喜欢，但她担心没有男性会欣赏这种气质。很明显的是，除非是一位年长许多的男性才懂得欣赏她，好比说威廉·班克斯。但是，他喜欢的……嗯，拉姆塞夫人有时候觉得自从他妻子过世之后，班克斯喜欢的可能是自己。当然了，他并不是"爱上"了自己，就只是某种广泛存在却无法分类的感情。啊，不该胡思乱想的，她想；威廉必须和莉丽结婚。他们有那么多共同点。莉丽那么喜欢花。他们都有一种冷漠、疏离，并且十分自给自足的感觉。她必须要安排他们多在一起散步。

她竟然安排他俩坐在餐桌两边，实在是太愚蠢了。这个明天可以补救。如果天气好的话，他们应该去野餐。一切似乎都有可能。一切似乎都是正确的。就在刚才（她想，但这样的时刻并不会持续，当其他人都在大谈靴子的时候，她把自己抽离出去），就在刚才她已经到达了安全之地；她像是停留在空中的老鹰一样盘旋着；就像一面旗子飘扬在欢乐的气氛之中，全身上下的每一根神经都充斥着快乐，那是充实而甜蜜的，并不是嘈杂，而是相当庄严；她看着大家都坐在那儿用餐，心想，这喜悦来自丈夫、孩子和朋友们，所有源于这深刻宁静中的喜悦（她正帮威廉·班克斯挑选一小块牛肉，同时把目光投向陶锅深处）现在似乎没有什么特别的理由会像烟雾一样停留在那里，它犹如青烟袅袅升起，将他们安全地笼罩在一起。不需要说什么，也没有什么好说的。所有的一切都在那里，包围着大家。她替班克斯先生精挑细选了一块特别酥嫩的牛肉，觉得它代表着永恒的特质，正如当天下午她对另外一件事也有过相同的感觉；事物是连贯的，有一种稳定性；她的意思是，有些事物是不会改变的，就像红宝石一样，闪耀在（她的目光扫过玻璃窗以及灯光所反射出的涟漪）流动的、稍纵即逝的、幽灵般的表面；因此，今晚她又感受到了白天曾经体会到的那种平静与安宁。在这样的时刻，她想，事物是永恒不变的。

"是的，"她向威廉·班克斯保证，"还有很多牛肉，足够每个人吃的。"

"安德鲁，"她说，"把你的盘子拿低一点，不然我要弄洒了。"（红酒炖牛肉非常成功。）她放下勺子，觉得这是一个处于事物核心的安静空间，她可以在这里活动或休息；她现在可以一边聆听一边等待（他们的菜都盛好了）；然后，她可以像一只突然从高处坠落的老鹰，轻而易举地飘落，然后沉沦于笑声当中，把全身的重量都压在桌子另一头她丈夫所说的话上，他在说什么一千二百五十三的平方根。这似乎是他怀表上的数字。

那一切意味着什么？直到今天她也不清楚。平方根？那是什么东西？她的儿子知道。她朝他们的方向靠了过去；朝平方根和立方根靠了过去；这是他们现在谈论的；关于伏尔泰和斯塔尔夫人[1]；关于拿破仑的性格；关于法国

---

[1] 斯塔尔夫人（1766—1817），法国评论家和小说家，法国浪漫主义文学先驱。

的土地使用权制度；关于罗丝伯里勋爵[1]；关于克里维[2]的回忆录：她让这种令人钦佩的男性智慧编织出来的成果支撑着她、支持着她。男性的智慧就像是铁梁，上上下下、纵横交错地编织出摇摆的布匹，支撑着整个世界，因此，她才能彻底地把自己托付于它，甚至闭上她的双眼，或是让自己的目光闪烁片刻，就像是小孩儿躺在枕头上仰望着一层层树叶，对它们眨眼睛。然后她醒过来，他们的智慧还在继续编织着。威廉·班克斯正在称赞《威弗莱》[3]系列小说。

他说每隔六个月读一本《威弗莱》系列的小说。而这为什么会让查尔斯·坦斯利生气？他迫不及待地插话（拉姆塞夫人想，这一切都是因为普鲁对他不友好），抨击《威弗莱》系列小说，而他对这些小说一无所知，拉姆塞夫人想，他对此根本一窍不通，她在观察他的表情，而不是在听他说什么。她能从他的举止中看出来——他想要表现自己，而且会一直如此，直到他当上教授或娶到妻子，那样就不必总是说"我——我——我"了。因为他对可怜的沃尔特爵士[4]，或者也许是简·奥斯汀的批评，其实不过是为了自我表现。"我——我——我。"她从他说话的声音、

---

1 阿奇博尔德·菲利普·普里姆罗斯（1847—1929），第五代罗斯伯里勋爵，英国自由党政治家，曾任英国首相。
2 托马斯·克里维（1768—1838），英国政治家。
3 《威弗莱》是沃尔特·司各特（1771—1832）于1814年以18世纪苏格兰詹姆斯党人起义为题材创作的历史小说。
4 沃尔特·司各特，《威弗莱》系列小说的作者。

他强调的语气和不安的态度中可以看出，他总是在考虑他自己，以及他给其他人留下的印象。成功对他是有益的。不管如何，他们又继续聊了起来。现在她不需要聆听了。她知道这不会持续太久，但此刻她的目光是如此清晰，仿佛它绕着餐桌逐一揭开这些人的面纱，展示出他们的想法和感受，就像一道光悄悄潜入水底，毫不费力地点亮了水面，激起涟漪、水中的芦苇、在水中保持平衡的小鱼，以及突然安静下来的鳟鱼，它们全都漂浮在那里，颤抖着。就这样，她看得见他们；她听得见他们；但无论他们说什么，都有这种特质，就好像他们所说的话就像是鳟鱼在游动，与此同时，她又可以看到涟漪和沙砾，看到右边有点什么、左边有点什么；而所有的一切被结合成一个整体；在现实生活中，她会撒网捕捉，把一件件事区分开来；她会说她喜欢《威弗莱》系列小说，或者她从没读过这些小说；她会督促自己前进，而现在她什么也没说。此刻，她悬在半空。

"啊，但是你觉得它会流传多久呢？"有人提出这样的问题。仿佛触角从她身上颤抖着伸展出去，拦截下某些句子，迫使她加以关注。这句话就是其中之一。她觉察出这句话对她丈夫来说有危险。毫无疑问，这样的问题会引发其他人发表某些意见，使他联想到自己的失败。他立刻会想到——他的书人们会读多久。威廉·班克斯（完全不受这种虚荣心的影响）笑了，说他不重视文学风潮的变化。不论是文学还是其他任何事物——谁又能说得准什么会永久流传呢？

"让我们享受我们真正欣赏的吧。"他说。在拉姆塞夫人看来,他的正直令人钦佩。他似乎从来没有考虑过:可这对我会有怎样的影响?但是,如果你有另外一种性情,就是一定要得到赞扬、得到鼓励的那种,那么你自然就会开始不安(她知道拉姆塞先生已经开始不安了);他开始想要别人说:噢,拉姆塞先生,可是你的著作会流传下去的,或者其他类似的话。他有些恼怒地说,不管怎样,司各特(或是莎士比亚?)对他来说会流传一辈子,这番话清楚地表明了他的不安。他说的时候很激动。她想,每个人不知为何,都感到有些不适。接着,直觉敏锐的明塔·道尔故意夸张地说,她不相信真的有人享受阅读莎士比亚的作品。拉姆塞先生严肃地说(但他的心情已经有所改变),很少有人真正像自己所说那样喜欢莎士比亚。不过,他又补充道,尽管如此,有些剧本还是很有可取之处的。拉姆塞夫人看得出,无论如何,眼下这一会儿应该没什么事了;他会嘲笑明塔,而拉姆塞夫人看到,明塔意识到他对自己感到极度焦虑后,会以她的方式确保他得到照顾,并想方设法赞扬他。但是,她希望这一切是不必要的——也许正是她的过错,才造成了这种必要性。无论如何,她现在有时间听保罗·瑞雷聊聊他孩童时期读过的书。他说,那些书流传下来了。他在学校读过一些托尔斯泰的作品。有一本书他一直记得,但他忘记了小说的名字。拉姆塞夫人说,俄国人的名字太难记了。保罗说:"渥伦斯基。"他记得这个名字,因为他总是觉得这个名字特别适合恶棍。"渥伦斯基,"拉姆塞夫人说,"噢,《安娜·卡列尼娜》。"但这也没有让话题持续太久；因为他们对书并不在行。不，关于书，查尔斯·坦斯利只需一秒钟就能纠正他俩的错误，可是他说话的时候总是混杂着"我说得正确吗？我是否给别人留下了好印象"之类的内心戏，到最后，人们对他的了解要比对托尔斯泰多得多，而保罗说话的时候简单直接，和他自己无关，只是就事论事。像所有愚笨的人一样，他也有一种谦虚的品德，他会考虑你的感受，至少在某种程度上，她觉得这很有吸引力。现在他想到的不是他自己，也不是托尔斯泰，而是她是否觉得有点冷，她是否感到有风吹进来，她是否想吃一个梨。

不，她说她不想吃梨。事实上，她一直警惕地守护着那盘水果（下意识地），希望没有人碰它。她的目光一直流连在水果的曲线和阴影之中，徘徊于深紫色的苏格兰低地葡萄之间，然后停留在贝壳的角脊上，给黄色搭配上紫色作为衬托，让弧形搭配圆形相互比照，她甚至不清楚自己为什么要这么做，或者说，不清楚为什么每次她这么看着这盘水果的时候，会越发感到平静，直到——噢，真可惜，他们竟然打算吃水果——一只手伸出来，拿起一个梨，破坏了整个画面。她惋惜地看着罗丝。她看着坐在贾斯伯和普鲁中间的罗丝。她自己的孩子竟会做这样的事，太奇怪了！

看到他们，她的孩子们在那儿坐成一排可真奇怪——贾斯伯、罗丝、普鲁、安德鲁——他们几乎一言不发，但从他们嘴唇抽动的样子，她猜他们在讲一些属于自己的笑话。这是和其他一切没有任何关系的事情，是他们收藏起来准备一会儿回到自己房间才放声大笑的事情。她希望这笑话不是关于他们的父亲。不,她想,不是的。她好奇那究竟是什么,甚至为此感到非常难过,因为她似乎觉得,他们要等到她不在的时候,才会说笑。所有的东西都藏在那些相当凝固平静、像面具一样的脸孔背后,因为他们不会轻易参与;他们就像观测者、检查员,有点高于这些成年人或是与他们区分开来的感觉。但当她看着今晚的普鲁,她发现之前描述的情况在她身上并非如此。她才刚刚开始,刚开始移动,刚开始下落。一丝微弱的光线投射在她的脸上,仿佛是对面明塔的光芒在她身上反射出某种刺激以及对幸福的期待,就像是男女情爱的太阳从桌布边缘升起来,她并不了解那是何物,却向它弯下腰,打起招呼。她一直害羞而又好奇地看着明塔,因此拉姆塞夫人分别看着她俩,在心里对普鲁说:"你总有一天会和她一样幸福的。""你会比她更幸福。"她补充道,她的意思是,因为普鲁是她的女儿;她自己的女儿一定会比别人的女儿更幸福。但是晚餐已经结束。是时候离开了。他们只是在摆弄盘子里的东西。她丈夫在讲故事,她要等到他们笑完。他和明塔开了一个关于打赌的玩笑。然后她就会站起身来。

她突然想到,她喜欢查尔斯·坦斯利;她喜欢他的笑声。她喜欢他因为保罗和明塔而感到如此生气。她喜欢他的笨拙。毕竟,那个年轻人身上还是有很多优点。还有莉丽,她把餐巾放在盘子旁边心想,她总有属于自己的笑话。从来都用不着为莉丽操心。她等待着。她把餐巾塞到盘子边缘的下方。好吧,他们现在说完了吗?不。那个故事又引出了另一个故事。她的丈夫今晚情绪高涨，她猜测，他希望在那盘汤引起的争执之后，能够和老奥古斯都言归于好，于是就把奥古斯都拉进谈话之中——他们在聊大学时共同认识的人。她望向那扇窗户，因为窗外一片漆黑，蜡烛的火光反射到窗上显得更加明亮，而在她望着窗外的时候，耳边传来的声音给人很奇怪的感觉，就像是在教堂里做礼拜的声音，因为她没听到具体的对话内容。突然爆发出一阵笑声，接着是一个人的声音（明塔的声音），使她想起在罗马天主教堂做礼拜时，男人们和男孩们高声诵读着拉丁语。她等待着。她的丈夫开始说话。他在重复着什么，她从韵律以及他语气中的悲喜交集得知，这是一首诗：

　　出来登上花园小径
　　卢瑞安娜·卢瑞丽
　　月季绽放
　　还有黄色蜜蜂嗡嗡[1]

　　这些诗句（她正凝视着窗外）听起来宛如飘浮在窗外水面上的花朵一般，与他们隔绝开来，就好像这些诗句并非出自任何人之口，它们自己已经存在了。

　　"我们过去和未来的生活之中／满目所见／皆是繁枝茂

1　引自查尔斯·艾尔顿的诗歌《卢瑞安娜·卢瑞丽》。

林与新老树叶的交替。"[1]她不知道这些话是什么意思,但是,就像音乐一样,这些话似乎出自她自己的声音,从她的身体之内传出来,十分轻松自然地说出了她一整晚内心所想,而她嘴上一直都在聊着其他内容。不用环顾四周她就知道,坐在桌旁的每个人都在听着那个声音说:

> 我不知道你是否也这么觉得
> 卢瑞安娜·卢瑞丽

和她感受着同样的慰藉和喜悦,仿佛这终于说出了发自内心的话,出自他们自己的声音。

但是那声音已经停止了。她向四周看了看。她强迫自己站起来。奥古斯都·卡迈克尔站起身来,手里拿着他的餐巾,让它看上去像是一件白色长袍,他站在那里念道:

> 看见国王们策马经过
> 经过草地和雏菊花田
> 带着他们的棕榈叶和香柏
> 卢瑞安娜·卢瑞丽

当她从他身边走过时,他轻轻地朝她转过身来,对她重复着最后那一句:

---

[1] 同上。

卢瑞安娜·卢瑞丽

然后向她鞠了一躬,好像在向她表示敬意。不知为什么,她觉得他比以往任何时候都更喜欢她;她带着一种宽慰和感激的心情,向他鞠了一躬,接着穿过他为她打开的那扇门。

现在有必要把一切都向前推进。她一只脚踩在门槛上,在这番景象中等了一会儿,而就在她注视着餐厅这一幕时,眼前的一切渐渐消失,然后,在她继续往前走,挽起明塔的胳膊离开房间时,它变了,它改变了自己的样貌;她回过身看最后一眼的时候,就知道,这一切已经成为过去。

第十八章

就像往常一样，莉丽想。总有什么事情非要在那个特定的时刻完成，拉姆塞夫人出于自己的原因，决定立刻去做的一些事情，也许是因为像现在这样，每个人都站在那里开着玩笑，拿不定主意他们究竟应该去吸烟房、去客厅还是上阁楼。这时，她看见拉姆塞夫人站在这一片喧哗之中，手挽着明塔的胳膊，她突然想起："是的，是时候做那件事了。"于是，她立刻神秘兮兮地离开，独自去做她的事。她一离开，这群人就开始解散；他们摇摆不定，然后各自为营，班克斯先生拉着查尔斯·坦斯利的胳膊，准备去阳台上，把他们从晚饭时开始讨论的政治话题探讨出个结果，这样就打破了整个晚上的平衡，使重心朝着不同的方向落下去。看着他们离开，隐约听到他们说了一两句关于工党政策的内容，莉丽想，就仿佛他们已经登上了舰桥，正在测定方位；从诗歌到政治的转变给她留下这样的印象；所以班克斯先生和查尔斯·坦斯利离开了，而其他人站在那里，看着拉姆塞夫人在灯光下独自上楼去。莉丽好奇，她走这么快要去哪里？

并不是说拉姆塞夫人真的跑了起来，或者是走得飞快；其实她的步伐还是比较缓慢的。经历了一晚上的喋喋不休，她更想一动不动地站一会儿，挑出一件特别的东西；那个重要的东西；让它脱离出来；和其他东西区分开；清理掉所有情绪的因素和细枝末节，然后把它拿在身前，带上法庭，在那里，法官们秘密地坐成一排，都是她请来为这些事情做决定的。它是好是坏，是对还是错？我们大家将前往何方？这类问题。因此，在遭受了这件事的打击之后，她又平静下来恢复如前，下意识地、不协调地用外面榆树的树枝作为帮助来稳固自己的立场。她的世界在变化——它们是静止的。这件事让她产生了一种动荡的感觉。一切都必须井然有序。她必须把所有事情都安排妥当，她一边想，一边不知不觉地赞许起那些树木纹丝不动的尊严，而此刻，一阵风吹过，把榆树的树枝向上抬得老高（就像是迎浪而上的船头）。因为风很大（她站了一会儿朝外看）。外面风很大，树叶晃动得厉害，一颗星星不时地从树叶间探出头，星星本身似乎也在晃动，放射着光芒，试图从树叶边缘的间隙中闪现。是的，已经结束了，大功告成；就像所有完成的事情一样，它变得严肃起来。现在，只要一想到这一点，撇开了喋喋不休的对话和激动的情绪，它似乎向来如此，只是现在才被显示出来，所以当它这样被显示出来后，就让一切都稳定下来。她又继续想，无论他们活多久，他们总会回到这一晚；回到这月光、这清风、这座房中——并且也会回到她身边。她想到，自己将会在他们心中萦绕，无论他们活多久，她都会被编织进他们的记忆当中，这让她感到荣幸，在这方面她是最乐意接受恭维的；还有这个、这个和这个，她一边想一边上楼,嘲笑起(不过是很亲切地)楼梯平台上的沙发(她母亲的)、那把摇椅(她父亲的),还有赫布里底群岛的地图。保罗和明塔的生活会赋予所有这一切新的生命,"瑞雷夫妇"——她试着说了一遍这个新名字;而当她把手放在育儿室的门上时,体会到情感给予的、与他人共同的感受,就好像彼此间的隔墙变得如此单薄,以至于实际上(那是一种解脱和幸福的感觉)所有一切都汇成一条溪流,而这些椅子、桌子、地图是她的,是他们的,它们属于谁并不重要,而保罗和明塔会在她死后把它们传承下去。

她用力地转动门把手,生怕它发出吱吱声,然后走进房间,稍稍噘起嘴唇,仿佛在提醒自己不要大声说话。但她一进屋,就气愤地发现,根本没必要小心谨慎。孩子们还没睡着。这太烦人了。米尔德丽德应该多加小心。詹姆斯完全醒着,凯敏直挺挺地坐着,米尔德丽德光着脚爬下床,都快十一点了,而他们都还在聊天。究竟是怎么回事?又是那个可怕的骷髅头。她已经叫米尔德丽德把它搬走,可是米尔德丽德当然把这事给忘了,现在凯敏完全清醒了,詹姆斯也醒着,和凯敏斗嘴,而他们几个小时前就该睡着了。是什么让爱德华鬼迷心窍,给他们送来这个可怕的骷髅头?她真蠢,竟让他们把它钉在那儿。米尔德丽德说,钉子钉得很牢,只要那个东西在屋里凯敏就睡不着,而只要她一碰那个脑袋,詹姆斯就会大叫。

"那么凯敏必须去睡觉了(凯敏说它长着很大的角)——必须去睡觉,然后梦到可爱的宫殿。"拉姆塞夫人坐在她的床边说。凯敏说，房间里到处都能看到它的角。这是真的。无论他们把灯放在哪里（詹姆斯没有灯就睡不着），总有一个地方有影子。

"但是，想想看，凯敏，这只是头老猪，"拉姆塞夫人说，"一头漂亮的黑猪，就像农场里的猪一样。"但凯敏觉得这个东西很可怕，它对准了她，遍布在整个房间里。

"好吧，"拉姆塞夫人说，"我们把它盖起来。"他们都看着她走到五斗橱前，快速地打开一个又一个小抽屉，看不到什么适合的东西，她便迅速地把自己的披肩取下来，在那个头盖骨上绕了一圈一圈又一圈，然后她回到凯敏身边，几乎要把自己的头贴在凯敏的枕头上，对凯敏说：现在看上去多美啊；仙女们会多么喜欢它；它就像是一个鸟巢；这就像她在国外看到的美丽大山，山上有幽静的山谷，有盛开的鲜花，有嘹亮的钟声，有小鸟在歌唱，还有小山羊和羚羊以及……她能看到当她有节奏地说着那些话时，这些字句回荡在凯敏的脑海里，而凯敏跟在她后面重复着说"它多像一座大山、像一个鸟巢、像一个花园，而山上还有小羚羊"，然后凯敏的眼睛一张一合的，拉姆塞夫人接着说下去，语气更加单调、更有节奏，内容则更加荒谬，她说凯敏必须闭上眼睛睡觉，在梦中就能见到高山峡谷，繁星坠落，还有鹦鹉、羚羊和花园，以及一切美丽的东西，她缓缓地抬起头，越来越机械地说着，直到她挺直身子坐起来，发现凯敏睡着了。

她穿过房间，走到詹姆斯的床前轻声说：现在你也该睡觉了，因为你看，野猪的头盖骨还在那儿；他们没碰它；他们按他的意愿做了；它毫发无损地挂在那里。他确信头骨还在披肩下面。但是他还有其他的事想问问她。他们明天去灯塔吗？

不，明天不去，她说，但很快就可以去了，她向他保证；下一个天气好的日子就去。他很乖。他躺下了。她给他盖好被子。但是她知道，他永远不会忘记的，她对查尔斯·坦斯利、对她丈夫、对她自己都感到很生气，因为她燃起了他的希望。然后她伸出手摸了摸自己的披肩，想起来自己已经把披肩裹在野猪的头骨上，她站起来，把窗子往下拉了一两英寸，听听风声，吸了一口寒夜里清冷的空气，轻声向米尔德丽德道过晚安后，离开了房间。门锁的锁舌慢慢回归锁匣，她离开了。

她希望他不要把书砸在孩子们头顶上方的地板上，她想，心里还在想着查尔斯·坦斯利有多烦人。因为他们都睡不好；他们都是容易受惊吓的孩子，既然他能说出关于灯塔的那种话，她觉得他很可能会在他们快要睡着的时候打翻一堆书，笨拙地用胳膊肘把书本从桌子上扫下去。因为她觉得他上楼去工作了。可是他看上去是那么孤独；可是看到他离开时，她觉得松了口气；可是她会确保他明天受到更友好的对待；可是他还是很尊敬她丈夫的；可是他的举止确实需要改进；可是她喜欢他的笑声——想到这里，她走下楼的时候，注意到她现在可以透过楼梯的窗户看到月亮——黄色的丰收之月——她转过身来，然后他们看见她站在楼梯上，在他们上方。

"那是我的母亲。"普鲁想。是的；明塔应该看看她；

保罗·瑞雷应该看看她。那才是事物本身,她觉得,仿佛世界上只有一个像她那样的人;她的母亲。片刻之前,她在和其他人交谈的时候,似乎已经是成熟的大人,现在她又变成了孩子,他们刚才所做的只是一场游戏,她不知道她的母亲会认可他们的游戏,还是会谴责它。她想,这是多么好的一个机会,能够让明塔、保罗和莉丽见到她,她为自己能够拥有这样的母亲而感到无比幸运,觉得自己永远不会长大,永远不会离开家,她像个孩子般说道:"我们刚想要去海滩上看看海浪。"

不知为何,拉姆塞夫人突然之间变得像个二十来岁的姑娘,满心欢喜。她突然沉浸在狂欢的气氛之中。他们当然必须去;他们当然必须去,她笑着叫道;她快步跑下最后三四层台阶,从一个个人身边走过,一面笑,一面把明塔的披肩给她围好,然后说她多希望自己也能一起去,还问他们会不会待到很晚,以及有没有人带了表?

"是的,保罗有。"明塔说。保罗从一个小软皮袋里拿出一块漂亮的金表给她看。当他把表放在掌心伸到她面前时,他觉得:"她都知道了。我什么都不必说。"在他给她展示怀表时,他对她说:"我做到了,拉姆塞夫人。这一切都归功于您。"看到躺在他手中的金表,拉姆塞夫人觉得:明塔实在是太幸运了!她要嫁给一个用软皮袋子装着金表的男人。

"我多么希望能和你们一起去呀!"她大声说道。但是,她被某件极为重要的事情牵绊着,她甚至根本没想过问问自己那到底是什么事。她当然不可能和他们一起去。

可要不是为了另外那件事,她倒真的很想去,而她被自己荒唐的想法逗乐了(嫁给一个用软皮袋子装表的男人是多么幸运啊),她嘴角上带着一丝笑容,走进了另一个房间,她丈夫正坐在里面读书。

第十九章

当然,她走进房间时对自己说,她必须到这里来取她想要的东西。首先,她想坐在一盏特定的灯下面的一把特定的椅子上。但是她还想要更多的东西,虽然她不知道、也想不出她想要的是什么。她看着她的丈夫(拿起她的袜子开始织了起来),发现他并不想被人打扰——这十分明显。他正在读些什么,内容让他深受感动。他似笑非笑,这让她知道他在控制自己的情绪。他把书一页一页地往后翻。他照着书表演——也许他把自己当成书中的那个人物。她想知道那是什么书。哦,她看见的是老沃尔特爵士的一本书,她调整了一下灯罩,让光线落在她织的东西上。因为查尔斯·坦斯利一直说(她抬起头来,仿佛期待听到上面地板上传来书本跌落的声响),一直说人们不再读司各特的书了。然后她丈夫想:他们将会这么说我的;于是他才来这里,找了一本那种小说。如果他得出的结论是,查尔斯·坦斯利所说的"是正确的",他就会接受对于司各特的评价。(她看得出来,他在阅读的时候,同时也在权衡、考虑和比较。)但轮到他自己就做不到了。他总是为自己感到不安。这让她感到困扰。他总在为自己的书担心——会有人读我的书吗?它们算是优秀的作品吗?我为什么不能写得更好？人们对我的评价又如何？她不喜欢这样想他，不知道他们是不是已经猜到他为何会在吃饭时，在他们谈论起作家名声和作品的不朽时，突然变得暴躁，她好奇孩子们是不是在嘲笑这一点，她扯了扯袜子，嘴唇和前额上显现出用钢铁工具雕刻出来的优美纹路，而她像一棵纹丝不动的大树，之前一直在摇晃颤抖，可现在，当微风变缓时，树叶一片片地安静下来。

无所谓，这一切都无所谓，她想。一位伟大的男人、一本伟大的书、名誉——谁又能分辨出来呢？她对此一窍不通。但这是他对待自己的方式，他的真实性——比如说，在用晚餐的时候，她曾本能地想到：如果他能开口就好了！她彻底信任他。而在抛开这一切想法之后，在她潜水时，一会儿碰到水草，一会儿碰到稻草，一会儿碰到泡泡，当她沉得更深的时候，她再次感受到了刚才其他人在大厅里谈话时她产生的感觉：我想要某个东西——我来就是为了拿到那个东西，然后她闭上双眼越沉越深，也不知道自己想要的究竟是什么。她等了一会儿，一边织着毛线一边想弄清楚，她脑海中慢慢浮现出他们在吃饭时说过的话，"月季绽放／还有黄色蜜蜂嗡嗡"，[1]这些词句开始在她脑海里有节奏地来回荡漾起来，在它们荡漾的时候，这些词句就像是一盏盏带着灯罩的小灯，有红色的，有蓝色的，还有黄色的，在她漆黑的脑海中亮起来，似乎要离开它们的电线杆，飞到高空中，纵横交错飞舞，或者是大声

1　引自查尔斯·艾尔顿的诗歌《卢瑞安娜·卢瑞丽》。

呼喊,让声音回荡于空中;于是她转过身去,在身旁的桌子上摸索着找了一本书。

> 我们过去和未来的生活之中
> 满目所见
> 皆是繁枝茂林与新老树叶的交替

她一边在嘴中呢喃,一边把毛衣针扎进袜子里。然后她打开书,开始随意读了起来,而她这么做的时候,觉得自己一会儿在往后爬,一会儿在往上爬,从环绕在她头顶的花瓣之中往上爬,挤出一条路来,所以她只知道这是白色的,或者这是红色的。起初她根本不知道这些诗句的意思。

> 掌舵,疲惫的水手们,将你们如添羽翼的松
> 木之舟驶向这里[1]

她一边读,一边翻动着书页,摆动着身体,曲折前行,从一行诗读到另一行诗,就像从一根树枝爬上另一根树枝,从一朵红白相间的花跳到另一朵花上一样,直到一声轻响把她惊醒——丈夫拍自己大腿的声音。他们的目光交汇了片刻;但是他们并不想和彼此说话。他们无话可说,尽管如此,可似乎还是有什么东西从他传达到她那里

---

[1] 节选自威廉·布朗(1590—1645)的诗歌《塞壬之歌》。

去了。她心里知道，是生活，是生活的力量，是那巨大幽默，使他拍了拍自己的大腿。他似乎在说：别打扰我，什么也别说；就坐在那里吧。然后他继续读书。他的嘴唇在抽搐。它使他感到满足。它给他勇气。他把晚上的小摩擦和挖苦忘得一干二净；忘记了人们没完没了地吃喝时他却要坐着一动也不动，是多么地让他感到厌烦；忘记了他对他的妻子如此暴躁；忘记了他们对他的著作只字不提——就好像他的作品根本不存在时，他是多么地暴躁和介意。但是现在，他觉得，谁他妈的到达了Z都无所谓（如果思想进程就像字母一样从A排到Z的话）。总有人会到达的——如果不是他，那就是别人。司各特的力量和理智，他对直截了当的简单事物的感情，这些渔夫，还有那个住在默克尔贝克特木屋里的可怜疯老头，所有这一切都使他感到如此有活力，仿佛从某种事物中解脱出来，让他体会到振奋和胜利的感觉，而且忍不住热泪盈眶。他把书举高了一点遮住自己的脸，让眼泪尽情坠落，然后左右摇晃着脑袋，完全忘乎所以（但是他并没有忘记对以下几个问题的反思：关于道德问题、法国小说、英国小说，还有司各特的表达虽然受到了局限，可是他的观点或许和别的观点一样真实），他沉浸在可怜的斯蒂尼淹死的悲剧、默克尔贝克特的伤痛（那是司各特的巅峰），以及这本书给他带来的惊人喜悦和活力感受之中，完全忘记了自己的烦恼和失败。

　　好吧，他看完这一章的时候心想，让他们改进去吧。他觉得自己一直在和什么人争论，而且已经占了上风。无论他们可能会说些什么，他们都无法改得更好；而他自己的地位也更加稳固。那些情人是胡扯，他想着，又把这一切都记在心里。那是胡扯、那是一流的，他思考着，把一个个情节排放在一起。但他必须重新读一次。他记不住整个故事的轮廓。他必须暂时保留他的评价。于是他回到另一个想法上——如果年轻人不喜欢这种小说，他们自然也不会喜欢他的作品。拉姆塞先生想，他不应该抱怨的，他试图克制自己向妻子抱怨年轻人不欣赏他的欲望。但是他下定了决心；他不会再打扰她。此时，他看着她读书。她读书的时候看上去很平静。他喜欢想着所有人已经离开了，只剩下他和她两人独处。他想，人生的全部意义不仅仅在于和一个女人上床，然后他的思绪回到司各特和巴尔扎克，回到英国小说和法国小说中去。

拉姆塞夫人抬起头来，像一个在浅睡之中的人，似乎在说，如果他想让她醒过来，她会醒的，她真的会醒的，但如果不需要她这么做的话，或许她可以继续睡下去？就多睡一会儿，只是再多睡一小会儿就好。她正在攀爬那些枝干，一会儿走到这边，一会儿走到那边，摸摸这朵花，碰碰那朵花。

"也不要赞美玫瑰的一片深红，[1]"她吟诵起这句诗，她觉得自己在阅读的时候，开始向上攀登，登上了山顶，登上了顶峰。这是多么令人满足！多么宁静！一天中所有零散的琐事都被吸在这块磁铁上；她感到心旷神怡，神清气爽。然后，突然之间，它完整地出现在那里；她把它

1　出自莎士比亚《十四行诗》第九十八首。

捧在手里,美丽又合理、清晰又完整,这是从生活之中提炼出的精髓,此刻她把它完美地握在手中——那首《十四行诗》。

但她渐渐意识到丈夫在看着她。他脸上的微笑带着一丝取笑的意味,仿佛在微微地嘲笑她竟然在光天化日之下睡着了,但同时他又在想:继续读下去。他想,你现在看起来不悲伤了。他想知道她在读什么,他夸大了她的无知和单纯,因为他喜欢认为她并不聪明、完全不了解书本上的知识。他不知道她是否能够理解自己正在阅读的内容。也许她不懂,他想。她美得惊人。她的容貌(如果有这个可能的话),在他看来,似乎越变越美。

然而似乎寒冬依旧,可你早已离开
我与这花丛嬉戏,犹如与你倩影相伴[1]

她读完了。

"怎么了?"她说着,目光离开了书本,抬起头看着他,恍惚地回应着他的微笑。

我与这花丛嬉戏,犹如与你倩影相伴

她呢喃着把书放在桌上。

---

1 出自莎士比亚《十四行诗》第九十八首。

她拿起毛线，好奇自从上次单独见到他之后，都发生了些什么。她记得为晚餐挑选服装，看到了窗外的月亮；安德鲁在晚餐的时候把盘子端得太高；因为威廉说的话而感到沮丧；树上的鸟儿；楼梯平台上的沙发；醒着的孩子们；查尔斯·坦斯利的书掉下来把孩子吵醒——噢，不，这是她胡编的；还有保罗用一个软皮套子装他的怀表。她应该告诉他哪一件事？

"他俩订婚了，"她边说边继续织了起来，"保罗和明塔。"

"我也猜到了。"他说。这件事没什么可说的。她的思绪还在上下起伏，随着诗歌上下起伏；读完斯蒂尼的葬礼后，他仍然觉得精力充沛、坦荡直率。他们安静地坐着，她意识到自己想要他说些什么。

什么都行，什么都行，她一边想一边继续织着袜子。说点什么都行。

"能嫁给一个用软皮袋子装怀表的人多好啊。"她说，因为这是属于他俩之间的玩笑。

他嗤之以鼻。他对这门婚事的感觉和他一贯以来对任何婚事的感觉一样；那个年轻人配不上这个女孩。她脑中慢慢地出现了一个疑问，那人们为什么想要结婚呢？事物的价值和意义是什么？（现在在他们说的每一句话都是真诚的。）请说点什么吧，她想着，只希望听到他的声音。因为她觉得，那个阴影，那个笼罩着他们的阴影又开始朝他们逼近。说点什么吧，她恳求道，她看着他，仿佛在向他求救。

他默不作声,来回摆动着表链上的指南针,想着司各特和巴尔扎克的小说。但是,因为他们不由自主地凑在一起,肩并肩靠得很近,透过他们亲密关系中朦胧的墙壁,她能感觉到,他的思想就像一只高举的手,在她的思想上投下阴影;而由于现在她的想法正朝着他不喜欢的方向转变——朝着他称为"悲观"的方向转变,他开始变得坐立不安,虽然他什么话也没说,只是举起手伸到额头前面,扭动着一撮头发,然后再把它放开。

"你今晚织不完那只袜子的。"他指着她的袜子说。这就是她想要的——他用严厉的声音责备她。如果他说悲观是错误的,那它可能就是错误的,她想着;那段婚姻会没事的。

"是的,"她一边说一边把袜子放在膝盖上抚平,"我今晚织不完。"

然后要怎样?因为她觉得他还在看她,但他的眼神已经有所改变。他想要什么——想要那个她总觉得很难给予他的东西;他想让她对他说,她爱他。而那个,不,她做不到。比起她,他要更善于言辞。他能说出的话——她永远也说不出口。自然而然地,这些话总是由他说,然后出于某种原因,他会突然感到介怀,并会责备她。他管她叫无情的女人;她从未对他说过她爱他。但并不是说她不爱他——并非如此。只是她永远说不出她内心的感受。(她只会问:)他的外套上没有面包屑吗?没有什么能为他做的吗?她站起身来,手里拿着红棕色的长袜,站在窗前,一方面是想转身避开他,一方面是因为她想起它通常有多么美丽——那夜晚的大海。但她知道，在她转身的时候，他也把头转了过来；他正在看着她。她知道他此刻正在想：你比以往都更美。而她也觉得自己很美。难道你就不能对我说一次你爱我吗？他一定是在想那个，因为刚才受到了明塔还有他的著作的刺激，但他现在已经清醒过来了，今天就要结束了，他们关于是否要到灯塔去的争执也要结束了。但是她做不到，她说不出来。她知道他在注视着她，她什么也没说，只是转过身，手里拿着袜子，看着他。她看着他，笑了起来，因为虽然她一个字也没说，他知道，他当然知道，她是爱他的。他无法否认这一点。她微笑着望向窗外说（自己在心里想着：这个世界上没有什么能比得上这种幸福了）——

"是的，你说得对。明天会下雨的。你们去不了了。"然后她微笑着看着他。因为她再次取得了胜利。她没有说出那句话：但他知道。

Part Two

第二部　时光飞逝

第一章

"那么,我们必须等未来向我们展示。"班克斯先生边说边从露台上走进屋内。

"几乎已经黑得看不见了。"安德鲁从海滩走上来时说。

"都分不清哪里是大海、哪里是陆地了。"普鲁说。

"我们要让灯继续亮着吗?"其他人在门口脱外套的时候,莉丽问道。

"不,"普鲁说,"如果所有人都进屋了,就不留了。"

"安德鲁,"她回头喊了一声,"把门厅的灯熄了吧。"

屋里的灯一盏盏熄灭,除了卡迈克尔先生,他的蜡烛比其他人多留了一阵,他想要躺着读一会儿维吉尔[1]。

---

1 维吉尔(前70—前19),被当代及后世广泛认为是古罗马最伟大的诗人之一。

第二章

于是，所有的灯都熄灭了，月亮从空中落下，薄薄的雨点敲打着屋顶，无边的黑暗倾泻而下。似乎没什么能够躲过这暗夜洪流，黑暗是如此充沛，从锁眼和裂缝中偷偷溜进来，小心翼翼地绕过百叶窗，潜进卧室之中——这里的水壶和脸盆，那里的红色、黄色大丽花，以及远处那些边角分明而结实的大抽屉——所有这一切都被黑暗吞入腹中。不仅各种家具混淆得让人无法辨别；就连身体和心灵也被黑暗笼罩，几乎让人无法区分出"是他"或者"是她"。有时举了一只手，好像要抓住什么或挡开什么东西，或者有人呻吟，或者有人放声大笑，好像在和虚无分享着一个笑话。

客厅里、餐厅里，或者是楼梯上都毫无动静。只有穿过生锈的铰链以及浸淫在海边潮湿空气中变得肿胀的木造物，有些从海风中掉队的空气（这房子毕竟已经摇摇欲坠了）才能偷偷来到房子四周，闯进屋内。你几乎可以想象得到，在这些空气进入客厅的时候，它们充满好奇、充满疑问，和墙上垂挂下来啪啪作响的墙纸嬉戏，问问它是否会挂得更久，什么时候会掉落下来？然后它们轻轻地拂过墙壁，在经过时若有所思，仿佛在询问墙纸上红色和黄色的玫瑰是否会褪色,又问了问(十分温柔地,因为它们有的是时间)废纸篓里被撕碎的信件、那些花和书本(所有的这一切现在都任由它们挑选),问它们:你们是盟友吗?你们是敌人吗?你们能坚持多久?

于是,一些零零散散的光线用它投射在楼梯和地毯上淡淡的脚印,指引着它们,这些光有的来自没有被云朵遮盖的星星,有的来自漂泊在海上的船只,有的甚至来自那座灯塔,那些小小的空气顺着这些光,爬上楼梯,在卧室门口四处打探。但在这里,它们必须停下脚步。其他任何东西都可能会消亡或消失,但躺在这里的一切是恒久不变的。在这里,你可以告诉那些滑动的光线,告诉那些四处摸索的空气(它们自己呼吸着,俯视着床),在这里,你既不能触碰,也不能破坏。于是,就像是它们有着轻如羽毛的手指以及羽毛般的柔韧,它们像幽灵一般,疲惫地再次看了看那紧闭的双眼和松弛握住的手指,然后疲倦地拢起它们的衣物,消失了。它们就这样探头探脑,蹭蹭擦擦,来到楼梯上的窗口,走进了用人的卧室,走到阁楼上的箱子跟前;它们下楼去了,让餐桌上的苹果变得苍白,抚弄着玫瑰花瓣,拭了拭画架上的画,刷刷地毯,吹走了散落在地板上的一点沙子。最后停了下来,它们全都停止了,聚集在一起,一同叹息;大家一起发出一声无由的悲叹,厨房里有扇门应声做出回应;它突然打开;什么也没放进来;然后"砰"一声关上了。

【这时,刚刚在读维吉尔的卡迈克尔先生吹灭了他的蜡烛。现在已经过了午夜时分。】

第三章

可一个夜晚究竟算什么？它时间短暂，尤其黑暗消失得如此迅速，很快地，一只鸟儿开始歌唱，一只公鸡开始打鸣，或者一片淡淡的绿色，像季节变换时的树叶一样，在海浪的漩涡中变得生机勃勃。可是，夜晚过后还是夜晚，周而复始。冬天贮藏了无数黑夜，然后不知疲倦地用手指公平地、均匀地把它们派发出去。夜晚变得越来越漫长；越来越昏暗。在有的夜里，清晰可见的行星有如圆盘，明亮地挂在高空中。秋日的树木虽已饱经风霜，却在大教堂阴冷的洞穴里，体贴地呈现出那些破烂旗帜的光芒，在这些洞穴里，大理石书页上的金字描述着战争中的死亡，以及在遥远印度的土地之上，尸骨是如何褪色和焚烧的。秋天的树木在黄色的月光下闪闪发光，那获月[1]的光线，使劳作之人精力充沛，让收割后留下的残株变得平整，把拍打着蓝色浪花的海浪带到了岸边。

现在看来，神圣的上苍似乎被人类的忏悔和所有辛劳感动，它拉开幕帘，展现出幕后独一无二、与众不同的一切：直立的野兔；海浪的退去；颠簸的小船；这一切倘若

---

1 秋分前后之满月。

是我们应得的，就应该永远属于我们。但是，唉，神圣的上苍，扯了扯绳子，关上了幕帘；眼前的景象无法让他满意；他用一场冰雹掩盖了他的宝藏，就这样把它们砸碎，使它们混淆在一起，似乎再也不可能让它们恢复平静，我们也不可能从它们的碎片之中拼凑出一个完美的整体，或从散落的碎片中读出真理清晰的字句。因为我们的忏悔只能换来惊鸿一瞥；我们的辛劳只配得到暂时的休息。

这些夜晚此刻充满了狂风和毁灭；树木被吹得摇摇晃晃，弯下身躯，叶子在空中胡乱飞舞，直到它们盖满整片草坪，拥挤在排水沟里，堵塞了下水道，四处散落在潮湿的小径上。汹涌澎湃的大海也在摧残折磨着自己，而如果任何一位睡梦中的人，幻想着能够在海滩上找到对自身疑问的解答，找到一个能够分担他孤独的人，他就会掀开被单，独自走到沙滩上去，却没找到能够帮助他的非凡身影，好让这个夜晚恢复秩序，让这个世界反映出灵魂指向所在何方。能够给予他帮助的那只手在他手中渐渐缩小；声音在他耳边怒吼。是怎么一回事？为什么？是什么原因？——那睡梦中的人被这些问题所吸引，离开自己的床，去寻找答案，可在如此一片混乱当中，向无尽的夜晚提出这些问题，看上去似乎是毫无用处的。

【在一个漆黑的早晨，拉姆塞先生跌跌撞撞地走在过道上，伸出了双臂，可是拉姆塞夫人已在前一天夜里突然去世，他虽然伸出双臂，却什么也触摸不到。】

第四章

所以,既然房子空了,门锁着,床垫卷了起来,这些和大部队失散的空气,成了大军的先头部队,咆哮着冲进房内,拂过光秃秃的木板,轻轻地啃着、扇着,在卧室或客厅里,没有什么东西能够完全抵御它们,只剩下飘动的窗帘、嘎吱作响的木头、油漆剥落的桌腿,还有那些已经长毛、生锈、破掉的平底锅和瓷器。人们脱下以及留下的东西——一双鞋、一顶猎帽、衣柜里几件褪色的裙子和外套——只剩下它们保留着人类的轮廓,而现在的空无显示出它们曾经是如何被填满、如何被赋予了生机;有一双手曾经是如何忙着钩上钩子、扣上纽扣;镜子里曾经是如何映照出一个人的容颜,反射出一个空洞的世界,在那个世界里,一个人影转过身来,一只手闪过,门打开了,孩子们一窝蜂地涌进来,然后又出去了。现在,日复一日,光线在不停变换,就像是倒映在水中的花朵一样,把它鲜明的轮廓投射在对面的墙上。只有树影在风中婆娑,对着墙壁鞠躬致敬,有那么一会儿,树影挡住了反射着光线的池塘,让它暗了下来;或者有鸟儿飞过,在卧室地板上投下一团缓缓移动的柔软阴影。

就这样,优美和寂静统治着这一切,它们携手创造出优美的形态本身,一种脱离了生命的形态;就像是傍晚透过火车车窗看到的水塘一样,孤寂而遥远,那水塘转瞬即逝,在黄昏之时显得如此苍白,虽然被瞥见一眼,却没有任何人能够夺走它的寂寥。优美和寂静在卧室中紧握着彼此的手,就连风儿也在那些掩盖着的罐子和用布遮盖起来的椅子中间窥探,而潮湿的海风用它柔软的鼻子,到处摩擦着、嗅着,反复地重复着它们的问题——"你会褪去吗?你会消失吗?"——它们几乎没有扰乱那平静、冷漠以及单纯的完整性,就好像它们所提出的问题根本不需要回答:我们一直在这里。

似乎没有什么可以破坏那个形象,玷污那股纯真,或是打扰寂静织成那摇曳的披风,一周又一周,寂静在那空荡荡的房间里,把鸟儿的低鸣、轮船的汽笛声、田野上的嗡嗡声、狗吠声、人的呼喊声编织到自身当中,然后把它们笼罩在房屋四周,让这所房子陷入一片沉静。只有一次,楼梯平台上的一块木板弹了起来;有一次在午夜时分,随着一声轰隆破裂的巨响,就像经过了几个世纪的沉寂之后,一块岩石从山上断裂,滚进山谷,摔得粉碎,笼罩着屋子的那条披风的一侧掉了下来,来回摇摆在空中。然后又恢复了平静;风影摇曳;光线向自己投射在卧室墙壁上的身影倾慕地弯下腰;而麦克纳布夫人用已经伸进洗衣盆的双手,撕开了寂静的面纱,用曾经踩碎砂砾的靴子把这寂静碾得粉碎,她奉命前来打开所有的窗子,拂去卧室里的灰尘。

第五章

在她步履蹒跚（因为她就像是海上的轮船一样摇摇晃晃）并且用眼睛斜视的时候（她的眼神从不会直截了当地落在任何东西上，她总是用侧目斜视的方式藐视这世界的嘲讽和愤怒——她并不聪明，她自己知道），在她紧抓着楼梯扶手把自己拽上楼，从一个房间摇晃到另一间屋子时，她唱着歌。她一边擦着长长的穿衣镜上的玻璃，一边用余光斜视着自己摇晃的身体，嘴里发出一个声音——或许是二十年前舞台上某支欢快的曲子，曾经有人哼唱过，也有人随之起舞，但现在，从这个戴着软帽的没牙的管家老太口中唱出来，就失去了意义，就像是愚蠢、幽默、固执这三者本身所发出的声音，被踩在脚下，又反弹起来，因此，在她踉跄地掸着灰尘、擦着东西的时候，她似乎在说：这是多么漫长的悲伤和烦恼啊，每天就是早晨起床晚上睡觉，把东西拿出来又放回去，日复一日，年复一年。这个她已经熟识了近七十年的世界，既不安逸也不舒适。她累得弯下腰来。她跪在床下，地板嘎吱作响，她一边掸去地板上的灰尘，一边呻吟地问道：多久，这样的生活还要持续多久？但她又一瘸一拐地站起来，让自己振作起来，那倾斜的视线甚至从自己的脸庞和自己的苦痛之中逃开，她斜着眼睛，站在镜子前打着哈欠，漫无目的地笑着，然后又开始像之前一样，一瘸一拐地到处缓慢移动，拿起小垫子，放下瓷器，斜着眼瞅着镜子，就像她毕竟也有自己的安慰，就像在她的挽歌里，确实编织着某种根深蒂固的希望。洗衣盆里一定也曾映照出快乐的景象，比如说和她的孩子们在一起的时候（但有两个是私生子，一个已经抛弃了她）；在酒馆里喝酒的时候；捣鼓着她抽屉里那些琐碎的小破烂的时候。黑暗中也总会有些裂缝，在黑暗的深处也总会有些通道，穿过它们照射进来的光线，足以映照出她在镜子里咧着嘴的扭曲笑脸，让她再次回到她的工作中时，喃喃地唱着那首音乐厅里古老的歌曲。神秘主义的人和幻想家，在晴朗的夜晚漫步于海滩之上，搅动着水洼，看着一块石头，质问他们自己："我是什么？""这是什么？"他们突然之间被赐予了答案：（他们也说不上来答案是什么）可是他们在寒霜之中感到一丝温暖，在沙漠之中找到一丝安慰。但麦克纳布夫人还是像以前一样继续喝酒和闲聊。

第六章

　　树上还没冒出一片叶子，光秃秃的，春天明媚得就像是一个处女，贞操凛然，纯洁高傲而不可侵犯，她睁大了双眼，平躺在田野之中，充满警惕，丝毫不在乎旁观者在做些什么、想些什么。【普鲁·拉姆塞倚着父亲的臂膀，在婚礼中，由父亲交到新郎手中。人们都说，哪还有比他们更般配的夫妇？然后，他们补充道，她看上去多美啊！】

　　随着夏季的降临，夜晚逐渐变长，于是出现了万物复苏、充满希望的奇思异想，它们游走在沙滩上，搅动着池水——想象着血肉之躯幻化成迎风飘扬的微粒，想象着星辰在它们心中闪烁，想象着悬崖、大海、云彩和天空被特意聚集到一起，把这内在四分五裂的景象在外观上组合起来。那些镜子中照射出的，是人们的思想，那些春心荡漾的池水，幻化出变化无尽的云影，映射出的是绮梦依旧，而不可能去抗拒每一只海鸥、每一朵花、每一棵树、每一个男人女人，甚至就连白色大地自身似乎都在宣布的奇怪暗示（但倘若你提出质疑，就会立刻畏缩）：善良终将凯旋，幸福终将取胜，秩序终将支配；也不可能抗拒四处漫游去寻找绝对之善的巨大刺激，某种强烈情感的结晶，远离人们早已了解的快乐和熟知的美德，是某种与家庭生活进程格格不入的东西，它是独特的、坚硬的、明亮的，就像是砂砾中的一颗钻石，能够让拥有它的人感到安心。此外，蜜蜂嗡嗡地叫着，蚊蚋环绕着她的斗篷翩翩起舞，那柔软的、静默的春天，遮蔽起她的双眼，转过头去，在掠过的阴影和飞落的细雨之中，似乎让她懂得了人类的苦痛。

【那年夏天，普鲁·拉姆塞死于难产，人们说，这真是一场悲剧，他们说，原本一切都很顺利。】

现在正值盛夏，风儿又把它的密探打发到房子周围去了。苍蝇在洒满阳光的房间里织了张网；靠着玻璃窗长出来的野草，在夜里有节奏地敲打着窗户。当夜幕降临的时候，灯塔的灯光曾威严地把自己投射在黑暗之中的地毯上，勾勒出地毯的图案，此刻，它和夹杂着月光的柔和春光一同现身，轻轻地滑动着，仿佛在爱抚着世间万物，偷偷徘徊着、注视着，又亲切地回来了。但是，就在深情爱抚的间隙，当那束灯塔的长光倾洒在床上时，岩石裂开了；此前笼罩着这座房屋的寂静披肩又松开了一侧；它悬挂在那里，摇摆着。在夏天短暂的夜晚和漫长的白昼中，当空荡荡的房间似乎伴随着田野的回声和苍蝇的嗡嗡声一同低语时，那长长的流光轻轻晃动，漫无目的地摇摆；与此同时，阳光把房间照得斑驳分明，让房间里布满黄色的光晕，以至于麦克纳布夫人闯进来，一瘸一拐地到处拂灰去尘时，她就像一条热带鱼在阳光斑驳的海水里游来游去。

夏季尽管让人昏昏欲睡，但在它的尾声出现了不祥的声音，听起来像是锤子有节奏地敲打着毛毡发出的钝音，随着不断地敲打，使得披肩更为松动，还震得茶杯上出现了裂痕。碗柜里的玻璃器皿不时地叮当作响，仿佛有一个巨大声音在痛苦中尖叫，声音大得让橱柜里的大玻璃杯也随之震动起来。接着又是一片寂静；然后，一个又一个夜晚，有时是在大白天，在玫瑰绽放时，阳光把它的身影清晰地投射在墙上，好像有什么东西坠入到这片寂静、这种冷漠、这种完整性之中，是什么东西坠落的声音。

【一颗炸弹爆炸。在法国，有二三十个年轻人被炸得血肉横飞，其中之一就是安德鲁·拉姆塞，所幸的是，他当场就死了，没受太大的苦。】

在那个季节，那些到海边散步的人，那些向大海和天空询问它传来了什么消息、证实了什么幻影的人，在通常被当作上天的恩赐之物中——海上的夕阳，黎明的曙光，升起的明月，月光下的渔船，孩子们用抓满手的草互相投掷玩耍——必须考虑某种与这欢快宁静的气氛不协调的东西。比方说，一艘灰白色船的沉默幽灵出现在海面，然后又消失了；在平静的海面上有一块紫色的污迹，就好像有什么隐形的东西在海面下沸腾着，淌着血。那些东西入侵了为激起最高尚的反思和引导出最令人满意的结论而精心设计的场景，这让他们停下脚步。想要无动于衷地忽视他们，扼杀他们在这片景色当中的重要性，是非常困难的；当一个人走在海边，想要继续惊叹外在美是如何映照出内在美，也是很困难的。

大自然补充了人类所取得的进步吗？她是否完成了人

类开始的事？看到人类的痛苦、人类的卑鄙和人类所遭受的折磨，她同样感到洋洋自得。那个想要与他人分享，想要变得完整，想要独自一人在海滩上搜寻答案的梦想，不过只是镜子中反射出的一个投影，而镜子本身也不过只是一层表面的玻璃效果，当更高贵的力量沉睡于镜面之下，它默然形成。毫无耐心、绝望，但却不愿意离去（因为美带有诱惑，也起到了安慰的作用），在海滩上散步是不可能的；沉思是不堪忍受的；镜子被打破了。

【那年春天，卡迈克尔先生出版了一本诗集，取得了意想不到的成功。人们说，是战争恢复了他们对诗歌的兴趣。】

第七章

夜复一夜，夏去冬来，暴风雨的折磨，晴空如弓箭般的寂静，纷纷接受大家的朝拜，没有受到一丝纷扰。从空房子的上层房间里，只能听到（如果还有人在听的话）巨大的混乱伴随着闪电划破天际，在翻滚着、震动着，而风和海浪在一同嬉戏，就像两只没有具体形态的海上巨兽，理性之光无法穿过它们的眉头，它们相互攀爬在彼此身上，不分日夜黑白（因为日日夜夜、年年月月都无形地混在了一起）地冲撞跳跃，玩耍着愚蠢的游戏，直到仿佛整个宇宙都在野蛮的混乱和放肆的欲望中战斗和翻滚。

春天，随风飘来的种子漫不经心地长满在花坛里，和过往一样鲜艳绚丽。紫罗兰开了，然后是水仙花。但是白日的宁静与明亮就像黑夜的混乱与喧嚣一样奇怪，树和花都站在那儿，往前看看，抬头看看，却什么也看不到，没有眼睛，如此可怕。

第八章

麦克纳布夫人弯下腰摘了一束花准备带回家，心想，大概也无所谓，因为那家人再也不会回来了，有人说这房子也许要在圣米迦勒节[1]的时候卖掉。给房子掸灰的时候，她把那些花儿放在桌上。她喜欢花，就这样浪费掉太可惜了。假如这房子要卖掉（她双手叉腰站在穿衣镜前），它会需要一些整修的——它会需要的。这些年来，这房子就这样一直杵在这里，没住过一个人。里面的书和其他东西都发霉了，因为战争的关系，再加上很难找到帮手，这房子并没有如她所愿地被打扫干净。现在单靠一个人的力量，无法把它整理得井井有条。她年纪太大。她两条腿都在疼。所有这些书都应该平铺在草地上晒晒太阳；大厅里有的地方灰泥都掉了下来；书房上面的排水管堵住了，下雨的时候房间里会漏水；地毯基本已经面目全非。但是那家人应该自己来；他们早就应该派个人来看看。因为衣橱里还有衣服；每间卧室里都有他们落下的衣服。她应该如何处理那些衣服？那些衣服里长了蛀虫——拉姆塞夫人的

---

[1] 圣米迦勒节，大约每年的9月29日。由于这一天接近秋分常与秋天的开始及白昼的缩短相关联，同时也是每年的四个账目结算日之一。

东西。可怜的夫人！她再也用不着它们了。她死了，他们说；几年前，在伦敦。有一件她在做园艺时穿的灰色旧斗篷（麦克纳布夫人用手指摸了摸那件斗篷）。麦克纳布夫人拿着洗好的衣服走到马路上时，可以看到拉姆塞夫人弯腰看着她的花（那花园现在看上去惨不忍睹，简直是一片狼藉，兔子会从花床跑出来，朝你冲来）——她可以看见拉姆塞夫人穿着那件灰色斗篷，她的某个孩子站在她身旁。屋里还留下了靴子和鞋子；梳妆台上还放着刷子和梳子，完全就像是她以为第二天就要回来似的。（她是猝然离世的，他们说。）有一次他们本来打算要来，可是因为战争的爆发，那段时期交通非常不便，所以又推后了行程；他们这些年都再也没有来这里；只是给她寄钱；但从来没有过只字片语，再也没来，却期待当他们再次归来时，所有的东西保持得和当年离开时一模一样，啊，天啊！为什么梳妆台的抽屉里塞满了东西（她把那些抽屉拉开），手帕和几条丝带。是的，当她拿着洗好的衣服走到马路上时，她能看见拉姆塞夫人。

"晚上好，麦克纳布夫人。"她会说。

她的举止让人感到舒适。女孩们都喜欢她。但是，天啊，自那以后，许多事情都变了（她关上抽屉）；许多家庭失去了他们最亲爱的人。所以，她死了；然后安德鲁先生被杀了；他们说，普鲁小姐也死了，生头一胎的时候；但这些年来，每个人都失去了某个亲人。物价涨得可耻，也没有再降下来。她清楚地记得拉姆塞夫人穿着灰色斗篷的样子。

"晚上好，麦克纳布夫人。"她说完后告诉厨子给麦克纳布夫人留一盘奶油汤——觉得她从城里一路拎着那个沉重的篮子走回来，肯定需要点吃的。她现在还能看到拉姆塞夫人弯腰俯视着她的花卉；在麦克纳布夫人一瘸一拐地掸灰整理的时候，她看到拉姆塞夫人模糊的身影忽隐忽现，就像是一道黄色的光束，或是望远镜末端的圆圈，有一位披着灰色披风的女士，弯腰俯视着她的花儿，她穿过卧室的墙壁，走过洗漱台，来到梳妆台前。那个厨子叫什么名字？米尔德丽德？玛丽？——类似那样的名字。啊，她已经忘记了——她的确会忘记一些事情。那厨子脾气火爆，就像所有红头发的女人。她们总能一起说说笑笑。她在厨房总是很受欢迎。她能让她们开怀大笑，她的确可以。当年的情况可比现在好。

她叹了口气；这些工作，对一个女人来说太繁重了。她左右摇晃着脑袋。这里以前是育儿室。哎呀，这里面全是潮湿的；灰泥掉了下来。他们到底为什么要把野兽的头骨挂在那里？那头骨也发霉了。阁楼上到处都是老鼠。雨水渗了进来。但他们从来没有派人来；也从不出现。有些锁已经没了，所以那些门会砰砰作响。她也不喜欢一个人在黄昏时分到这儿来。对一个女人来说，这些活儿太多了，太多、太多。她脚下嘎吱作响，她呻吟着。她"砰"的一声把门关上，把钥匙在锁里转了一圈，然后把那座房子关住，锁起来，孤零零地留在原地。

第九章

那房子被留下了；被遗弃了。它就像沙丘上一个失去生命的贝壳，被留在那里，填满了干燥的盐粒。漫漫长夜似乎已经降临；那轻佻的海风轻咬着，湿冷的呼吸摸索着，似乎已经取得了胜利。平底锅已经生锈了，垫子也烂了。蟾蜍已溜进屋内。飘动的披肩懒洋洋地、漫无目的地来回摇摆。食物储藏室的瓷瓦之间，戳出一棵蓟草。燕子在客厅里筑巢；地板上撒满了稻草；灰泥一铲一铲地往下掉，屋椽裸露在外，老鼠把各种东西叼到护墙板后面啃咬。蛱蝶[1]破茧而出，在窗玻璃上尽力拍打着翅膀。罂粟们把自己的种子洒在大丽花之间，草坪上高高的草丛一浪一浪地摆动，巨大的洋蓟高耸在玫瑰丛中，一朵镶边的康乃馨在卷心菜田里开了花；在冬天的夜晚，野草轻轻敲打窗户的声音已经变成了茁壮树木发出的隆隆声，带刺的野蔷薇在夏天让整个房间都郁郁葱葱。

现在有什么力量能阻止大自然的丰饶和无情？难道是麦克纳布夫人对于一位女士、一个孩子，还有一盘奶油汤的梦？那个梦像一个阳光的斑点在墙上摇曳，然后失去

---

[1] 一种翅上的斑纹类似玳瑁甲黄褐色斑纹的蝴蝶。

踪影。她已经锁上门；她已经走了。照顾那座房子超出了一个女人的能力，她说。他们从来没有派人来。他们从来也不写信。楼上抽屉里有些东西正在腐烂——就这样把它们留在这里糟蹋真可耻，她说。这个地方已经变得破旧不堪。只有灯塔的那道光会在房间里停留片刻，在冬天的黑暗中，它突然直盯盯地看着床铺和墙壁，淡然地凝视着蓟草、燕子、老鼠和稻草。现在什么也抵挡不住它们了；没有人拒绝它们。让风吹吧；让罂粟投洒下自己的种子，让康乃馨与卷心菜相互陪伴。让燕子在客厅里筑巢，让蓟草把瓷瓦推开，让蝴蝶在扶椅那褪色的印花棉布上沐浴阳光吧。让破碎的玻璃和瓷器散落在草坪上，与青草和野浆果纠缠在一起。

因为那一刻已经到来，那个黎明颤抖、黑夜停止的犹豫时刻，此时，如果一根羽毛落在天平上，它会被压垮。只需一根羽毛，然后这座已经在沉溺、在倒塌的房子，就会转身跌落到黑暗的深渊当中。在这个房间的废墟之中，来野餐的人会烧起他们的水壶；情侣们躺在光秃秃的地板上寻求庇护；牧羊人把他的晚餐放在砖头上；而流浪汉睡觉时会把大衣披在身上御寒。然后，屋顶会塌下来；野蔷薇和铁杉会遮挡住小径、台阶和窗户；它们会在这个土丘上生长，虽然长得参差不齐，但却很茂盛，直到有一个闯入者迷了路，只能通过荨麻丛中的火炬花或是铁杉林中的一小块瓷器，得知这里曾经有人居住过，这里曾经有过一座房子。

如果那根羽毛已经掉了下来，如果它已经让天平的一端向下倾斜，那整座房子早就已经坠入深渊，躺在被人遗忘的砂砾之中。但是有一种力量在支撑着；这种力量并不自知；它目光斜视，它摇摇晃晃、一瘸一拐；它并没有得到感召要用高贵的仪式或庄严的吟诵来进行这份工作。麦克纳布夫人在呻吟；拜斯特夫人走起路来嘎吱作响。她们都年事已高；她们全身上下都十分僵硬；她们的腿都在犯疼。她们终于带着扫帚和水桶来了；她们开始工作。很突然地，麦克纳布夫人收到一位年轻女士的来信，问她：能否收拾好房子？能否做好这件事？能否做好那件事？一切都很匆忙。他们可能要来避暑；把所有的事情都拖到最后一刻；期待着房子里所有的一切能够和他们离开时一样。麦克纳布夫人和拜斯特夫人缓慢而痛苦地用扫帚和水桶拖地、擦洗，延缓了这座房子的腐败和溃烂。时间之池快速向她们逼近，她们从池水中一会儿抢救出一个脸盆，一会儿抢救出一个橱柜；一天清晨，她们从被遗忘的物品当中挑拣出一套《威弗莱小说全集》和一套茶具；到了下午，一个黄铜炉围和一套钢质火炉用具又重见天日，沐浴在阳光和空气之中。拜斯特夫人的儿子乔治负责抓老鼠和除草。她们找来了修理工人。伴随着铰链的嘎吱声，门闩发出刺耳的叽叽声，还有潮湿膨胀的木门碰撞发出的砰砰声，一些生疏的艰苦工程似乎正在展开，而这两个女人，时而弯腰，时而站起身，有时呻吟，有时歌唱，拍拍打打或砰一声把门甩上，一会儿爬到楼上，这会儿又下到地窖。啊，她们说，这活儿可真够呛！

她们有时在卧室或书房里喝茶；中午休憩片刻的时

候，两人脸上都是污迹，而年老的双手因为握着扫帚把，变得僵硬，开始抽筋。她们扑通一声瘫坐在椅子上，一会儿思忖着她们在水龙头和浴缸战役上所取得的伟大胜利，一会儿又想到了更艰难地、局部地战胜了那一长排的书籍，它们曾黑得像乌鸦，现在布满白斑，滋生出淡淡的霉菌，还偷偷地藏匿着鬼鬼祟祟的蜘蛛。她再一次感受到茶水在她体内的温度，望远镜又自己凑到了麦克纳布夫人的眼前，在一个光圈之中，她看见那位老先生，他瘦得像耙子一样，她拿着洗好的衣服走过来的时候，他在草坪上摇晃着脑袋，她猜他估计是在自言自语。他从来没有注意到她。有人说拉姆塞先生死了；有人说拉姆塞夫人死了。到底是谁？拜斯特夫人也不确定。那位年轻的先生死了。这一点她很确定。她在报上看到了他的名字。

此刻眼前又出现了那个厨子，米尔德丽德还是玛丽，诸如此类的名字——一个红头发的女人，脾气像所有红发女人一样火爆，如果你知道怎么和她相处的话，她其实也很善良。她们曾经常在一起开怀大笑。她会给麦琪留一盘汤；有时留一口火腿，或是随便剩下的其他食物。那时候，他们的日子过得很不错。他们想要的东西都有了（喝进一口热茶，体内的温度让她变得能言善道、心情愉悦，她坐在育婴壁炉围栏旁边的柳条扶手椅上，过去的回忆就像毛线球一样松散开来）。家里总是有许多事要做，家中人来人往，有一次住了二十多人，洗碗要洗到深更半夜。

拜斯特夫人（她从不认识拉姆塞一家；那个时候她住在格拉斯哥）放下茶杯，好奇他们为什么要把野兽的头骨挂在那里？那毫无疑问是在外国打猎的时候射死的。

很可能，麦克纳布夫人放任自己沉溺在回忆中说道：他们有些朋友来自东方国家；待在他们家中的先生们，穿着晚礼服的女士们；有一次，她透过餐厅的门看到他们都坐在那里吃晚饭。她敢说有二十来号人，他们佩戴着珠宝首饰，而她被留下来帮忙清洗餐具，也许一直干到午夜之后。

啊，拜斯特夫人说，他们会发现这里已经变了样。她把身子探出窗外，看着她儿子乔治割草。他们很可能会问，他们到底对花园做过些什么？鉴于花园本应由老肯尼迪负责，可是自从他从马车上摔下来，腿就不行了，接下来的一整年，或是一年中大部分时间，都没人来照看花园；然后是戴维·麦克唐纳接手，种子可能送来了，但谁又能说得准是否有人把它们种下去呢？他们会发现这里变了。

她看着她的儿子割草。他是个工作的好手——安静地埋头苦干的那一类。好吧，她们必须得继续打扫橱柜了，她想。她们鼓起劲儿站起来。

她们用了几天时间，在室内劳作，在屋外挖沟除草，用掸子轻轻扫过窗户，然后把窗户关上，把整栋房子的门都锁好，最后"砰"的一声关上前门；终于完工了。

而现在，仿佛那隐约可闻的，刚被清洁、刷洗、镰刀和割草声淹没的旋律音量变大了，那断断续续的音乐，耳朵只捕捉到一半，却又任其消失；犬吠声，羊咩声，毫无规则，断断续续，但又有着某种联系；昆虫的嗡嗡声，割完后青草的颤动，彼此分离，不知怎么的却又相互归属；金龟子的鸣声，车轮的吱吱声，一个尖锐，一个低沉，但却神秘地联系在一起；耳朵竭尽全力把这些声音带到一起，几乎总是让它们奏出和谐的旋律，但却从来没有人清楚地听到过，也从来没有达到完全的和谐，最后，到了傍晚时分，声音一个接一个消失，那和谐的旋律开始结结巴巴，最后陷入一片寂静。随着夕阳的消逝，所有东西的轮廓逐渐模糊起来，寂静就像袅袅升起的薄雾一样，悄悄地探出头、悄悄地扩散，风也平静下来，整个世界松弛下来，自己摇晃着入睡，这里一片漆黑，没有一丝光亮，只有透过树叶泛出的一丝绿意，或是洒落在窗边花床中白色花朵上的一抹苍白。

【九月的一个深夜里，莉丽·布雷斯克让人把她的行李搬到屋前。卡迈克尔先生是坐同一班火车来的。】

第十章

然后和平确实到来了。和平的消息从大海传到岸边。再也不要打扰它的睡眠,让它睡得更沉,无论酣梦之人做了什么神圣的梦、明智的梦,都要去求证——它还在呢喃些什么——此时在整洁安静的房间里,莉丽·布雷斯克把头放在枕头上,聆听着大海的声音。透过敞开的窗户,传来了世界的美丽呢喃,声音太轻,听不清到底在说什么——但如果意思清楚明白,又有什么关系呢?它在恳请这些睡着的人儿(这幢房子里又住满了人,贝克威茨夫人住在这里,卡迈克尔先生也在),如果他们真的不打算走下海滩,至少应该拉起百叶窗往外看看。他们会看到黑夜身穿紫袍降临;他头戴皇冠;他的权杖上镶嵌着宝石;也会看到一个孩子在他眼里的样子。如果他们仍然犹豫不决(莉丽在长途跋涉后疲惫不堪,几乎立刻就睡着了;但是卡迈克尔先生在烛光下读书),如果他们仍然拒绝,把他壮美的夜色说成过眼烟云,说清晨的露水比他更有力量,说他们宁愿继续睡觉;那么,那个声音不会抱怨,也不会争辩,只会轻轻地唱起他的歌。海浪轻轻破开(莉丽在睡梦中听到);光线温柔地落下来(似乎穿透了她的眼睑)。卡迈克尔先生想,这一切看上去都和过去没什么两样,然后他合上书，睡着了。

　　黑暗的帷幕把那座房子，把贝克威茨夫人、卡迈克尔先生和莉丽·布雷斯克笼罩起来，让他们的眼睛蒙着几层黑幕躺在那里。的确，那黑暗之声可以继续说下去：为什么不接受这个，为什么不为之满足，为什么不默许顺从？大海环绕着岛屿有节奏地拍打出的所有叹息都在抚慰着他们；黑夜笼罩着他们；没有什么能惊扰他们的睡眠，直到鸟儿开始歌唱，黎明将它微弱的声音编织进它的白袍之中，一辆马车碾过，一条狗在某处吠叫，太阳掀开了帷幔，揭开了他们眼睛上的黑纱，而莉丽·布雷斯克从睡梦中惊醒。她紧紧地抓着毯子，就像一个坠落悬崖的人紧紧地抓着悬崖边上的草皮。她睁大了眼睛。她又回到这儿了，她直挺挺地坐在床上，想着。她清醒过来了。

Part Three

第三部 灯塔

第一章

那么,这又有什么意义,所有这一切意味着什么?莉丽·布雷斯克问自己,既然只剩下她一人,她不知道自己是应该去厨房再拿一杯咖啡,还是在这里等着。这有什么意义?——这句话是从哪本书上看来的时髦话,能凑合表达她的想法,因为和拉姆塞一家重聚的第一个早晨,她无法约束自己的情感,只能让这句话反复回响,来掩盖自己心中的空白,直到这些云雾消散为止。因为说真的,过了这么多年后重新回到这里,而拉姆塞夫人已经过世,她真实的感受究竟是什么?没有,什么感觉也没有——她没有什么可以表达的感受。

她是昨天深夜到的,当时一片漆黑,给人一种神秘的气息。现在她醒过来,坐在以前早餐桌的位置上,但只有她一个人。时间也很早,还不到八点。有这么一趟远行——他们要去灯塔,拉姆塞先生、凯敏和詹姆斯。他们本来早就应该动身了——他们得赶在涨潮的时候出发。凯敏还没准备好,詹姆斯也没准备好,南希忘记吩咐厨房准备三明治,而拉姆塞先生已经开始发火,"砰"的一声摔上门,出去了。

"现在去还有什么用?"他咆哮道。

南希已经不见了。拉姆塞先生就在那儿，怒气冲冲地在露台上走来走去。似乎能够听到屋内传来砰砰关门以及互相呼喊的声音。这时南希冲了进来，她环顾四周，以一种奇怪的、半茫然半绝望的态度问："要送点什么去灯塔呢？"好像她是在强迫自己去做一件她自认为永远也做不到的事情。

究竟要送点什么东西去灯塔呢？在其他任何时候，莉丽都可以合理地建议送点茶叶、烟草、报纸。可是今天早上，所有一切看上去似乎都异常地奇怪，以至于像南希提出这样的问题——送点什么去灯塔呢？——在莉丽脑海里打开了一扇门，它砰砰作响，来回摇摆，让她目瞪口呆地不停地问道：要送什么呢？要做什么呢？到底为什么要坐在这里？

莉丽独自（因为南希又出去了）坐在长长的桌边，桌上放着干净的杯子，她觉得自己与其他人隔绝开来，只能继续观察、询问和疑惑。这座房子，这个地方，这个早晨，在她看来似乎都如此陌生。她觉得，她对这里没有眷恋，和这里没有任何关系，任何事情都有可能发生，而究竟发生过什么——外面传来的脚步声，有个声音在大喊（"那不在碗柜里；在楼梯平台上。"有人喊道）——是个问题，就好像平时把东西束缚在一起的那根纽带被割断了，所有一切就这样飘来飘去，沉沉浮浮，最后失了踪影。她看着自己空空的咖啡杯想着，这是多么漫无目的、多么混乱、多么不真实啊。拉姆塞夫人死了；安德鲁被杀了；普鲁也死了——尽管她一再重复，却没有激起内心的一丝波澜。她看着窗外,自言自语道:然而在这样一个早晨,大家都像这样重聚在这座房子里。这是一个美丽而宁静的日子。

拉姆塞先生从她身边走过时,突然抬起头来,用他狂野却又锐利的目光直视着她,仿佛他的眼神和你对上了一秒,仿佛他是第一次看到你,仿佛他一直都在看着你;而她假装在喝空杯子里的咖啡,以便回避他的目光——回避他对她的要求,把他迫切的需要再搁置一会儿。他对她摇了摇头,继续踱着大步(她听见他说"孤单",她听见他说"死亡"),而在这个奇怪的清晨,这些语言和其余的一切一样,变成了符号,把它们自己写满在灰绿色的墙壁上。她觉得,如果她能把它们放在一起,用某句话写出来,那么她就能够了解事情的真相。年事已高的卡迈克尔先生轻轻地走进来取咖啡,他拿起杯子,坐到阳光下。这种异乎寻常的不真实感令人恐惧;但它也令人兴奋。到灯塔去。但要送点什么到灯塔去呢?死亡,孤单,对面墙上的灰绿色光线,空荡荡的座位,这就是其中的一些部分,但是如何将它们凑在一起呢?她问道。仿佛任何的打扰都会破坏她在桌上塑造出来的脆弱形态似的,她转过身背对着窗户,生怕拉姆塞先生看见她。她必须逃到某个地方,独自待在某个地方。她忽然想起。十年前她坐在那儿的时候,桌布上有一个小枝或小叶子的图案,她曾凝视着它,得到了启示。当时有一个关于图画前景布局的问题。把树移到中间去,她曾这么说。她从未完成那幅画。她现在要把那幅画画完。这些年来,那幅画一直都在敲叩着她的内心。

她想知道她的颜料放在哪里？她的颜料，对了，她昨晚把它们落在大厅里了。她要立刻开始动手。在拉姆塞先生转身前，她很快地站了起来。

她给自己搬了把椅子。她把画架精准地摆到草坪边上，动作像个老处女似的，不能离卡迈克尔先生太近，但距离足以在他的保护范围之内。是的，她十年前一定是刚好站在这里。那里有那堵墙、那个树篱和那棵树。问题在于这些色块之间的关系。这些年来她一直铭记于心。她似乎已经找到了解决的办法：她知道自己现在想怎么做。

但是由于拉姆塞先生在朝她逼近，她什么也做不了。每次他一走近——他在露台上来回走个不停——灾难就会逼近，混乱就会逼近。她无法画画。她弯下腰；她转过身；她拿起这块抹布；她挤了挤那管颜料。但她所做的一切只是为了避开他一会儿。他让她无法做任何事。因为只要她给他一丝机会，如果他看到她有片刻空闲、朝他那边看了一眼，他就会像昨天晚上那样，缠上她，对她说："你发现大家有了很大的变化。"昨天晚上，他站起来停在她面前，说了这些话。尽管那六个孩子（他们过去常以英格兰的国王和女王来称呼他们——红发的、美丽的、阴险的、冷酷的）都坐在那儿，一言不发，瞪着双眼，她还是可以感到他们压抑着多么巨大的怒火。善良的贝克威茨老夫人说了几句通情达理的话。但这座房子里充斥着互不相关的情感——她一整晚都有这种感觉。而就在这一片混乱之中，拉姆塞先生站起来，握着她的手说："你会发现我们都变了很多。"而其他孩子坐在那里一动也不动，没人说一句话，可他们就坐在那儿，仿佛他们是迫不得已只能让他把这句话说出来。只有詹姆斯（当然是闷闷不乐的那一个）皱着眉头盯着灯；凯敏用手指绞着手帕。他提醒他们明天要到灯塔去。他们必须七点半准时在大厅里做好准备。他把手放在门上，停了下来；他转身面向他们。难道他们不想去吗？他要求他们回答。如果他们胆敢说不（他有某种理由想让他们这么回答），他就会悲催地把自己抛回绝望的深渊之中。他有这种装腔作势的天赋。他看起来就像是流亡的国王。詹姆斯执拗地答应了。凯敏回答得结结巴巴，更可怜。是的，哦，是的，他们都会准备好的，他们说。她突然觉得，这是一场悲剧——并不是棺罩、遗骸和寿衣；而是受到强迫的孩子们，他们的精神被压制了。詹姆斯十六岁，凯敏也许十七岁。她环顾四周，想寻找一个不在场的人，大概是在找拉姆塞夫人吧。但只有善良的贝克威茨夫人在灯下翻看着她的素描。随后，她感到疲惫不堪，可她的思绪还在随着大海起伏，这房屋长久无人居住，里面的那种味道和气味将她吞噬，烛光在她的眼中摇曳，她心醉情迷，不能自已。那是一个星光灿烂的美妙夜晚；上楼的时候，能够听到屋外传来阵阵的海浪声；当他们经过楼梯窗口时，那巨大而苍白的月色让他们大吃一惊。她一上床就睡着了。

她把干净的画布牢牢地放在画架上，当作一道脆弱的屏障，但她希望它的实际存在能足以抵挡拉姆塞先生和他的索求。当他背对着她时，她尽可能地看着自己的画；看看这个线条，看看那个色块。但这一点用也没有。就算他在五十英尺以外的地方,就算他根本不和你说话,就算他根本没看你,可他还是会渗透在你周遭,他还是会占据上风,他会把自己的意愿强加于你。他的存在改变了一切。她看不见那些色彩;她看不见那些线条,即使他背对着她,她脑海里只会出现:但他马上就会来到我面前提出要求——要求得到某种她觉得自己无法给予的东西。她放下一支画笔;她选了另外一支。那些孩子什么时候才能来?他们什么时候才能出发?她坐立不安。那个男人——她心里越想就越生气——从不给予;那个男人只会索取。另一方面,她将会被强迫着给予。拉姆塞夫人曾经给予过。给予,给予,给予,她已经死了——留下了这一切。她其实是在生拉姆塞夫人的气。她望着树篱、台阶和墙壁,画笔在她手中微微抖动。这都是拉姆塞夫人干的好事。她死了。现在,四十四岁的莉丽待在这里,浪费着她的时间,什么事也做不了,她站在那里,把玩着她的画,把她一贯以来认真对待的绘画当儿戏,而这都是拉姆塞夫人的错。她死了。她过去经常坐着的台阶是空的。她死了。

但为什么要一次又一次重复?为什么总要试图唤醒一些她不曾拥有过的感觉?这里面包含着一种对神明的亵渎。她的感情早已干涸;早已枯萎;早已消耗殆尽。他们本不该邀请她来的;她本不应该来的。她不能活到了四十四岁还在浪费时间,她想。她讨厌把画画当儿戏。在这个充满争斗、毁灭和混乱的世界里,画笔是唯一可靠的东西——不应该把它当儿戏的,甚至还是明知故犯:她对此感到极其厌恶。但这都是他逼她的。他朝她逼近,似乎在对她说：除非你把我想要从你身上得到的东西给我，否则你不许碰你的画布。现在他又开始靠近她，看上去贪婪而心神狂乱。好吧，莉丽把右手垂放在身旁，绝望地想，让它快点结束会更简单一些。当然，她肯定能够依照回忆去模仿她在许多女性脸上（比如说拉姆塞夫人）所看到过的那种热情、狂喜和忍让，在类似场合下，她们便燃起一股同情的狂喜（她还记得拉姆塞夫人脸上的表情），为自己得到的回报而欣喜若狂，虽然她并不理解其中的原因，但这种狂喜，显然赋予她们人性所能给予的最大的幸福。他就在这里，停在她身边。她会为他付出自己所能给予的一切。

第二章

　　她看上去似乎缩小了一点,他想着。她看上去有点单薄、纤细;但并非毫无吸引力。他以前就喜欢她。曾经有传闻说她要嫁给威廉·班克斯,可之后也没了下文。他的妻子一直很喜欢她。吃早饭的时候,他也发了点脾气。然后,然后就在这种时刻——他受到一种强烈需求的驱使(他也不知道这种需求究竟是什么),要他去接近任何一个女人,迫使她们给予他所需要的东西:同情,而他的需求是如此强烈,让他根本不在乎要采取怎样的手段。

　　有人照顾她吗?他说。她所需要的东西都有了吗?

　　"噢,谢谢,都有了。"莉丽·布雷斯克紧张地说。不,她办不到。她本该乘着激起的大浪顺水推舟地表示同情:她承受的压力实在太大了。但她还是被困在原地。出现了一阵可怕的沉默。他俩都凝视着大海。拉姆塞先生想,我在这儿的时候,她为什么要看着大海呢?她说,她希望风平浪静,好让他们能顺利抵达灯塔。灯塔!灯塔!这和灯塔有什么关系?他不耐烦地想着。某种原始的力量突然爆发出来(因为他真的无法继续抑制自己),他立刻叹了口气,世界上任何一个女人听到这样的叹息都会做点什么、说点什么——只有我是个例外,莉丽尖酸地嘲讽着自己,想道,她大概并不是个女人,而是一个乖戾的、脾气暴躁的、干巴巴的老处女吧。

拉姆塞先生使劲叹了口气。他等待着。难道她不打算说点什么吗?难道她看不出他想从她这里得到什么吗?然后他说,他想到灯塔去有一个特殊的理由。他的妻子以前常给住在那里的人送东西。有一个患有髋骨结核病的可怜的男孩,是灯塔看守人的儿子。他深深地叹了一口气。他意味深长地叹了一口气。莉丽心中唯一期待的是这股巨大的悲伤洪流,这种对于同情永无止境的渴求,这种让她彻底向他屈服的要求(虽然如此,他所拥有的伤痛足够她同情一辈子)应该放过她,这股洪流应该在把她卷入其中之前被引向他方(她一直朝着房子那边看,希望有人能打破现状)。

"这种远行,"拉姆塞先生用脚尖摩擦着地面说,"是让人痛苦的。"莉丽还是什么话也没说。(她呆若木鸡,她铁石心肠,他对自己说。)"它们让人疲惫。"他一边说,一边看着自己那美丽的双手,他无精打采的表情让她作呕(她觉得他在演戏,这位伟大的男人可真能演)。这太可怕了,太不像样了。孩子们到底还来不来,她问道,因为她承受不了悲伤那如此巨大的重量,支撑不了伤痛那如此沉重的幕帘(他摆出一副极其苍老的姿态,他站在那儿的时候还打了个趔趄),多一秒都不行。

她还是无话可说;目光所及之处,似乎都找不到任何可以谈论的内容;她只能惊奇地感到,当拉姆塞先生站在那里时,他的目光似乎幽怨地落在洒满阳光的草地上,使草地黯然失色，然后他的目光又落在躺在帆布椅上阅读法国小说的卡迈克尔先生身上，给那面色红润、昏昏欲睡、心满意足的身影蒙上了一层葬礼的黑纱，在悲痛世界里炫耀它的丰功伟绩，仿佛这样一种存在，就足以激起最为阴暗的思想。他似乎在说，看看他，看看我；而事实上，他一直想的是：想想我，想想我吧。啊，莉丽真希望那庞然大物能够从他们身边飘散开来；要是她刚才把画架放得更靠近卡迈克尔先生一两码就好了；一个男子汉，任何一个男子汉，都应该能够压抑住这种感情的迸发，能够停止这些无尽的悲叹。一个女人，她已经激起了这种恐惧；作为一个女人，她应该知道如何处理这样的情绪。站在那里哑口无言，对于她的性别来说，是极大的耻辱。她会说——她该说些什么呢？——噢，拉姆塞先生！亲爱的拉姆塞先生！贝克威茨夫人，就是那位画素描的慈祥老太太，一定会立刻恰如其分地说出这些话。但是，她没办法做到。他们就站在那儿，与世隔绝。他无尽的自怜和他对同情的渴求，有如潮水一般涌到她的脚边，形成了一个小水洼，而她这可怜的罪人，唯一所做的不过是把她的裙边往上拉到脚踝处，以免裙子被沾湿。她一声不响地站在那里，手里握着画笔。

谢天谢地！她听到房子里有了动静。詹姆斯和凯敏肯定快要过来了。但是拉姆塞先生似乎也知道自己所剩的时间不多，把他的年迈、他的脆弱、他的孤寂，还有他那高浓度的悲伤所带来的巨大压力，一股脑地倾倒在她那孤独的躯体上；他不耐烦地摇着头，觉得恼羞成怒——因为毕竟，有什么女人能抗拒他呢？——可突然之间，他注意到自己皮靴的鞋带松了。莉丽低头看着那双靴子，心想：这双靴子也真不一般，精雕细琢，质量极好，就像拉姆塞先生穿戴的每一件东西，从磨损的领带到纽扣扣了一半的马甲，都毋庸置疑地体现出他个人的特色。她简直可以看见这双鞋自己走到他的房间里去，在他并不悲怆、乖戾和脾气暴躁的时候，展现出魅力。

"多漂亮的皮靴啊！"她惊叹道。她为自己感到羞愧。在他要求她安慰他灵魂的时候，她居然在赞美他的皮靴；当他把流血的双手、撕裂的心展示给她，并请她可怜可怜它们的时候，她却兴高采烈地说："啊，你穿的这双皮靴可真漂亮！"她知道这是活该，她抬起头来，等待着他突如其来的怒吼彻底把她击毁。

让人意外的是，拉姆塞先生笑了笑。他那厌倦的神情、他那悲伤的幕帘、他的无精打采，都纷纷离他而去。啊，是的，他边说边抬起脚让她看，这可是一流的皮靴。英国只有一个人能做出这种皮靴。他说，皮靴是人类最大的诅咒之一。"皮鞋匠，"他大声嚷嚷，"以损伤和折磨人类的脚丫为己任。"他们也是人类中最顽固、最刚愎自用的人。他把青春时期最美好的时光用在寻找工匠上，让他们做出自己心目中的皮靴。他要让她注意到（他先抬起右脚，然后又抬起左脚）她以前从来没有见过做成这种形状的皮靴。它也是用世界上最好的皮革制成的。大多数皮革不过是牛皮纸和硬纸板。他得意扬扬地望着仍然举在空中的脚丫。她觉得他们已经到达了一个阳光明媚的小岛，在那里，和平长存，在理智的统治下，阳光永远普照，那是一个得到庇佑的好鞾岛。她对他产生了好感。"现在让我看看你会不会系鞋带。"他说。他对她不牢固的打结方式嗤之以鼻。他向她展示了自己发明的系鞋带方法。一旦系上，鞋带就永远不会松开。他给她系了三次鞋带；又解开三次。

在这个完全不恰当的时刻，当他弯腰俯身在她鞋子上方时，为什么她会因为对他产生的同情而饱受折磨，以至于当她也弯下腰时，血液涌上她的双颊，同时想起自己的麻木不仁（她之前称他为表演家），她觉得眼睛开始肿胀，刺痛地淌下泪水。在她看来，如此全神贯注的他是一个悲情无限的人物。他自己系鞋带。他自己买皮靴。在拉姆塞先生的人生旅途中，没有人帮助他。但现在正当她想要说些什么，或许可以说些什么的时候，他们来了——凯敏和詹姆斯。他们出现在露台上。他们肩并肩，拖沓着脚步朝他们走来，两个人看上去严肃而忧郁。

可是他们为什么要那样出现呢？她忍不住对他们感到恼火；他们本可以更开心地走过来；既然他们要出发了，他们本来可以把她没机会给予他的东西给他的。因为她突然感到一阵空虚；一股挫败。她的感情来得太晚；现在感情准备好了；但他已经不再需要它了。他已经变成一位非常尊贵的长者，已经对她没有任何需求了。她感到备受冷落。他把背包挂在肩上。他把包好的礼物分派给两个孩子——有好几个小包，随随便便地用牛皮纸包裹起来。他派凯敏去拿件披风。他看上去完全就是一个准备出发去远征的领队。然后,他转过身来,穿着那双漂亮的靴子,踏着坚定的军人步伐,拿着牛皮纸包,带头走上小径,他的孩子们跟在他身后。她想,他们看上去像是命中注定要从事某种艰苦的事业,而他们也去了,还很年轻,能够顺从地勉强遵从父亲的召唤,但是他们的脸色苍白,这使她觉得他们在沉默中忍受着远远超乎他们年龄应该承受的痛苦。就这样,他们走过草坪的边缘,莉丽觉得她似乎看到了一个游行队伍在前进,尽管这支队伍摇摇晃晃、零零落落,可某种共同感情的重压吸引着他们,让这一小群人团结在一起,让她莫名感到叹为观止。他们经过时,拉姆塞先生礼貌又疏离地举起手向她致意。

可那是怎样的容貌啊,她想道,她立刻发现自己被拒之门外的同情心,现在正困扰着她,要求得到抒发。是什么造就了这样的容貌?她推测,大概是夜以继日的思考着——关于厨房餐桌的现实性,她补充道,她还记得当她搞不清拉姆塞先生究竟在思考些什么的时候,安德鲁告诉她那个餐桌的象征。(她想起了他被一枚炮弹的弹片当场炸死。)厨房里的餐桌是想象的、朴素的东西;某种裸露的、坚硬的、不具有装饰性的东西。它没有一点颜色;它棱角分明;它的质朴是毫不妥协的。但拉姆塞先生总是目不转睛地盯着它,从不允许自己分心或受到迷惑,直到他的面容也开始变得憔悴,像苦行僧一般,带着这种未经雕琢之美的气质,给她留下了如此深刻的印象。然后,她回想起(站在他离开她的地方,握着她的画笔),忧虑也在侵蚀着他的容貌——它们可不怎么高贵。她猜想,他肯定对那张餐桌有过怀疑；究竟这张餐桌是不是一张真正的餐桌；究竟它是否值得他为其付出时间；他究竟能不能找到它。她觉得，他曾经有过怀疑，否则他就不会征询那么多人的意见。她猜测这就是他们有时深夜谈论的内容；然后第二天，拉姆塞夫人显得很疲倦，而莉丽为了一件荒唐的小事对他发脾气。可是现在他找不到任何人来谈论那张餐桌、他的靴子，或是他的鞋带结；他就像一头狮子，在寻找可以吞噬的猎物，他的脸上有一种绝望和夸张的神情，这使她感到惊慌，迫使她把裙边拉了起来。然而在这之后，她回想起那突如其来的苏醒和突如其来的热情（当她赞扬他皮靴时），突然恢复的活力以及对普通人事物的兴趣，这一切也转瞬即逝，然后转变（因为他时刻都在变化，而且也从不掩藏）到最后一个阶段，这对她来说也很新鲜，而且她承认，这也让她为自己暴躁的脾气感到羞愧，此时，他看上去像是已经摆脱了忧虑和野心，摆脱了对同情的渴望和对赞美的渴求，已经进入了另一种境界，他似乎是在好奇心的驱使下，进入了一场无声的对谈（无论是和自己还是和其他人），率领着那支小小的游行队伍，走出了人们的视野。多么不凡的容颜！大门"砰"一声关上了。

第三章

他们终于走了,她心里想着,松了口气,可同时又感到失望。她的同情似乎又被丢回到她自己身上,就像是荆棘弹落在她脸上一样。她感到很奇怪,就像自己被一分为二,身体的一部分被吸引到海边——这是一个风平浪静的日子,海上弥漫着烟雾,那座灯塔在今天清晨看上去无比遥远;而身体的另一部分,则顽强而坚定地固守在这片草坪之上。她看见自己的画布仿佛飘浮到她面前,一片空白,毫不退让地直面着她。它那冰冷的目光似乎因为她的慌乱和激动而责备她;这种愚蠢和情感的浪费;当她各种混乱复杂的情绪(他已经离开了,她为他感到如此难过,而她什么话也没有说)撤离现场后,那目光彻底唤起了她的回忆,一开始让平静笼罩在她心中;随后,让她心头涌上一股空虚。她茫然地望着画布,还有它那毫不退让的空白之处的注视;然后把视线从画布转向花园。有某种东西(她站在那里,眯着皱皱的小脸上那双像中国人的小眼睛),某种东西让她从那些纵横交错的线条关系、用于表现树篱那掺杂着蓝色、棕色的暗绿色块之中,联想起了什么,而这一切一直留在她的脑海里;它们在她心里打了个结,因此,当她走在布朗普顿路上的时候,当她在梳头发的时候，在像这样零零散散的时刻，她会不由自主地在脑海中想象着自己画起了那幅画，她的目光会掠过那幅画，解开那个结。但是，脱离画布凭空想象着如何作画和事实上真正拿起画笔在画布上涂抹出第一道色彩，完全是两回事。

拉姆塞先生的出现让她心烦意乱，拿错了画笔，因为紧张，她把画架插进土里的时候，摆放的角度也不对。而现在她已经把画架角度调整好了，这样一来，那些不恰当和不相干的事物也就显得没那么重要，因为它们会分散她的注意力，让她记起自己是怎样一个人，和别人有着这样那样的关系，现在她抬起手，举起了画笔。有那么一会儿，她的手停在空中颤抖着，那是一种痛苦而又兴奋的狂喜。要从何处开始呢？——这是问题的所在，该在哪一点画下第一笔？落在画布上的一个线条使她承担了无数的风险，让她频繁地做出不可改变的决定。所有那些看似简单的想法在实践中立即变得复杂起来；就像海浪被悬崖顶端均匀地分成两半，可对于在海浪中游泳的人来说，他们却被陡峭的海湾和泛着白沫的浪尖分隔开来。但还是必须冒这个险，第一笔画下去了。

她的身体上有种奇怪的感觉，仿佛有人在催促她前行，而与此同时必须压抑住前进的冲动，她迅速地画下决定性的第一笔。画笔落了下去。它在白色的画布上挥洒出一抹棕色；它留下了一个流动的印记。她又画了第二笔——第三笔。然后她停了一下，又添一笔，她画了停，停了画，形成了一种舞蹈般的韵律动作，仿佛停顿是韵律中的一部分，那些笔触则是另一部分，而它们彼此间是相互联系的；于是，她如此轻快地画了又停，在画布上涂抹出一道道流动而有力的褐色线条，那些线条一触摸到画布，就占领了一块空间（她感到它隐约浮现在她面前）。在一个浪头波谷，她看到下一道海浪在她上方越涌越高。还有什么比那空白更让人感到恐惧呢？她往后退了一步看着它，心想自己又来到了这里，远离流言蜚语，远离生活，远离人群，来到她可怕的宿敌面前——另外的那件事，真理，现实，突然抓住她，从表象背后赤裸裸地出现在她面前，要求得到她的关注。她心不甘、情不愿。为什么总会被吸引、被强行拖走？为什么不平静地留在草坪上和卡迈克尔先生聊天呢？不管怎么说，这是一种吃力的交流形式。其他值得崇拜的对象，因为得到崇拜而感到满足：男人、女人、上帝，它们都让人俯身跪拜；但这种形式，就算仅仅是一个白色灯罩的形状，隐约出现在柳条桌上，也可以让她卷入无尽的争斗，挑衅她挑起一场注定会输的战争。她总是如此（不知道是因为她的本性如此，还是她性别的关系），在她把生命的流淌浓缩成凝固的图画之前，总会有一些时刻感到赤裸，那时她就像是一个尚未出生的灵魂，一个被夺走躯体的灵魂，在大风之中站在塔尖上犹豫不决，毫无防护地暴露在怀疑的风口浪尖。那她为什么还要画呢？她看着画布，上面有流动线条轻抚过的痕迹。它将被挂在用人的卧室里。它将被卷起来塞到沙发底下。那么画下去又有什么用呢，她听到有个声音说她不会画画，说她不会创作，仿佛她被卷入某种惯性的漩涡，在这个漩涡里待得太久，心中就有了经验，以至于自己重复着一些话，却意识不到最初说这些话的人是谁。

不会画画，也不会写作，她单调地喃喃自语，焦急地盘算着她的进攻计划。因为那个色块在她面前若隐若现；它凸出来；她感觉到它挤压着她的眼球。然后，仿佛润滑她身体机能所必需的某种汁液自动喷洒出来，她开始肆意地蘸着蓝色和赭色的颜料，到处挥动着她的画笔，但这支画笔现在更加沉重和缓慢，仿佛它已经坠入某种韵律之中，而这种韵律和她眼前所见的景色传递出的节奏相一致（她不停地看着树篱，看着画布），所以，在她的手因生命而颤抖时，这种韵律却强烈到足以支撑着她，让她随着它的水流前进。理所当然地，她正在失去对外界事物的意识。当她失去对于外界事物的意识，不再关注她的名字、她的个性、她的外表，和卡迈克尔先生是否在那里时，情景、姓名、言论、回忆和思想不断地从她大脑深处涌现出来，在她用绿色和蓝色创作的时候，它们就像泉水一般，喷洒在一直盯着她不放的、那片棘手的空白之处。

她记得查尔斯·坦斯利以前说过，女人不会画画、不会写作。当年她站在同样这个位置画画时，他走到她身后，紧紧地挨着她站着，这是她最讨厌的。他说他抽的烟丝五便士一盎司，这是在炫耀他的贫穷、他的原则。（但是这场战争已经拔出了她女性的芒刺。可怜虫，她想着，这些可怜的男男女女。）他胳膊下总是夹着一本书——一本紫色的书。他在"工作"。她记得他坐在那里，在烈日下工作。晚饭时，他会坐在她视野的正中央。但是她回想起来，毕竟还有海滩上的那一幕。她肯定记得那一幕。那天清晨风很大。他们都走下海滩。拉姆塞夫人坐下来，在一块岩石旁写信。她写了又写。"噢，"她抬头看着海上漂浮的东西问，"那是捕龙虾的篓子吗？那是条翻了的船吗？"她视力非常不好，什么也看不清，然后查尔斯·坦斯利尽可能地变得和蔼可亲起来。他开始玩起打水漂的游戏。他们选了一些扁平的黑色小石头，丢到水面上，让它们在波浪上跳跃。拉姆塞夫人时不时地抬起头，从眼镜后望向他们，取笑他们。她记不清他们说了些什么，只记得和查尔斯一起扔着石头，两个人突然之间相处得非常愉快，而拉姆塞夫人看着他们。她清楚地意识到这一点。她往后退了几步，眯着眼睛，心想：拉姆塞夫人。（要是她和詹姆斯坐在台阶上，肯定大大地改变了构图。那里本来肯定是有一团阴影的。）当她想到自己和查尔斯在打水漂以及海滩上整个景象时，似乎大部分记忆来自拉姆塞夫人坐在石头下，在膝盖上垫着东西写信的画面。（她写了数不清的信，有时风把信纸吹跑了，她和查尔斯只能从海面上救下一页纸。）但是，她想：人的灵魂里有一种多么强大的力量啊！那个坐在石头下写信的女人让一切都变得简单化；她使这些愤怒和烦恼像破布一样脱落；她把这样那样的各种东西拼凑在一起，就这样从那可怜的愚蠢和恶意（她和查尔斯吵架斗嘴，既愚蠢又心怀恶意）之中提炼出某种东西——比如说在海滩上的这一幕，这个类似于友谊和好感的瞬间——它经过这么多年，仍然完整地保存下来，以至于当她沉浸其中，去重新塑造她对他的记忆时，它停留在那里，就像一件艺术品，影响着人们的内心。

"像一件艺术品。"她重复道，目光从画布转移到客厅的台阶上，又转了回来。她必须休息一会儿。而在休息的时候，她模糊的视线从一个物品移动到另一个物品之上，当她让之前一直紧绷的身体机能松懈下来时，那个恒久不变地盘旋在灵魂上空的古老问题，那个通常在像这样的时刻，就倾向于把自己具体化的宏大而广泛的问题，就会压在她身上、停留在她身上，像阴霾一样笼罩着她。生命的意义是什么？仅此而已——一个简单的问题；一个伴随着岁月的流逝会渐渐向你逼近的问题。关于生命意义是什么的伟大启示从未出现过。或许那个伟大的启示永远也不曾出现。取而代之的，倒是每天都有一些小小的奇迹和光亮，在黑暗中意外点燃的火柴；这里就有一个。这个、那个，还有其他的；她自己、查尔斯·坦斯利和破浪；拉姆塞夫人让大家聚在一起；拉姆塞夫人说"生命凝固在这里"；拉姆塞夫人让这一刻成为永恒（就像在另一领域里莉丽自己也尝试着把瞬间变成永恒一样）——这具有启示的性质。在一片混乱之中，存在着形态；这永恒的消逝和流动（她望着飘走的云彩和摇动的树叶）被打造成稳固不变。生活凝固在这里，拉姆塞夫人说。"拉姆塞夫人！拉姆塞夫人！"她重复说着。这都是她的功劳。

万籁俱静。房子里似乎还没有什么动静。她看着它沉睡在清晨的阳光下，窗户上树叶的倒影让玻璃变成了蓝色和绿色。她对拉姆塞夫人淡淡的思念似乎与这座安静的房子、这萦绕的烟雾和早晨清新的空气和谐一致。模糊而不真实，它纯洁得令人惊讶，同时又让人兴奋。她希望没有人会打开窗户或走到屋外，那样就没有人打扰她继续思考、继续画画。她转向她的画布。但是，在好奇心的推动下，没得到满足的好奇心引起了不安，在它的驱使下，她来到草坪的尽头，朝着下面海滩的方向望过去，看看是否能看见那一小队人马扬帆出发。在海面上漂浮的小船中，有的船还收拢着船帆，有的船移动得非常缓慢，因为今天没什么风，其中有一艘小船和其他船只离得比较远。它的船帆这会儿甚至已经开始升了起来。她断定拉姆塞先生、凯敏和詹姆斯就坐在那只非常遥远、完全安静的小船上。现在他们已经升起船帆；刚开始船帆有点无力地垂落在那里，可沉寂了一会儿后，她看着小船从容地经过其他船只，驶向大海。

第四章

　　船帆在他们头顶上摆动。海水一边嬉笑一边拍打着船舷，小船一动也不动地在阳光下打起瞌睡。偶尔吹过一阵微风，拂动了船帆，风儿一掠而过，船帆立刻停止摇摆。船根本没有动弹。拉姆塞先生坐在船中央。看着他父亲紧紧地蜷缩着两腿坐在他们之间（詹姆斯掌舵；凯敏独自坐在船头），詹姆斯觉得他父亲马上就会开始不耐烦了，凯敏也这么认为。他讨厌在原地徘徊。果然，他坐立不安了一两秒之后，就对麦卡利斯特的儿子说了几句尖刻的话，于是麦卡利斯特的儿子拿起船桨开始划了起来。但是，他们知道，除非他们能在海面上飞速航行，否则他们的父亲永远不会满足。他会不停地希望海面刮起风来，坐立不安地在嘴里嘟嘟囔囔，那些话会无意间传到麦卡利斯特和他儿子的耳中，让他俩都感到非常不自在。是他让他们来的。是他强迫他们来的。出于愤怒的心情，他们希望永远不会起风，希望他尽可能地受到阻挠，因为是他违背他们的意愿，强迫他们一起来的。

　　在去海滩的路上，虽然他命令他们："走快点，走快一点。"可他们还是一起拖拉着脚步走在后面，一句话也不说。他们低垂着脑袋，某种无情的大风压低了他们的头。

他们不能和他说话。他们必须来；他们必须遵从他的指令。他们必须拿着牛皮纸包裹跟在他身后。但是，他们一边走，一边默默发誓，要相互支持，来实现那个伟大的契约——誓死反抗暴政。于是他们会坐在那里，一人坐在船头，一人坐在船尾，一言不发。他们什么也不说，只是不时地看看他。他坐在那儿，盘着双腿，皱着眉头，坐立不安，哼哼唧唧，啧啧有声，嘴里念叨着什么，不耐烦地等风来。而他们希望风平浪静。他们希望他会饱受挫折。他们希望这次远行会失败，而他们将不得不带着包裹回到海滩。

但是现在，当麦卡利斯特的儿子把船往外划出一段距离之后，船帆调转方向，船速提了起来，变得越来越稳，像子弹一样飞速前行。就像是紧绷的弦松了下来，拉姆塞先生立刻伸开双腿，掏出烟袋，咕哝着把它递给麦卡利斯特，尽管他们忍受了痛苦，可他们知道，他现在感到心满意足。现在他们要像这样航行好几个小时，而拉姆塞先生会问老麦卡利斯特一个问题——大概是关于去年冬天的风暴的问题——而老麦卡利斯特会回答他的问题，他们会一起抽着烟斗，麦卡利斯特会用手指拿着沾了焦油的绳子，用它打结，或者把它解开，他儿子会去钓鱼，不和任何人讲话。詹姆斯不得不一直盯着船帆。因为，如果他一走神，船帆折叠抖动的话，船速就会减慢，拉姆塞先生就会严厉地说："注意！注意！"而老麦卡利斯特就会缓慢地从他座位上转过身来。于是他们听到拉姆塞先生问起了一些关于去年圣诞节大风暴的问题。老麦卡利斯特说："她绕着海湾转了一圈。"他指的是去年圣诞节的那场大风暴，当时有十艘船驶进海湾避难，他说他看见"一艘在那儿，一艘在那儿，一艘在那儿"。（他绕着海湾慢慢地指来指去。拉姆塞先生转着头，朝着他手指的方向看。）他看见有四个人紧紧抓住桅杆。然后被风暴刮走了。"最后我们摆脱了她。"他继续说着（但是，在愤怒和沉默中，他们坐在船的两头，只逮住了只字片语，誓死反抗暴政的契约让他们团结一致）。最后，他们摆脱了风暴，他们放出了救生艇，让她离开了那个地方——麦卡利斯特讲述了这个故事；虽然他们只逮到只字片语，但他们始终都意识到他们父亲的存在——意识到他是怎样向前倾身，怎样使自己的声音配合麦卡利斯特的声音；意识到他是怎样一边抽着烟斗，一边看看麦卡利斯特所指的地方，他津津有味地想着暴风雨、黑夜和渔夫们在那里奋力拼搏的情景。他喜欢男人们夜里在狂风呼啸的海滩上劳作和流汗；用他们的肌肉和头脑与海浪和风对抗；他喜欢男人像那样干活，女人料理家务，在屋里守着熟睡的孩子，而男人则在屋外，淹死在狂风暴雨之中。所以，从他的辗转反侧、他的警惕、他高亢的声线之中，詹姆斯就能看出来，凯敏也能看出来（他们看着他，然后互相看着彼此），当他向麦卡利斯特问起在暴风雨中被迫驶入海湾的十一艘船时，他声音中那细微的爱尔兰口音，让他听起来像个农民。三艘船沉了。

　　他骄傲地朝着麦卡利斯特所指方向望去；而不知为何，凯敏为他感到骄傲，想着如果他在现场的话，他会把救生艇放到海里，凯敏想，他会赶到遇难船只那里去。凯敏想，他是那么勇敢，那么有冒险精神。但她想起来。还有那个契约：誓死反抗暴政。他们的不满将他们压垮。他们被强迫；他们被命令。他再一次用他的阴郁和权威，迫使他们听从他的命令，在这个晴朗的早晨，仅仅是为了遵从他的希望，带着这些包裹去灯塔；要他们参加这些为了满足他个人意愿纪念亡人而举行的仪式，而他们痛恨这一点，所以他们磨磨蹭蹭地跟在他后面，这一天的快乐都被糟蹋了。

是的，微风让人心旷神怡。船身倾斜，用力划过水面，激起的水浪坠落成绿色的瀑布、泡沫和急流。凯敏低头看着那些泡沫，看着大海还有海底蕴含的宝藏，飞快的速度让她有些恍惚，她和詹姆斯之间的联盟松动了一点。它稍微松了一点。她开始想：小船开得多快啊。我们要前往何方？这飞速的运动催眠了她，而詹姆斯的眼睛紧盯着船帆和地平线，他神情冷峻地掌着舵。但他一边驾驶，一边想，他也许可以逃走；他也许会放弃这一切。他们可能在某个地方登陆；到时候就自由了。他们两人对视了一会儿，随着帆船行使的速度和周围景色的变化，产生了一种逃离和兴奋的感觉。但微风也使拉姆塞先生感到同样兴奋，当老麦卡利斯特转过身把绳索抛到海里时，他大声喊道：

"我们都会灭亡，"然后又说，"各自孤单地灭亡。[1]"

1　"我们各自孤单地灭亡！"引自英国诗人威廉·考珀（1731—1800）的作品《被抛弃的人》。

接着,像往常一样,他悔恨又害羞地抽搐了一下,站起来,朝岸边挥挥手。

"看看那座小房子。"他指着岸上说,希望凯敏能看见。她不情愿地直起身子看了一眼。但到底是哪一座呢?她分辨不出山坡上哪一座才是他们的房子。一切都显得那么遥远、那么平静、那么陌生。海岸似乎被美化了,触不可及,不太真实。他们才驶出这么点距离,却已经把那房子抛在身后,让它外表产生了变化,看上去是一种泰然自若的神情,仿佛它在后退,不再与他们有任何关系。哪一座是他们的房子?她看不见。

"可是我在波涛更汹涌的大海之下。[1]"拉姆塞先生喃喃自语。他已经找到了那座房子,而看见房子也让他在那里看到了自己;他看见自己孤单一人走在露台上。他在两个花瓮之间走来走去;他觉得他看上去老态龙钟、直不起腰。他坐在船上,弯着腰,蜷起身子,立即进入了他所扮演的角色——一个失去亲人的孤独鳏夫的角色;这样一来就能把人们召集到他面前同情他;他坐在船上的时候,为自己上演了一出小小的戏码;这场戏要求他表现出苍老、疲惫和悲伤(他举起双手,看着它们骨瘦嶙峋,以此来肯定自己的梦),然后他得到了大量女性的同情,他想象着她们会怎样安慰他、怎样同情他,就这样他在梦中回想起女人的同情给他带来极大的愉悦,他叹了口气,哀伤地轻声说道:

---

[1] 同上。

可是我在波涛更汹涌的大海之下

被比他更深的漩涡吞没[1]

大家都清清楚楚地听到了这些哀伤的话。凯敏在她的座位上几乎大吃一惊。这使她震惊，使她愤怒。这动静惊醒了她的父亲；他打了个寒战，从梦中清醒过来，大声喊道："看！快看！"他喊叫得如此急迫，让詹姆斯也回头望着那座岛。他们都在看。他们看着那座岛。

但是凯敏什么也看不见。她在想，那些与他们曾经在那里的生活紧密相连的小径和草地，怎么全都消失了：它们被抹去了，它们已经成为过去；它们是不真实的，而现在才是真实的；这艘船、船帆以及它的补丁；戴着耳环的麦卡利斯特；海浪嘈杂的声响——这一切都是真实的。想到这里，她喃喃自语道："我们各自孤单地灭亡。"因为她父亲的话一次又一次闯入她的脑中，这时她父亲看见她的眼神显得如此迷茫，便开始取笑她。难道她不知道指南针的方位吗？他问道。难道她分不清南北吗？难道她当真以为他们就住在那里吗？他又伸手指了一下，告诉她他们的房子在什么位置，就在那儿，在那些树的旁边。他希望她能试着更准确地辨认出方向，他说："告诉我——哪边是东，哪边是西？"他半开玩笑地问，同时也有责备的意味，因为他无法了解任何一个不完全是白痴却不懂指南针方向的人脑子里是怎么想的。可是她就是不知道方向。看到她茫

---

[1] 同上。

然的眼神,现在看上去显得有些害怕,眼睛盯着没有房子的地方,拉姆塞忘记了他的梦;忘记了他是如何在露台上的花瓮之间走来走去;忘记了那些妇女是怎样向他伸展同情的双臂。他想,女人总是如此;她们的脑袋糊里糊涂,简直是无可救药;这是一件他永远无法理解的事情;但事实的确如此。他的妻子——他的妻子也是如此。她们脑子里没法清晰准确地记住任何东西。但是他生她的气是不对的,再说,难道他喜欢的不正是女人这种糊里糊涂的感觉吗?这是她们非凡魅力的一部分。我要让凯敏冲我微笑,他想。她看起来很害怕。她是如此沉默。他紧握着自己的手指,下定决心要收敛起他的声音、他的面孔,还有那些极具表现力的灵敏动作,这么多年来他随心所欲地利用这一切,得到人们的同情和赞美。他会让她对他微笑。他会找到一些轻松简单的话题和她聊聊。但是该说些什么?因为他只顾埋头工作,忘了人们是如何闲聊的。有一条小狗。他们养了一条小狗。小狗今天由谁照看呢?他问道。是的,詹姆斯看到他姐姐的头靠在船帆上,冷酷无情地想,现在她要屈服了。就只留下我独自一人对抗暴君。契约将留给他来执行。看着凯敏脸上悲伤、阴沉和屈服的表情,詹姆斯冷酷地想,凯敏永远不会誓死反抗暴政。正如有时候会出现的这种情况,当一朵云彩遮盖住绿色的山坡,严肃的气氛从天而降,周围的群山全都弥漫着忧郁和悲伤,看上去仿佛山峦自身必须认真思考被乌云、被黑暗所笼罩的命运,或许是同情,也可能是幸灾乐祸;所以,凯敏此刻坐在一群沉着冷静、意志坚定的人当中,觉得自己笼罩在乌云之下，不知该如何回答父亲关于小狗的问题；该如何拒绝他的恳求——宽恕我吧，不要讨厌我；而与此同时，立法者詹姆斯的膝盖上摊放着永恒智慧的牌匾（对她来说，他握着舵柄的手已经变成了一种象征），并对她说：和他对抗，和他斗争。他说得如此肯定、如此公正。因为他们必须誓死反抗暴政，她想。在所有的人类品质中，她最推崇的就是正义。她的弟弟最像上帝，她的父亲最擅长哀求。而究竟应该屈服于哪一位，她坐在两人之间思索着，凝视着她分不清方向的海岸，想着那草坪、露台和那座房子是如何被抹去、是如何平静地驻留在原地。

"贾斯伯。"她阴郁地说。他会照顾小狗。

她给小狗起了什么名字？她父亲还在坚持追问。他小时候养过一条狗，名叫弗里斯克。当詹姆斯看到她脸上出现的一种表情，一种他所熟悉的表情时，他想，她会屈服的。他想，他们低头看着手中的针线活儿或是其他什么东西。突然之间，他们抬起头看。他记得有一道蓝光闪过，坐在他身旁的那个人笑了、投降了，而他感到非常生气。他想，那一定是他的母亲，她坐在一把矮椅上，而他的父亲站在旁边俯视着她。他开始不停地寻找，在岁月给他脑海里留下无穷无尽的印象中寻找，他轻轻地翻着，一页又一页，一叠又一叠；他在气味和声响中搜寻；刺耳、空洞、甜美的嗓音；一扫而过的灯光和轻轻敲打着地板的扫帚；还有海浪的澎湃与平静，他看到一个男人是如何来回踱步，然后突然停下脚步，直挺挺地站在那里，俯视着他们。与此同时，他注意到凯敏把手指伸进海里玩水，她盯着岸边，一句话也没说。不，她不会屈服的，他想；她和母亲不一样，他想。好吧，拉姆塞先生下定决心，如果凯敏不打算回答他的问题，他也不会打扰她，他把手伸进口袋里摸来摸去，找一本书。但她愿意回答他的问题；她热切地希望能移开压在她舌头上的某种障碍，然后说：噢，好的，弗里斯克。我会管它叫弗里斯克的。她甚至想问：它是不是那条自己从荒野中找到回家之路的狗？但是，尽管她尽了最大的努力，却想不到类似的话可说，她对契约非常忠诚，但詹姆斯没有察觉到的是，她已经把自己所感受到对于父亲的爱以一种私人记号传达过去了。因为她一边用手指搅动着海水，一边想（而现在麦卡利斯特的儿子钓到了一条鲭鱼，它在甲板上蹦来蹦去，鳃里流淌着鲜血），她看着詹姆斯（他面无表情地盯着船帆，偶尔飞快地瞄一眼地平线）想着，你可没有暴露在这种情形之下，没暴露在这种情感的压力和分裂之下，没有暴露在如此强大的诱惑之下。她父亲在口袋里摸索着；下一秒，他就能找到他的书了。因为没有人比他更能吸引她了；他的双手很美，还有他的双脚、他的嗓音、他的话语、他的急躁、他的脾气、他的古怪、他的热情，以及他在众人面前直言不讳地扬言"我们各自孤单地灭亡"，还有他的冷漠。（他已经打开了他的书。）但是，当她挺直腰板坐在那里，一边看着麦卡利斯特的儿子把鱼钩从另一条鱼的鳃里拽出来，一边想，让人无法忍受的是他极度的盲目和暴虐，它毒害了她的童年，掀起了痛苦的风暴，因此，即便到现在为止，她在夜里惊醒时，还会气得发抖，回想起他的那些命令；那些无礼的行为："干这个""干那个"；回忆起他的统治：他那句"听我的话"。

所以她什么也没说，只是固执地、悲伤地望着岸边，海岸包裹在它那平静的外衣之中；她想，那里的人似乎都已熟睡；他们像烟雾一样自由，像幽灵一样来去自由。他们在那里不会遭受痛苦，她想。

第五章

"是的,那是他们的船,"莉丽·布雷斯克站在草坪边上确认了一下。是那艘扬着灰棕色船帆的船,她现在看见它平稳地开在水面上,飞快地驶过海湾。他坐在那儿,她想,孩子们依旧很安静。她无法触及他。还没来得及向他传达自己的同情,这令她心情沉重,难以作画。

她一直觉得他很难相处。她记得,她从来没能当面表扬过他。这就使他们的关系缩减成某种中性的状态,缺少了性别的因素,而正是那种因素,让他对明塔的态度如此殷勤,几乎有点放荡。他会为她摘一朵花,把自己的书借给她。但他真的相信明塔会读这些书吗?她拿着那些书在花园里走来走去,用树叶标记她读到的地方。

"你记得吗,卡迈克尔先生?"她看着那个老头,想要问他。但是他用帽子盖住了半边额头;她猜他是睡着了,或者是在做梦,或者是躺在那儿酝酿着诗句。

"你记得吗?"她经过他身边时,忍不住想问问他,她又想起海滩上的拉姆塞夫人;飘在海面上的木桶上下浮动;信纸随风飘散。为什么这么多年过去后,那一幕的景象依然记忆犹新,它萦绕在脑海之中,闪闪发光,连细枝末节都清晰可见,而在它之前或之后绵延数里的漫长记忆都是一片空白?

"那是一艘船吗?那是捕龙虾的篓子吗?"她会这么问,莉丽重复道,不情愿地把注意力转回画布上。她再次拿起画笔的时候想,谢天谢地,那个空白的问题仍然存在。那空白瞪着她。整幅画的重量取决于此。它的表面应该是美丽而明亮的,如羽毛般轻盈,一种颜色和另一种颜色交融在一起,就像蝴蝶翅膀上的颜色;但在这层外表之下,必须用钢筋钳合固定起来。它应该是这样的一种存在,它如此轻盈,一阵呼吸就能将它吹皱;可它又是如此牢固,一队马匹也无法使其动摇。她开始涂抹上一笔红色,一笔灰色,然后她开始让画笔朝着那个空白靠近。与此同时,她仿佛身处在海滩上,坐在拉姆塞夫人的身旁。

"那是一艘船吗?那是一个捕龙虾的篓子吗?"拉姆塞夫人问道。她开始四处寻找她的眼镜,找到之后,她就沉默地坐在那里,望着大海。而莉丽心态平和地画着,感觉就像一扇门已经打开,她走进去,站在像高耸的教堂一般的地方,静静地凝视着四周,周围十分黑暗,非常庄严。从一个遥远的世界传来了叫喊声。汽船化作几柱烟雾,消失在地平线上。查尔斯扔着石头,让它们在海面上跳来跳去。

拉姆塞夫人安静地坐着。莉丽想,她很高兴能安静地休息,不用与人交谈;在人际关系极度模糊的状态中休憩。谁能知道我们是什么,我们感受到什么?即使在亲密无间的时刻,谁又能知道这就是知识?拉姆塞夫人也许会问(像这样在她身旁沉默不语,这种情况似乎经常发生):

把事情说出来，难道不会把它们弄得越来越糟吗？像这样沉默不语难道不是能够表达更多吗？至少这一刻显得内涵富饶。她在沙子上捣出一个小洞，然后又把它盖上，好像这样就能把那完美的时刻埋在里面。它像一滴银液，只需在里面沾一下，就能照亮过去的黑暗。

莉丽往后退了几步——以便——让画布能够完整地进入她的视野范围。这绘画之途，是条不寻常的路。她往外走得越来越远，直到最后似乎是独自身处于海面上狭窄的木板上。而当她把画笔蘸进蓝色颜料中，她也沉浸在过往的回忆之中。她想起来，这会儿拉姆塞夫人站起身来。是时候回家了——到了吃午饭的时间。他们一起从海滩走上来，她和威廉·班克斯一起走在后面，明塔走在他们前面，她的袜子上有个洞。那个从小圆洞里探出头来的粉红色脚后跟似乎在他们面前自我炫耀！这是威廉·班克斯最厌恶的事，可据她记忆所及，他一句话也没说！对他来说，这意味着女性气质的毁灭，不整洁以及杂乱无章，用人的离开以及到了中午还没整理好的床铺——所有这些都是他最憎恶的事情。他有个习惯，就是哆嗦着伸开他的手指，好像是要去遮挡一个不堪入目的物体，而他现在正在这么做——把手挡在面前。明塔走在前面，想必保罗看到了她，然后她和保罗一起去了花园。

莉丽·布雷斯克一边挤着一管绿色颜料，一边想到了瑞雷夫妇。她在脑海里搜集对于瑞雷夫妇的印象。他们的生活一连串地出现在她眼前；其中有一幕发生在黎明时分的楼梯上。保罗已经到家，很早就上床睡觉去了；明塔迟迟未归。凌晨三点左右，明塔走在楼梯上，戴着花环、浓妆艳抹、穿得花枝招展。保罗穿着睡衣走出来，手里拿着拨火棍，以防窃贼。在苍白的晨光中，明塔楼梯走到一半，正站在窗边吃着三明治，地毯上有个破洞。但是他们说了些什么？莉丽问自己，好像光凭眼前的图像就能听到他们对话的内容。保罗用粗暴的语言指责她时，明塔继续吃着她的三明治，一脸不乐意的样子，他尽量压低嗓音，以免吵醒他们的孩子，那两个小男孩。他神情憔悴、面容扭曲；她艳丽浮夸、满不在乎。因为在结婚一年多之后，他们的生活就分崩离析；这桩婚姻最后变得十分糟糕。

莉丽用画笔蘸上绿色颜料，心想，这样想象他们的生活景象，就是我们所说的"了解"他们，"想念"他们，"喜欢"他们！以上内容没有一个字是真的；这都是她编造出来的；但尽管如此，她对他们的了解就是这样。她继续钻进她的画中，钻入过往之中。

另外有一次，保罗说他"在咖啡馆里下棋"。她也根据这句话构建了一幕完整的设想。他说这句话的时候，她记得她是如何想象着他怎样给用人打电话，而对方说"先生，瑞雷夫人出去了"，然后他决定自己也不回家。她看见他坐在一个阴暗的角落里，那里的烟雾弥漫在红色的长毛绒座椅上方，女招待们已经对你有所了解，他和一个从事茶叶生意的小个子男人下棋，他住在瑟比顿，但关于他的事情，保罗只知道这些。而他到家的时候，明塔还在外面，然后出现了楼梯上的那一幕，为了提防窃贼，他手里拿着拨火棍（无疑也是为了吓唬她），他说话的语气是如此冷酷，说她毁了他的生活。不管怎么说，莉丽到里克曼斯沃斯附近的小屋探望他们的时候，他们之间的关系已经紧张得可怕。保罗带莉丽到花园里，去看他饲养的比利时野兔，明塔紧紧跟着他们，嘴里哼着歌，把她裸露的胳膊搭在他的肩上，免得他跟莉丽透露些什么。

莉丽想，明塔对野兔毫无兴趣。但明塔从不表露自己的想法。她从来没有提起咖啡馆下棋之类的话题。她太过自觉、太过谨慎。但继续讲述他们的故事——他们现在已经度过了危险阶段。去年夏天她和他们一起住了一段时间。有一次车抛锚，明塔不得不把工具递给他。他坐在路上修理汽车，是她给他递工具的方式——一副公事公办的样子，直截了当、相当友好——证明他们现在已经相安无事。他们不再"相爱"；不，他已经开始和另一个女人交往，一个严肃的女人，头发盘成辫子，手里拿着公文包（明塔曾经用非常感激、几乎是钦佩的语气描述过她），她参加会议，认同保罗对土地价值征税和资本征税的观点（这些观点变得越来越明显）。两个人的关系非但没有拆散这桩婚姻，反而对它起了帮助的作用。他坐在路上的时候，她把工具递给他，他俩明显变成了很好的朋友。

莉丽想，这就是瑞雷夫妇的故事。拉姆塞夫人一定会充满好奇，想要知道瑞雷夫妇的情况，她想象自己给拉姆塞夫人讲这个故事。让拉姆塞夫人知道这桩婚姻并不成功，会让她感到有点得意扬扬。

莉丽在构图上遇到些困难，这使她停下来思考，往后退了一两步，但是死去的人，莉丽想，噢，那些死去的人!她喃喃自语,她同情他们,她对他们置之不理,她甚至有些瞧不起他们。他们任由我们摆布。拉姆塞夫人已经消逝、已经离去,她想。我们可以忽略她的期许,对她那局限的、过时的思想加以改进。她离我们越来越远。有一丝嘲弄的意味,她似乎看到拉姆塞夫人站在岁月长廊的尽头,在一堆不合时宜的事情中说着:"结婚吧,结婚吧!"(黎明时分,她笔直地坐着,屋外花园里的鸟儿开始啁啾。)而她不得不对拉姆塞夫人说:所有的一切都没能如您所愿。他们那样很开心;我这样也很快乐。生活已经彻底改变了。想到这儿,拉姆塞夫人的整个存在,甚至她的美貌,都变得暗淡而迂腐。有那么一会儿,莉丽站在那里,阳光把她后背晒得滚烫,她总结瑞雷一家的情况,觉得自己战胜了拉姆塞夫人,拉姆塞夫人永远也不会知道保罗是怎样去咖啡馆玩耍,还给自己找了个情人;她不会知道他是怎样坐在地上而明塔把工具递给他;她也不会知道自己是如何站在这里作画,从未结过婚,甚至都没有嫁给威廉·班克斯。

拉姆塞夫人曾经是这么计划的。也许如果她还活着,她会强迫他们结婚的。那年夏天,班克斯已经成了"最善良的男人"。她丈夫说他是"他们那一代第一流的科学家"。他也是"可怜的威廉——我去看他时,发现他家里没什么像样的东西,这让我很难过——都没有人来整理鲜花"。于是他们被一起打发去散步。拉姆塞夫人告诉莉丽,说她有科学的思维,这话带着淡淡的讽刺意味,一般人察觉不出来,她还说莉丽也喜欢鲜花,还很严谨。莉丽走近她的画架,又后退了几步,好奇拉姆塞夫人为什么对婚姻有如此狂热的执念?

(突然之间,就像划过天际的星星一样突然,她脑中燃起了一道淡红色的火光,笼罩着保罗·瑞雷,那火光就是从他身上放射出来的。它就像是远方沙滩上野人为了表示庆祝而升起的篝火。她听到火焰怒吼的声音和柴火烧得噼里啪啦的响声。方圆几英里的海面都被染成红色和金色。某种类似于葡萄酒的味道和烟火的味道混合在一起,让她沉醉其中,因为她又产生了那种轻率的欲望,想从悬崖上纵身而下,在海滩上寻找珍珠别针时葬身海底。篝火怒吼和爆裂的声响让她因为恐惧和厌恶而感到不快,似乎在她看到火焰的光辉与力量的同时,也看到了它是怎样贪婪地、恶心地吞食着这座房子里的宝藏,而她对此感到厌恶。但是,就眼前的景象和荣耀而言,它超越了她经历过的一切,它年复一年地燃烧着,就像是海边荒岛上的烽火,她只要说一声"坠入爱河",像现在发生的一样,保罗之火立刻就会重新燃烧起来。然后火又渐渐熄灭,她笑着对自己说"瑞雷夫妇";还有保罗是如何去咖啡馆下棋的。)

她想,她只是侥幸逃过一劫。当时她一直看着桌布,脑子里突然闪过一个念头:她要把这棵树移到画面中间去,而且永远不必嫁给任何人,而她为此感到无比欢喜。她觉得,自己现在可以勇敢地面对拉姆塞夫人——这是对拉姆塞夫人拥有的掌控他人的非凡能力表示赞美。去做这件事,她一开口,人们就会照做。就连她和詹姆斯在窗边的影子也充满权威感。她还记得威廉·班克斯是怎样为她忽视这幅画中母子的重要性而感到震惊。难道她不欣赏他们的美吗？他说。但是她记得，当她向威廉解释这并不是不敬时，威廉用他那聪明孩子般的眼神看着她，听她解释：只是那里光线需要加上一些阴影，诸如此类的。他们一致认为，拉斐尔[1]已经虔诚地探讨过这个主题，她并不打算轻视这个主题。她并不愤世嫉俗。恰恰相反。多亏他的科学头脑，他理解她的意图——这证明了没有偏见的智慧，使她感到高兴，也给她带来极大的安慰。她可以严肃地与一个男人谈论绘画。的确，他的友谊一直是她生命中快乐的源泉之一。她爱威廉·班克斯。

他们一起去了汉普顿宫，他表现出完美的绅士风度，总是留给她足够的时间去盥洗，而他就在河边散步等她。这在他们的关系中很常见。很多事情都无须明说。然后，他们漫步穿过庭院，一个又一个夏天过去了，他们一同欣赏建筑的比例和美丽的鲜花，散步的时候，他会跟她聊聊与透视法和建筑相关的内容，而且他会停下来观察一棵树，或是享受湖面的风景，他还会以一种若即若离的方式——这对一个在实验室里待太久的人来说是很自然的，因为他出来时，这个世界似乎让他眼花缭乱——欣赏一个孩子（这是他巨大的悲伤——没能拥有一个女儿），于是他步伐十分缓慢，举起手遮住眼睛，又停下来，仰着头，只

---

[1] 拉斐尔（1483—1520），意大利著名画家，也是"文艺复兴后三杰"中最年轻的一位，创作了大量的圣母像。

为呼吸空气。然后他会对她说他的女管家在度假的情况；他必须要给楼梯买块新地毯。或者她能和他一起去买楼梯上铺的新地毯。有一次，什么话题让他谈起了拉姆塞一家，他说他第一次见到拉姆塞夫人的时候，她戴着一顶灰色的帽子；她那时还不到十九、二十岁。她美得惊人。他站在那里，俯视着汉普顿宫的林荫道，仿佛能在喷泉中看见她的身影。

她这会儿望着客厅的台阶。透过威廉的双眼，她看到一个女人的身影，安详而沉默，双目低垂。她坐在那里沉思默想（莉丽想，那天她的衣服是灰色的）。她的双眼总是注视着地面。她永远不会抬起眼睛来。是的，莉丽想，她看上去非常专注，我肯定也见过她这么专注的样子，但不是穿着灰色的衣服；也没那么沉静，没那么年轻，没那么平静。很轻易就能回想起她的身影。正如威廉所说，她美得惊人。但美并不是一切。美有这样的缺点——它来得太容易、来得太彻底。它使生命静止——使它凝固。她忘却了内心那小小的波动；忘却了激动时候的红晕、难过时候的苍白，某种奇怪的变形，某种光或影，这一切会使那张脸一时之间难以辨认，然而却也增添了一种让她无法忽视的气质。在美丽的掩盖之下，抹去所有一切当然要容易得多。但是，莉丽想知道，当她把猎帽戴在头上，或是跑过草地，或是责骂园丁肯尼迪的时候，她脸上的表情是怎样的呢？谁能告诉她？谁能帮她解答这个问题？

她的思绪不情愿地浮回现实表面，发现自己已经快要脱离了那幅画，她有点茫然地望着卡迈克尔先生，仿佛在看什么虚无缥缈的东西。他躺在椅子上，双手紧扣，放在他的大肚子上，他既没在看书，也没睡觉，而是像吃饱喝足后的动物，悠闲地晒着太阳。他的书已经掉在草地上了。

她想径直走到他跟前说："卡迈克尔先生！"然后，他会像往常一样慈祥地抬起头来，用他那双烟雾般朦胧的绿眼睛看着你。只有在知道自己想对别人说些什么的时候，才把他们叫醒。她想探讨的不是一件事，而是所有的一切。那种打断思路并且让思绪支离破碎的三言两语，说了也等于没说。"让我们谈谈关于生命和死亡；关于拉姆塞夫人的事"——不，她想，她跟其他人根本没法探讨什么。顷刻之间的紧迫感总是会让人错失目标。口中吐出旁敲侧击的话语，总会以英寸之差与目标擦肩而过。然后她就放弃了；然后这个念头又消沉下去；然后，她变得像大多数中年人一样，小心翼翼、偷偷摸摸，两眼之间布满皱纹，一副永远忧虑不安的表情。因为她要怎样用言语来表达身体的这些情绪？表达那种空虚呢？（她望着客厅的台阶；它们看上去特别空虚。）这是她身体在感受，而不是心灵在感觉。那空荡荡的台阶突然之间给她身体上带来极其不悦的感受。求而不得的感觉使她全身都变得坚硬、空虚和紧张。然后还是求而不得——一次次渴望——这是多么折磨人的心灵啊，而且是一次又一次地折磨！噢，拉姆塞夫人！她在心中默默地呼唤，呼唤着坐在船边的拉姆塞夫人的存在，呼唤着那个被抽象化的她，那个身穿灰衣的女人，仿佛在指责她的离去，指责她既然离开了，为何又要归来。思念逝去的拉姆塞夫人似乎是非常安全的。幽灵、空气、虚无，这是一种你可以在白天或黑夜的任何时候，轻而易举玩弄于股掌之间的东西，拉姆塞夫人本来就是它，然后她突然伸出手来，像这样扭绞着你的心房。突然间，空荡荡的客厅台阶，客厅里椅套上的褶边，露台上打着滚的小狗，花园里高低起伏的声响，都变得就像曲线和阿拉伯图案一样，在彻底空无的中心四周繁茂地生长。

她再次转向卡迈克尔先生，想问他：这有什么意义？你怎么解释所有的一切？因为在大清早的时刻，整个世界似乎都溶进了一个思想的池塘、一个现实的深渊，她几乎可以想象，如果卡迈克尔先生开口的话，那么，一滴眼泪就会把池塘平静的水面戳破。然后呢？水面会浮现出什么。一只手会从水中被推起来，一把利剑会亮在空中。当然，这都是无稽之谈。

她产生了一个奇怪的念头，觉得他还是听到了她说不出口的话。他是一个深不可测的老头，胡子上散落着黄色的斑渍，带着他的诗歌和他的谜语，平静地航行在一个满足了他所有愿望的世界里，因此她觉得，只要他从草坪上自己躺着的地方放下他的手，就能钓到他想要的任何东西。她看着自己的画。这大概会是他的回答——"你""我""她"是如何随着岁月流逝而灰飞烟灭；一切都会消失；一切都会改变；除了文字，除了绘画。不过，她想，这幅画还是会被挂在阁楼上；它会被卷起来，扔到沙发下面；可即便如此，即使是这样的一幅画，它也是真实的。也许你可以说，即使是这张随手画的草图，甚至不是那幅真正的作品，或许只是它为之努力的尝试，也会

"永远流传",她本来打算这么说出来,或者是无言地如此暗示,因为这话就连她自己听起来也觉得有些太过自负;当她看着这幅画时,她惊奇地发现自己看不见它了。她的眼睛里充满了滚烫的液体(起初她并没有想到那是泪水),这种液体在没有影响嘴唇那紧绷线条的情况下,使空气变得黏稠,顺着她的面颊滚落下来。她完全能够控制住自己——噢,是的!——在所有其他方面。那么她是在完全没有意识到有任何不愉快的情况下,为拉姆塞夫人哭泣吗?她又在对卡迈克尔老先生说话。那么,那是什么?那是什么意思呢?那些东西能够伸出他们的双手抓住她吗?那些利刃会伤人吗?那拳头会握紧吗?难道没有安全可言?无法记住世界之道?没有向导、没有避难所,但一切都是奇迹,只能从塔尖纵身跃入空中?即使对老年人来说,难道这就是生活?——令人惊讶、出乎意料、一无所知?刹那间,她觉得如果他们两人此时此刻都在草坪上站起身,并要求一个解释:为什么生命如此短暂,为什么如此令人费解?如果他们说话的语气强硬,就像是两个全副武装的人类,任何事都不该对他们有所隐瞒,那么,美将会卷起自己的身躯;空间会被填满;繁盛的空白也会形成一个具体的形态;如果他们喊得足够响亮,拉姆塞夫人就会回来。"拉姆塞夫人!"她大声说,"拉姆塞夫人!"泪水顺着她的脸庞流了下来。

第六章

【麦卡利斯特的儿子从一条鱼身上割下一个方块用作鱼饵。那条残缺不全的鱼（它仍然活着）被扔回了海里。】

第七章

"拉姆塞夫人!"莉丽喊道,"拉姆塞夫人!"但是什么也没有发生。她感到更加痛苦。她想,这痛苦能让人变得如此愚蠢!无论如何,那老人家没听见她的呼喊。他仍然是慈祥而平静——如果她愿意这样想的话,他甚至依然崇高。谢天谢地,没有人听见她可耻的呼唤,停止吧,痛苦,停下来!她显然还没有失去理智。没人看见她走下那狭长的木板,跳入毁灭的海水中去。她仍然是一个瘦小的老处女,手里拿着一支画笔。

现在,那种求而不得的痛苦和怒火中烧的感觉(她以为自己再也不会为拉姆塞夫人感到悲伤,可这种感觉却又被召唤回来,难道她早餐喝那几杯咖啡的时候没有想念她吗?一点也没有)有所缓解;而对于剩下的痛苦来说,它作为解药得以释放,这本身就是一种安慰,而且,更神秘的是,仿佛还有一种其他人在场的感觉,就好像拉姆塞夫人暂时从这个世界施加在她身上的重负中解脱出来,轻松地待在她身边,然后(因为这是她美貌的巅峰时期)她把离世时所戴的白色花环举到额头上。莉丽又挤了一下颜料。她开始着手解决树篱的问题。奇怪的是,她能够如此清晰地看到拉姆塞夫人,她像往常一样,迈着轻快的步伐穿过田野，田垄是紫色的，看上去很柔软，然后她消失在风信子和百合花的花丛中。这是画家的眼力使然。在她听说她死讯后的好些天里，都能看到她像这样把花环戴在额头上，毫不迟疑地跟随着她的同伴——一道穿过田野的阴影。那个景象，那些话语，有它自己抚慰的力量。无论她在何处画画，无论是在这里、在乡下，还是在伦敦，这种幻象总会出现在她眼前，而她半合着眼睛，想找些什么来支撑她的幻象。她俯视着火车车厢和公共交通；从肩膀或脸颊上取下一根线条；望着对面的窗子；看着在黄昏时分灯火阑珊的皮卡迪利大街。所有这些都曾是死亡之地的一部分。但总会有些什么——可能是一张脸，一个声音，一个呼喊着《旗帜报》《新闻报》的报童——冲进来，斥责她、唤醒她，要求得到关注，并在最后得到了她的注意，所以她必须不断地重新塑造这个幻象。此刻，在对于距离感和蓝色色彩的本能需求的触动下，她再一次朝脚下的海湾望去，把一层层蓝色的波浪看成小山，把紫色的部分看成布满石块的田野，她又像往常一样，为不协调的食物而感到兴奋。海湾中央有一个棕色的点。那是一艘船。是的，她过了一秒才意识到。但是，那是谁的船？拉姆塞先生的船，她自问自答。拉姆塞先生；那个男人在游行队伍的最前面，穿着漂亮的靴子，高高举起一只手从她身边走过，要求得到她的同情，但遭到了她的拒绝。那艘船已驶过半个海湾。

那个清晨的天气是如此晴朗，只是四处偶尔吹起了一丝微风，大海和天空看上去仿佛融为一体，就像是船帆高高地挂在天空上，或是云彩坠入海里似的。在远处的海面上，轮船吞吐出来的烟雾划过空中，袅袅上升，优雅地绕着圈，久久不肯退散，仿佛空气是一层薄纱，把所有的一切温柔地包裹在怀中，只是轻轻地让它们左右摇摆。有时候，当天气非常晴朗，这些悬崖看上去就像意识到那些船只的存在，而那些船只看上去好像也注意到悬崖的存在，就像它们相互发出了属于自己的某种信号。因为有时灯塔看起来就在离海岸很近的地方，而在今天早晨的薄雾中，灯塔看上去又十分遥远。

"他们现在到哪儿了？"莉丽望着大海思索。他在哪儿，那个从她身边默默走过、腋下夹着一个牛皮纸包裹的老人在哪儿？船在海湾的中央。

第八章

起起伏伏的海岸和船的距离越拉越远,它变得越发沉稳和平静,凯敏看着它想道,那里的人什么也感觉不到。她的手在大海中划出一道水痕,而她的思绪把绿色漩涡和水纹变成各种图案时,她的内心感到麻木,被遮蔽起来,开始在想象中的水底世界漫游,在那里,珍珠成串成串地嵌在白色的浪花之中,在绿光中,她整个思想都会发生变化,身体在绿色斗篷的包裹下半透明地闪烁着。

然后,围绕着她手打转的涡流变缓了。湍急的水流停止了;周围到处充满了细小的叽叽喳喳声。她听到波浪拍击船舷的声音,仿佛它们停在港湾里。所有一切的距离变得很近。因为那船帆(詹姆斯的眼睛一直盯着那船帆,直到它仿佛已经变成了他的旧识)完全耷拉下来;他们在那里停下来,在炎热的阳光下,轻轻摇摆在水面等风来,现在离海岸有好几英里,离灯塔也还有些距离。整个世界上所有的一切似乎都静止不动。灯塔变得岿然不动,远处海岸线也变得一动不动。阳光的温度越来越高,每个人之间的距离似乎缩短了,能够相互感觉到彼此的存在,他们之前几乎已经忘记了这一点。麦卡利斯特的钓线垂直落入海中。但拉姆塞先生还是盘着双腿,继续看书。

他正在看一本亮晶晶的、袖珍的书，封面斑驳得就像是鸽鸟蛋。当他们被困在这可怕的平静之中，他时不时地翻着书。詹姆斯觉得他每翻一页，都针对他使用一种特殊的手势；时而显得果断；时而表现出权威；时而带着让人们怜悯他的目的；在他父亲一页又一页地翻阅这本袖珍书时，詹姆斯一直提心吊胆，害怕他会抬起头对他说些严苛的话。他们为什么停留在这里？他会这么质问，或者说一些像这样不讲道理的话。如果他真这么做了，詹姆斯想，那么我将会拿把刀刺向他的心脏。

他一直保留着这个古老的象征——拿起一把刀，刺向他父亲的心脏。只是现在，随着年龄的增长，当他坐在那里，满腔怒火地望着他的父亲却无能为力时，他想杀死的不是那个在看书的老头，而是降落在老头身上的那个东西——或许就连他父亲自己都意识不到：那突然猛扑过来的黑翅角鹰[1]，它的爪子和鹰喙冰冷而坚硬，不停地向你进攻（他能感觉到鹰喙触碰到他裸露的腿，当他还是个孩子的时候，它曾经啄过那个地方），然后就离开了，而他又恢复原状——一个老人，看上去非常忧伤，正在读着他的书。他要杀的是那个怪物，他会刺向它的心脏。无论他做什么（他望着灯塔和远处的海岸，觉得他可以做任何事情）——无论他是经商，在银行工作，当大律师，或是成为某个企业的领导，他都会和那怪物抗争到底，他会追捕它并将它消灭——那个他称之为暴政、独裁的怪物——

---

[1] 希腊神话中，首及身似女人而有鸟类尾巴及爪之贪婪怪物。

它强迫人们做他们不想做的事,剥夺他们说话的权利。当他说"到灯塔去"的时候,他们之中任何一人又如何能说出"但我不想去"这句话?做这件事。给我把那个东西拿过来。那黑色的翅膀伸展开来,那坚硬的鹰喙把猎物撕得粉碎。然后下一刻,他又坐在那儿读着他的书;而他也许会抬起头来——你永远不知道——看上去非常通情达理。他可能会跟麦卡利斯特父子聊天。他可能会在大街上把一磅金币塞到冻僵了的老太太手里,詹姆斯想,而他也可能对着渔夫的某个消遣大呼小叫;他可能兴奋地在空中挥舞双臂。或者他也可能坐在餐桌的一头,从晚餐开始到结束都一言不发。这条小船在烈日下被浪花拍打而飘荡在海面时,詹姆斯想,是的,有一片孤寂而严峻的荒原,上面覆盖着茫茫白雪和岩石;最近,每当他父亲有什么让他人感到惊讶的言论或是举动时,他常常会感到,在那片荒原之上只有两对足迹:他自己和父亲的。只有他们相互了解。那么,这种恐惧、这种仇恨又是什么?他转身望向过往回忆在他眼前遮蔽的层层叶片,凝视着记忆森林的中心,那里的光影交错,扭曲了万物的形态,一会儿阳光刺眼,一会儿阴影笼罩,让人在里面跌跌撞撞,他要寻求一个形象,让他的感情冷却下来,使他从感情中抽离出来,把它美化成一种具体的形状。那么,假设他是一个无助的小孩,坐在游览车里,或是坐在某个大人的腿上,然后如果他看见一辆马车无意之中、在毫不知情的情况下碾过某人的脚呢?要是他先看见了那只脚,踩在草地上,光滑而完整;然后看到车轮碾过;而同一只脚变得淤青、被压得粉碎。但是那车轮并不是故意的。所以，现在，当他父亲一大清早从走廊上过来，敲门把他们吵醒，叫他们去灯塔的时候，车轮碾过了他的脚、凯敏的脚、所有人的脚。而他只是坐在那里看着。

但他想到的是谁的脚呢？这一切又发生在哪一座花园？因为当他脑海里想象这种场景的时候总要有一些布景：长在那里的花草树木；一些光线；还有一些人物。所有一切都倾向于把自己安置在没有那种阴郁气氛的花园里。那里没人到处指手画脚；人们用平常的声调说话。他们整天进进出出。厨房里有个老妇人在说长道短；百叶窗被微风吹得里外摇摆；所有的一切都在随风摆动，所有的一切都在生长；黑夜会拉下一层薄薄的黄色面纱，像葡萄叶似的，笼罩在所有这些碗碟和高高的、舞动着的红色、黄色花朵的上面。所有的一切在深夜里都会变得更加平静、更加昏暗。但是那叶子般的面纱是如此轻巧别致，光线就能把它掀开，声音就能把它弄皱；透过那层面纱，他看见一个人影弯下腰，聆听着，走过来，又走过去，还有衣服沙沙作响，铁链叮叮当当的声音。

就是在这个世界里，车轮从人的脚上碾过。他记得，有什么东西停留下来，笼罩着他，不肯移动，空气中有什么在蓬勃生长，甚至有个荒芜而锋利的东西从那里落了下来，就像一把刀，一把弯刀，刺穿了这个快乐世界的花叶，使它枯萎凋落。

"会下雨的，"他记得父亲说的话，"你去不了灯塔。"

那时候，灯塔是一座银白色的塔，看上去朦朦胧胧，长着一只黄眼睛,到了夜晚的时候,那眼睛会突然间温柔地睁开。现在——

詹姆斯看着灯塔。他可以看见被海水洗刷成白色的岩石;灯塔僵硬而笔直地站在那里;他可以看见塔上有黑白色的条纹;他可以看到里面的窗户;他甚至可以看见有人把洗好的衣服铺在岩石上晾干。所以,就是那座灯塔,对吗?

不,另外那一座也是灯塔。因为没有任何东西都仅只有一件。另一座灯塔也是真的。隔着海湾有时候几乎没法看得到它。夜晚时分,他抬起头来,看见灯塔的眼睛一张一合,那灯光似乎照到他们身上,照到他们坐着的花园里,那个阳光充足的虚幻花园。

但是他振作起来。每当他说"他们"或是"某人",然后开始听到有人走过来沙沙作响,有人走过去叮叮作响,他就会对房间里可能出现的人变得极其敏感。现在是他的父亲。紧张的气氛加剧了。因为再过一会儿,如果还是没起风,他父亲就会"啪"的一声把书合在一起抱怨道:"现在到底怎么回事?我们到底在这里磨蹭什么,嗯?"就像之前有一次,他在露台上把他的刀朝着他们母子中间砍下来,她全身都僵住了。如果当时手边有一把斧头、一把刀,或者任何尖锐的东西,他就会抓起它,刺穿他父亲的心脏。她全身都僵住了,然后,她的手臂松下来,所以詹姆斯觉得她没再继续听他说话,她不知怎么站了起来,然后离开了,只留下他自己一人待在那里,无助地、可笑地坐在地板上,手里抓着一把剪刀。

海面上没有吹过一丝风。海水拍打着船底汩汩作响,三四条鲭鱼在一个水坑里上下拍打着尾巴,这个水坑的水不够深,无法完全盖住它们的身子。拉姆塞先生(詹姆斯几乎不敢看他一眼)随时都可能站起来,合上书,说几句尖酸刻薄的话;但此刻他正在看书,所以詹姆斯就像光着脚偷偷下楼,生怕吱吱作响的地板吵醒看门狗似的,继续偷偷想象着她的样子,那天她上哪儿去了?他开始跟着她从一个房间走到另一个房间,最后他们来到一个房内,里面泛着蓝光,就好像那光是从许多瓷盘子上反射出来的,她在和什么人说话;他听她说着。她和一个用人说话,脑袋里想到什么就说什么。只有她说的是真话;他也只能和她说真话。这也许就是她对他永远有吸引力的原因;她是一个能够让你想到什么就说什么的人。但是在他想到母亲的时候,他意识到他的父亲也在追随着他的思绪,监视着它,使它颤抖和退缩。最后,他停止了思考。

他坐在阳光下,手放在舵柄上,看着灯塔,没力气动弹,没有力气拂去这些落在他心头的一粒粒痛苦。他似乎被一根绳子绑在那里,是他父亲打的结,要想逃离,他只能拿起一把刀,把它刺进……但就在那一刻,船帆慢慢地转了过来,慢慢地兜满了风,这艘船似乎开始摇晃起自己的身体,在半睡半醒间移动,然后她完全清醒过来,乘风破浪飞速前进。这是巨大的解脱。所有人似乎又都远离了彼此,变得自在起来,鱼线紧紧地斜靠在船舷上。但是他的父亲没有被惊动。他只是神秘兮兮地把右手高举在空中,然后又让它落在膝盖上,仿佛他在指挥着什么秘密交响乐。

第九章

【莉丽·布雷斯克仍然站在那里眺望着海湾,心想,海面上没有任何斑点。大海像丝绸一样延伸在海湾之间。距离有一种非凡的力量;她觉得,他们已经被它吞没,他们永远地消失了,他们已经成为自然万物的一部分。海面是如此平静;它是如此安静。那艘汽船已经消失不见,但那一大卷烟雾仍然悬在空中,像一面告别的旗帜,悲伤地低垂着头。】

第十章

凯敏又用手指划着海浪，心里想，原来那座小岛就是这个样子。她以前从来没有从大海上看过它。它就这样躺在海面上，中间有个凹痕，还有两个尖尖的峭壁，海水涌进那个凹痕之中，卷起的浪花在海岛两边绵延了好几英里。那个岛很小；形状就像是竖起来的叶子。她开始给自己讲起了从沉船上逃生的历险故事，她想，我们就这样乘着小船。但是，海水从她的指间流过时，一缕海草消失在她手指后方，她并不是真的想给自己讲个故事；她想要的是一种冒险和逃生的感觉，因为当船继续航行时，她心里想的是父亲如何因为她看不懂罗盘指针方向而生气，詹姆斯对契约的顽固不化，以及她自己的痛苦，这一切都悄悄溜走了，都过去了，都漂走了。接下来会发生什么？他们要去哪里？她的手深深地插在海水当中，十分冰冷，从她的手中喷出了一股喜悦的泉水，为她的变化、为她的逃脱、为她的冒险（她竟然还活着，还在那里）而感到高兴。这股无意之中突如其来的欢乐之泉中的水珠，四处洒落在她脑海中黑暗而安静的形态之上；那是一个尚未被意识到的世界，但却在黑暗中转动，从世界各地捕捉到一点点亮光；希腊、罗马、君士坦丁堡。虽然那岛很小，而且形状像一片竖起来的叶子，金光灿灿的海水冲洗着它的四周，她猜想，即便如此，它在宇宙中也有着一席之地——即使是这样一个小岛？她认为书房里那些老先生们本可以回答她的问题。有时她故意从花园里溜进书房，想把他们逮个正着。他们在屋内（可能是卡迈克尔先生，也可能是班克斯先生，正和她父亲坐在一起），面对面坐在低矮的扶手椅上。她从花园里走进来的时候，他们正噼里啪啦地一页页翻着面前的《泰晤士报》，七嘴八舌地讨论着某人对基督的评价，或是伦敦街上挖出了猛犸象残骸的消息，或是想知道拿破仑是怎样一个人。然后他们用干净的双手拿起所有一切（他们穿着灰色的衣服；闻起来有石楠花的味道），把剪报的碎纸片扫在一起，翻着报纸，交错着双腿，不时地说些非常简短的句子。为了让自己高兴，她会从书架上拿出一本书，站在那里，看着她的父亲如此均匀工整地从一页纸的一侧写到另一侧，他偶尔轻咳一声，或者跟对面那位老先生简短地说些什么。她手里拿着翻开的书站在那里，心想，她可以让脑海中出现的任何想法像水中的叶子一样在这里伸展开来；如果它在这里，得到这些抽着烟、噼里啪啦地翻着《泰晤士报》的老先生的认可，那么它就是正确的。而看着父亲在书房里写字，她想（现在坐在船上），他不是一个虚荣的人，不是一个暴君，也不想要迫使你可怜他。真的，如果他看见她在那儿读书，他会尽可能温柔地问她：难道没什么是他能给她的吗？

她唯恐这个想法是错误的，她看着他读那本袖珍书，书的封面亮闪闪的，斑驳得像个鸻鸟蛋。不；那个想法是正确的。看他现在的样子，她想大声对詹姆斯说。(但詹姆斯的眼睛一直盯着船帆。)詹姆斯会说，他是个爱讽刺挖苦人的畜生。詹姆斯会说，他把话题转移到他自己和他的书上。他自私得令人无法忍受。最糟糕的是，他是个暴君。但是你看！她看着父亲说。看他现在的样子。她看他蜷着腿读着那本袖珍书；她认得出那本书泛黄的纸张，却不知道纸上写的是什么。那书十分小巧；字印得很密；她知道他在扉页上写着他晚餐花了十五法郎；喝酒花了多少；给服务员多少小费；所有这些都整齐地写在这页纸的底部。但是，这本在他口袋放到四角已经磨圆了的书上可能会写些什么，她却不知道。他脑子里究竟在想些什么，他们没人知道。但他看得全神贯注，所以当他像现在这样，抬起头看一眼的时候，并不是为了看什么东西；只是为了更精准地确定脑袋里的某个想法。目的达到之后，他的思绪又飞回书中，而他又继续埋头苦读。她想，他读书就像在引导着什么，或者是在赶着一大群羊，或者是在一条狭窄的小路上不停前行；有时候他笔直地快速前进，披荆斩棘；有时好像有树枝抽打在他身上，有荆棘遮挡着他的去路，但他不会让自己就此退缩；他继续读下去，一页一页地往后翻。然后她继续给自己讲那个从沉船逃生的故事，因为当他坐在那儿的时候，她是安全的；就像当时她从花园里蹑手蹑脚地溜进书房，从书架上取下一本书，而老先生突然放下报纸，简短地聊了几句关于拿破仑性格的话，她现在心里觉得安全的感觉和那时一样。

她往回凝视着大海、凝视着小岛。但是叶子正在失去它清晰的轮廓。那个岛非常小；它非常遥远。现在大海看上去比海岸更显眼。海浪在他们四周起伏不定，一根圆木从浪花里滚下来；一只海鸥乘着另一根圆木。她把手指伸进水里，心想，曾经有一艘船，大概就在这个地方沉没了，她半睡半醒间低语梦呓：我们将会如何各自孤单地灭亡。

第十一章

莉丽·布雷斯克望着大海，海面上几乎一个斑点都没有，它是那么柔软，船帆和云彩似乎都镶嵌在它蓝色的海面之中，她心里想着，距离竟然有如此大的作用：我们对人们的感觉，取决于他们离我们的远近；因为随着拉姆塞先生乘船在海湾中驶得越来越远，她对他的感觉也产生了变化。那感情似乎在延长、在伸展；他似乎变得越来越遥远。他和他的孩子们似乎被吞没在那片蓝色、那遥远距离之中；但是在这里，在草坪上，就在附近，卡迈克尔先生突然发出咕噜一声。她笑了。他从草地上一把抓起他的书。然后他又重新坐到椅子上，像个海怪似的气喘吁吁。这完全不一样，因为他离得那么近。现在一切又恢复了平静。她朝房子的方向看了一眼，猜测他们一定已经起床了，但是仍然没有任何动静。不过，她想起来他们总是一吃完饭就离开，去做自己的事。这一切都与清晨的寂静、空虚和不真实的气氛十分和谐。她徘徊了一下，望着那些闪闪发光的长窗子和一缕蓝色的轻烟，她想，事情有时候就是这样的：它们会变得不真实。因此，当你旅行归来，或者大病初愈，在习惯还没有形成之前，人们会有同样不真实的感觉，这让人十分震惊；觉得有什么浮现了出来。

那是生命最生动的时刻。你可以轻松自在、怡然自得。贝克威茨夫人会从屋子里走出来找个角落坐下,幸运的是,她大可不必越过草坪轻松地和贝克威茨夫人打招呼说:"噢,早上好,贝克威茨夫人!今天天气多好啊!您不怕坐在阳光下晒着了吗?贾斯伯把椅子都藏起来了。请让我给您找一把椅子。"或者说些其他普通闲聊的内容。她根本不用说话。她可以滑行,她在万物之间摇晃着船帆(海湾里动静很大,很多船都出海了),然后把它们远远地抛在身后。大海并非空空如也,它已经快满溢出来。她似乎站在某种物质的唇边,在其中移动、漂浮、下沉,是的,因为这水深不可测。许多生命都倾注其中。拉姆塞夫人的生命;孩子们的生命;还有各种各样的流浪者和丢失的东西。一个提着篮子的洗衣妇;一只白嘴鸦;一朵火红的火炬花;紫色和灰绿色的花朵:某种共同的感觉,把一切都团结在一起。

十年前,她几乎就站在此刻所处的位置上,也许正是这种完整的感觉,使她说出"她肯定是爱上了这个地方"这句话。爱有一千种形态。可能有些恋爱中的人,他们的天赋是从事物中选出各种要素,再把它们拼凑在一起,就这样,把他们在生命中本不存在的完整性赋予他们,把一些场景或是人们的邂逅(现在大家都已分离)拼凑成一个圆球,思想会驻留在它身上,爱情会在上面展开。

她的目光落在拉姆塞先生的帆船那个褐色斑点上。照她估计,他们午饭时就会到达灯塔。但是,风势变得更强,随着天色和海面的细微变化,一条条小船也改变了它们的位置，刚才还奇迹般固定不变的景色，现在却变得让人不那么满意。海风已经把汽船留下的烟雾吹散了；那些船只的位置看起来让人有些不悦。

海面的不协调似乎打乱了她心中的某种和谐。她感到一种无法言喻的苦恼。当她转向自己的画时，这一点得到了证实。她一直在浪费清晨的时光。不知道是出于什么原因，她就是无法在拉姆塞先生和那幅画这两种对立的力量之间取得刀锋般精细的平衡，而这种平衡是必要的。可能是构图方面出了什么问题？她好奇，难道要把那面墙的线条去掉，还是那些树木的色块颜色太深？她不禁嘲笑起自己；因为在她开始画画的时候，难道不是认为自己已经把这个问题解决了吗？

那么，问题究竟出在哪里？她必须设法抓住那些从她心里溜走的东西。她想起拉姆塞夫人的时候，它就躲得远远的；现在，当她想起自己的画，它也在躲闪。辞藻出现了。景象出现了。美丽的图像。美丽的词句。但是，她想要捕捉的是刺激神经的东西——那个还没有成形的东西本身。她再次坚定地站在画架前，不顾一切地说：得到它，然后重新开始；得到它，然后重新开始。她认为，人类用于绘画或感知的器官真是一种可怜的机器、一种效率低下的机器；它总是在关键时刻出差错；她必须英勇地坚持下去。她盯着，皱起了眉头。树篱就在那儿，千真万确。但迫切地恳求是什么都得不到的。她只有看一眼墙壁，或者思考一下，眼里才会闪现出灵感的光芒——她戴着一顶灰色的帽子。她美得惊人。如果它要来的话，她想，那就让它来吧。因为有些时候,她不能思考,也无法感受。如果她既不能思考,也无法感受,她想,那么她到底在哪里呢?

在这片草地上,在地面上,她一边坐下一边思索,用她的画笔拨开一小簇车前草,仔细查看。因为草坪很不平整。她坐在这个世界上思考,因为她无法摆脱这样一种感觉:今天早上的一切都是第一次发生,或许也是最后一次发生,作为一个旅行者,即使是在半睡半醒之间透过火车的窗口朝外看,也知道他现在必须要看,因为之后他再也见不到那个城镇,再也见不到那辆骡车,再也见不到那个在田里干活的女人。这片草坪就是世界;他们一起身处于此,身处在这崇高的地位上,她带着这样的想法,看着卡迈克尔老先生,他似乎(虽然他们这么久都没说一句话)也认同她的想法。或许她再也见不到他了。他年纪越来越大。挂在他脚上的那只拖鞋让她忍俊不禁,而且她也记得,他名气越来越大。人们说他的诗"太优美了"。他们出版了他四十年前写的东西。现在有个叫卡迈克尔的名人,她笑了起来,心里想着一个人能呈现出多少种形态,他如何在报纸上以那样的形态出现,而此刻在这里,他看上去和以前一样。他看上去还是老样子——就是头发更加灰白。是的,他看上去和以前一样,但她想起来曾经有人说过,在他听到安德鲁·拉姆塞的死讯时(他被炮弹弹片击中,当场就死去;他本该成为一位伟大的数学家),卡迈克尔先生"对生活彻底失去了兴趣"。她想知道,"对生活彻底失去兴趣"——那到底是什么意思?难道他当时抓着大棍子大步穿过特拉法加广场?难道他独坐在圣·约翰林的房间里，一页又一页地翻着书，却一个字也读不进去？她不知道当他得知安德鲁的死讯时做了些什么，但她仍然能够感觉到那件事对他造成的影响。他们只是在楼梯间含糊地相互说几句话；他们抬头看着天空，聊聊天气好或是不好。但她想，这是一种了解人的途径：了解他们的轮廓，而不是细节，就像坐在自己的花园中，看着紫色的山坡延伸到远处的石楠丛中。她就是以这样的方式来了解他的。说不上为什么，她知道他已经有所改变。她从未读过他的一行诗。不过她认为她知道那些诗读起来是怎样的，它们是缓慢的，朗朗上口。它们是老练的，风韵十足。它描述的是沙漠和骆驼。它描述的是棕榈树和日落。它的态度极其客观；它偶尔诉说死亡；它很少谈及爱情。他本人就有一种客观理智的超脱。他不太喜欢和其他人打交道。他不总是用胳膊夹着报纸，笨拙地、摇摇晃晃地走过客厅的窗户，想要躲开拉姆塞夫人吗？不知为什么，他不大喜欢她。当然，也正是出于这个原因，拉姆塞夫人总是试图让他停下。他会向她鞠躬。他会不情愿地停下脚步，深深地向她鞠一个躬。他对她一无所求，这让拉姆塞夫人感到恼火，她会问他（莉丽能听见她说的话）：难道他不想要一件外套、一条地毯或是一份报纸吗？不，他什么都不想要。（此时他又鞠了一躬。）她身上有些他不太喜欢的品质。也许是她的专横、她的自信，她身上的一些太过实际的东西。她太直接。

（一阵响声引起她对客厅窗子的注意——那是铰链发出的吱吱声。微风轻拂着窗口。）

一定有人非常不喜欢她,莉丽想(是的;她意识到客厅的台阶上空无一人,但这对她没有任何影响。她现在不想要拉姆塞夫人了)——那些认为她太自信、太激烈的人。而且,她的美貌可能会冒犯到其他人。他们会说,多么单调乏味,总是千篇一律!他们更喜欢另一种类型——黑暗的、活泼的。然后是她对丈夫的态度太软弱。她让他在公众场合大吵大闹。然后是她的有所保留。没有人确切地知道她经历过些什么。而且(回到卡迈克尔先生和他不喜欢的部分)她无法想象拉姆塞夫人一整个早上都在草坪上站着画画或是躺着看书。这是难以想象的。她一句话也不说,胳膊上挎着的篮子是她出门办事的唯一标志,她到城里去,去探望那些穷苦人家,去坐在一间闷热的小卧室里。莉丽常常看到她在某个游戏或是讨论进行到一半的时候,默默抽身离开,胳膊上挎着篮子,身子挺得笔直。她也注意到她的归来。一半是觉得好笑(她把那些茶杯摆放得如此井井有条),一半是觉得感动(她的美丽令人窒息),莉丽曾想过:那双在痛苦中紧闭的双眼曾看着你。你一直和他们待在那里。

然后拉姆塞夫人会因为有人迟到、黄油不新鲜,或是茶壶有缺口而感到生气。在她不停地抱怨黄油不新鲜时,莉丽会想起希腊的神庙,想起在那个闷热的小房间里,他们曾与美人相伴。她从不会谈论此事——她只是准时地直接过去。去那里对她来说就是本能,就像燕子要飞向南方、洋蓟要面向太阳一样,那种本能让她准确无误地转向人类,在他们的心里筑巢。而这就像所有其他的本能一样，会让那些无法产生共鸣的人感到点苦恼；对于卡迈克尔先生来说也许如此；对莉丽自己来说，则肯定是如此。他们两人都有一种观念，认为行动是无效的，思想是至高无上的。她去探望穷人等于是对他们的责备，给这个世界带来一种不同的变化，眼看着自己先入为主的观念要消失不见，因此他们不得不提出抗议，在它们彻底消失之前紧抓着不放。查尔斯·坦斯利也会做出同样的事：这也是她不喜欢他的部分原因。他打乱了她世界的平衡。她一边用画笔漫不经心地拨动着车前草，一边好奇，查尔斯·坦斯利后来怎样了。他得到研究院的职位。他结婚了；他住在戈尔德格林。

在战争时期，有一天她去一个大会堂听他演讲。他在谴责某件事；他在谴责某个人。他在宣扬同胞之爱。而她只能感到，他怎么可能热爱他的同胞呢？他根本分辨不出画与画之间的区别，他曾站在她身后抽着劣质烟丝（"五便士一盎司，布雷斯克小姐"），一定要让她知道女人不会写作、女人不会画画，他之所以这么说，与其说是因为他真的如此相信，不如说是出于某种奇怪的原因，他希望如此？他就在那儿，身材瘦削、面色通红、嗓音沙哑，站在讲台上向人们宣扬着爱（车前草丛中有蚂蚁在爬来爬去，她用画笔戳了戳它们——那红彤彤的、精力充沛的、闪闪发光的蚂蚁，挺像查尔斯·坦斯利的）。她坐在座位空了一半的大厅里，用讥讽的眼光望着他把爱注入冰冷的空间里，突然之间，那只旧木桶或是别的什么在海浪中上下浮动的东西又出现了，还有在鹅卵石中寻找眼镜盒的拉姆塞夫人。"哦，我的天！真讨厌！又丢了。别麻烦了，坦斯利先生。每年夏天我都要弄丢上千个眼镜盒。"听了这话，他把下巴往后紧靠在衣领上，仿佛不敢赞同这种夸张的说法，但他能忍受她这么说，因为他喜欢拉姆塞夫人，然后他迷人地笑了起来。肯定是在一次长时间的探险之中，大家各走各的，他俩自己走回来时，他向她吐露了心中的秘密。拉姆塞夫人告诉她，他正在负担他的小妹妹的教育费用。这大大地提高了他的形象。莉丽很清楚，她自己对他的看法是荒唐可笑的，她用画笔拨弄着车前草。毕竟，她对别人的看法有一半都是荒唐可笑的。它完全出自个人的目的。他在她心目中承担着受鞭者[1]的角色。她发现自己一生气就会鞭笞他瘦削的侧腰。如果她想认真对待他，就不得不采用拉姆塞夫人的话，要通过她的眼睛去看他。

她堆了一座小山让蚂蚁爬过去。她这种对蚂蚁小宇宙的干涉，使它们陷入了非常犹豫不决的处境。有的往这边跑，有的往那边跑。

她沉思着，她想要五十双眼睛去看。她想，五十双眼睛都不足以看透那个女人。这么多双眼睛之中，总有一双眼睛能够对她的美貌熟视无睹。她最想要的是一种神秘的感觉，那感觉像空气一样轻薄，可以用它从钥匙孔里偷偷溜出来，然后当她坐在那里织毛线、聊天，或是沉默地独坐在窗前时，把她包围起来；像空气容纳了汽船的烟雾那样，把她的思想、她的想象、她的欲望都据为己有，珍藏

---

1 从前在宫廷里陪王子读书的同学，代替王子受鞭打惩罚。

起来。树篱对她意味着什么，花园对她意味着什么，当波浪飞溅起来的时候，对她意味着什么？（莉丽抬起头，就像她看到拉姆塞夫人抬起头一样；她也听到波浪打在沙滩上的声音。）然后，当孩子们在打板球时喊叫着"怎么样？怎么样"的时候，有什么想法在她的脑海里翻腾与颤抖？她会暂时停下手中的针线活儿。她看上去会很专注。接着，她又会陷入某种情绪当中，然后拉姆塞先生突然停止踱步，一动不动地站在她面前，而当他站在她身边低头望着她时，她感到某种奇怪的战栗穿过她的身体，似乎在她的胸中剧烈地震动着。莉丽可以看见他。

坦斯利伸出手，把她从椅子上扶起来。不知为什么，就像他以前就这么做过似的；仿佛他也曾以同样的方式弯下腰，把她从一条小船里扶上来，那小船离某个岛屿几英寸远，因此需要先生们协助女士们上岸。那可是一种老式的场面，在里面出现的女士几乎都需要裹着衬裙，男士则需要穿着陀螺形裤子。让坦斯利帮自己上岸，拉姆塞夫人曾想过（莉丽认为）：终于是时候了。是的，她现在就会把话说出来的。是的，她愿意嫁给他。而她只是慢慢地、静静地走到岸上。也许她只说了一句话，仍然把她的手放在他的手心里。我愿意嫁给你，她也许在他拉着她的手时，说了这句话；但仅此而已。同样兴奋的感觉一次次在他们彼此间传递——这显然的确发生过，莉丽一边给蚂蚁把路铺平，一边想着。她不是在胡编乱造；她只是想把多年前别人折叠起来给她的东西抚平；某个她曾经目睹的东西。因为在日常生活的艰难和混乱中，被那么多孩子包围，有那么多的宾客，她总有一种一直在重复的感觉——一样东西跌落在另一样东西曾经落下的位置上，于是就产生了回音，在空中回荡，使它不停地震动。

想到拉姆塞夫妇是怎样一起手挽着手、散步走过花房的，她觉得简化他们之间的关系是错误的。他们的关系并不单单只是幸福——她冲动而急躁；他战栗而阴郁。噢，绝非如此。一大清早会有人暴力地摔门。他会怒气冲冲地离开餐桌。他会嗖嗖地把盘子从窗户里扔出去。紧接着，整个房子里到处都会响起砰砰的关门声还有百叶窗拍动的声音，就好像刮起了一场大风，人们匆匆忙忙地到处飞奔，设法把门窗关紧，把东西收拾整齐。有一天，她在楼梯上遇到保罗·瑞雷的时候，就是这种情况。他们就像一群孩子一样笑个不停，只是因为拉姆塞先生吃早饭时在牛奶里发现了一只蠼螋，就把整盘东西越过空中丢到外面的露台上。"一只蠼螋，"普鲁惊奇不已地低声说，"在他的牛奶里。"其他人可能会找到蜈蚣。但是他在他的周围筑起了一道圣洁的围墙，还以一种庄严的态度占据了这个空间，以至于他牛奶里的一只蠼螋成了一头怪兽。

但盘子嗖嗖飞来飞去的声音，门砰砰摔个不停的声音——这些使拉姆塞夫人感到厌烦，也让她有点害怕。有时他们之间长时间的僵持沉默，她所陷入的这种既伤心又气愤的心理状态，会让莉丽感到气恼，她似乎无法平静地克服这骚乱，也不能像他们那样一笑置之，但她的疲惫之中也许掩盖了什么。她安静地坐在那里沉思。过了一段时间，他就会偷偷地在她待的地方徘徊——在她坐着写信或是聊天的窗户下面转来转去，因为她会故意在他走过时显得很忙，避开他，假装没有看到他。然后他会变得像丝绸一样光滑柔软、和蔼可亲、彬彬有礼，并试图赢得她的欢心。不过她还是表现得让人难以接近，平常她从不炫耀自己的美貌，可现在她暂时要摆出与她的美貌相符的骄傲和腔调；她会转过头去；她会这样扭头看着，而明塔、保罗或威廉·班克斯这些人总在她左右。最后，他站在人群外面，就像一条饿坏了的狼狗（莉丽从草地上起来，站在那里望着台阶，望着窗口，那是她曾经看到过他的地方），叫着她的名字，只叫一次，完全就像是一头狼在雪地里嚎叫一样，但她还是不理他；然后他还会再叫一次，而这一次，他说话的声调会把她唤醒，然后她会突然离开他们，走到他身边，然后和他一起在梨树、卷心菜和覆盆子花圃中散步。他们会一起把话说开。但是用怎样的语气，用什么语言呢？在这段关系中，他们彼此间有这样的一种尊严，这样的气氛让她、保罗和明塔转过身去，隐藏着他们的好奇和不安，开始摘花、扔球和聊天，直到晚餐时候，他们又出现在那里，他坐在桌子的一头，她在另一头，像往常一样。

"你们之中为什么没人研究植物学？……你们都有手有脚的，为什么没有一个人……？"于是他们又像往常一样，坐在孩子们当中，谈笑风生。一切都会像往常一样，只是有什么东西在颤动，就像是悬在空中的一把刀，冲他们砍过来，从他们之间划过，仿佛在梨树和卷心菜田里待了一个小时之后，孩子们围坐在汤盘前这种司空见惯的情景，在他们的眼中又变得新鲜起来。尤其是拉姆塞夫人，莉丽想，她会瞅一眼普鲁。她坐在兄弟姐妹中间，似乎总是忙着照应大家，确保没出什么差错，所以她自己几乎不怎么说话。为了掉进牛奶里的蠼螋，普鲁是多么自责啊！拉姆塞先生把盘子从窗户扔出去的时候，她的脸色变得多么苍白！父母长时间的沉默不语让她多么沮丧！无论如何，她母亲现在看上去似乎想要补偿她；向她保证一切都很好；给她承诺，总有一天她也会获得同样的幸福。然而，她享受婚姻的幸福还不到一年。

她让花从她的篮子里掉了下来，莉丽想，她眯起眼睛往后退，仿佛是为了看看自己的画，然而，她并没有真的动手画，她所有的感官都处于恍惚的状态，表面看上去很呆滞，但内里却心潮澎湃。

她让花从她的篮子里掉了下来，撒了一地，在草地上翻滚，她很不情愿地、犹犹豫豫地也跟着去了，但没有疑问，也没有怨言——难道她不是具有完美的服从能力吗？田野里和山谷中白色的鲜花盛开——这就是她本来想画的样子。群山险峻。到处都是岩石；十分陡峭。海浪拍打在下面的石头上，发出嘶哑的声音。他们三个人一起走，拉姆塞夫人在前面走得相当快，好像她期待着在拐角处遇见什么人。

突然，她正望着的那扇窗子后面出现了一团白色的光影。那么，终于有人走进了客厅；有人坐在椅子上。上帝保佑，她祈祷着，让他们静静地坐在那儿，不要乱哄哄地跑出来跟她说话。幸运的是，无论里面那个人是谁，他安安稳稳地待在了那里；而且还碰巧在台阶上投下一个形状奇怪的三角形阴影。它略微改变了这幅画的构图。这很有趣。这可能会有用。她的情绪又恢复了。她必须继续盯着看，情绪的强度一秒钟也不能松懈，不能拖延决心，不要被欺骗。她必须——像这样——用老虎钳紧紧地抓住那番景象，不让任何东西进来破坏它。她一面想，一面不慌不忙地蘸了蘸画笔：她想要与普通体验保持在同一水平上，仅仅是想要感受那是一把椅子，那是一张桌子，但与此同时，这又是一个奇迹，是一种狂喜。这个问题最终还是有可能解决的。啊，但发生了什么事？一股白光掠过窗玻璃。一定是风惊动了房间里窗帘的褶饰。她的心猛然扑向她，抓住她并且折磨她。

"拉姆塞夫人！拉姆塞夫人！"她喊道，感到之前的恐惧又回来了——不停地渴望，却一无所得。她还能忍受吗？然后，她平静下来，好像是克制住了自己，把那情绪也变成普通体验的一部分，和椅子、桌子变到同一水平上。拉姆塞夫人——对莉丽来说这是她至善至美的一部分——只是坐在那儿，坐在椅子上，毛衣针来回穿梭在手中，她织着红棕色的袜子，把她的影子投射在台阶上。她坐在那里。

仿佛她有什么必须分享的东西，但又很难离开画架，所以她满脑子都是自己的想法和看到的景象，莉丽手里握着她的画笔，从卡迈克尔先生身边走过，站在草坪边上。那条船现在在哪儿？而拉姆塞先生现在在哪儿？她想要他。

第十二章

拉姆塞先生几乎已经快读完这本书了。他一只手一直徘徊在他正在读的那页纸上，似乎随时准备着一读完这一页就往后翻。他光着脑袋坐在那里，任凭风把他的头发吹来吹去，所有的一切都完全暴露在外。他看上去很老。詹姆斯的背后一会儿出现的是灯塔，一会儿是奔向开阔海面的茫茫浪涛，他心里想着，他父亲看上去就像沙滩上一块古老的石头；看上去就好像他的身体已经把一直存在于他俩心灵深处的东西具象化——那种对他们二人来说是万物真谛的那种孤独感。

他读得很快，好像要急于读完似的。的确，他们现在离灯塔很近。它隐隐约约地出现在那里，荒凉而笔直，黑白条纹色彩鲜明，他可以看到海浪拍打在它身上，变成白色的碎浪，就像玻璃摔碎在岩石上一样。他可以看到岩石上的线条和褶皱。他可以清楚地看到灯塔的窗户；其中一块玻璃上有一抹白色，而岩石上露出一小簇绿色。一个男人已经从灯塔里走出来，用望远镜看了他们一眼，又走了进去。詹姆斯思索着，这么多年来隔海相望的灯塔，原来就是这个模样；只是一座坐落在光秃秃岩石上的荒凉的塔。这让他感到满足。这证实了他对自己性格的某种模糊的感觉。他想到家中的花园，想起那些老太太在草坪上拖着椅子走来走去。比如说贝克威茨老夫人，她总是说灯塔有多好、有多可爱，他们应该为此感到多么骄傲、多么高兴，可事实上，詹姆斯一边看着矗立在岩石上的灯塔，一边想，它不过如此。他看着他父亲两腿紧紧地蜷着，狂热地读着书。他们对此有共识。"我们在狂风中航行——我们必将沉没。"他开始稍稍提高音量自言自语，说话的语气和他父亲说这句话的时候一模一样。

似乎很久没人说话了。凯敏已经厌倦了一直看着大海。一小块一小块的黑软木从他们面前飘过；船底的鱼都死了。她的父亲还在看书，詹姆斯看着他，她也看着他，他们发誓要誓死反抗暴政，而他们的父亲继续读着书，完全不知道他们脑中的想法。她想，他就是以这种方式逃避的。是的，他顶着宽大的额头和高大的鼻子，紧紧地握着那本斑驳的袖珍书，把它举在面前，他就这样逃避着眼前的一切。你可以试图伸手抓他，但紧接着他就像一只鸟，展开翅膀飞走了，落在你够不到的地方，栖息在一根荒凉的树桩上。她凝视着无边无际的大海。那座岛已经变得非常小，看上去不太像是一片树叶。它看起来就像一块岩石的顶端，比较大的浪花就能把它淹没。然而，在它的脆弱之中，蕴含着所有那些小径、那些露台、那些卧室——所有那些数不清的东西。但是，就像是人在睡着之前，眼前所有的一切都会变得更为简单，所以在无数的细节中，只有一样东西有力量证明自己，于是，她迷迷糊糊地望着小岛，感到所有的小径、露台和卧室都在渐渐褪去，最后彻底消失，一只淡蓝色的香炉有节奏地在她脑海里来回摆动，除此之外，什么也没有留下。那是一个浮在空中的花园；那是一个山谷，到处都是鸟儿、鲜花和羚羊……她快睡着了。

"快来。"拉姆塞先生突然合上书说道。

到哪里去？要去什么非凡的冒险？她一下子惊醒了。要在哪里登陆，去攀登某处？他要带他们去哪里？因为在他长时间的沉默无语之后，那些话使他们大吃一惊。但这实在太荒谬。他说他饿了。到时间吃午饭了。另外，他说："你们看，灯塔就在那儿。我们差不多要到了。"

"他做得很好，"麦卡利斯特称赞詹姆斯，"他把船控制得很稳。"

但是他的父亲从来没有表扬过他，詹姆斯阴沉地想。

拉姆塞先生打开包裹，把三明治分给他们。和这些渔夫一起吃面包和奶酪，他这会儿感到很高兴。詹姆斯一边看他用小刀把奶酪切成黄色的薄片，一边想，他会更喜欢住在一间小木屋里，在港湾闲逛，和其他老人一起闲聊。

没错，就是这样，凯敏剥着煮熟的鸡蛋，一直有这种感觉。现在她的感觉就像当年老头子们读《泰晤士报》时，她在书房里的感觉一样。现在我可以继续在脑海中天马行空地思考，我不会掉下悬崖或被淹死，因为他就在那儿，一直留意着我，她想。

与此同时，他们沿着岩礁快速航行，这让人感到非常兴奋——就好像他们同时在做两件事：他们在这片阳光下吃着午餐，而同时他们也在海难后的暴风雨中寻找安全地带。船上的淡水能维持下去吗？这些食物能撑下去吗？她问自己，给自己讲故事，但同时也知道真实的情况是什么。

拉姆塞先生对老麦卡利斯特说，他们很快就会离开人世；但是他们的孩子会看到一些新奇的东西。麦卡利斯特说，去年三月他已经七十五岁了；拉姆塞先生七十一岁。麦卡利斯特说他从来没看过医生；他从来没有掉过一颗牙。我就希望我孩子能过上这种生活——凯敏相信她的父亲一定是这样想的，因为他不让她把三明治扔进海里，还告诉她，如果她不想吃，就应该把三明治放回牛皮纸包里去，就好像他一直在想着渔民和他们的生活。她不应该浪费食物。他说话的态度如此明智，好像十分了解这个世界上所发生的一切，这让她立刻把三明治放回到纸包里，然后他从自己包里给她拿了一块坚果姜饼，她想，就好像他是一个高贵的西班牙绅士，正把一朵花递给窗口里的女士（他的态度是如此殷勤）。他邋邋遢遢、简单朴素，吃着面包和奶酪；然而，他却带领他们进行一次伟大的远征，据她所知，他们将会淹死在那儿。

"那就是那艘船沉没的地方。"麦卡利斯特的儿子突然开口。

老头说，我们现在所处的地方淹死了三个人。他亲眼看到他们紧紧抓着桅杆。而拉姆塞先生只是看了一眼事发地点，詹姆斯和凯敏很害怕，以为他几乎要脱口而出：

可是我在波涛更汹涌的大海之下

而倘若他真的念出这句诗，他们可忍受不了；他们会大声尖叫；他们无法忍受在他体内沸腾的激情再一次爆发；但令他们吃惊的是，他只说了一声"啊"，仿佛在暗自思忖。但有什么可大惊小怪的呢？人在暴风雨中淹死是很自然的事，这完全是一件显而易见的事，大海深处（他把面包屑撒进海里）毕竟只有水。然后他点燃烟斗，掏出了怀表。他仔细地看着它；也许在计算些什么。最后，他得意扬扬地说：

"做得好！"詹姆斯掌舵载着他们就像一个天生的水手。

看吧！凯敏心里想着，默默地对詹姆斯说。你终于得到了。因为她知道，这正是詹姆斯一直渴望的，而且她也知道，现在他已经得到了父亲的称赞，他是如此满足，是不会看她，不会看他的父亲，或是任何人的。他坐在那里，手放在舵柄上，身子坐得笔直，脸色阴沉，微微皱着眉头。他太高兴了，不愿让任何人分享他的喜悦。他的父亲称赞了他。他们一定以为他完全不在乎。凯敏想，但你现在如愿以偿了。

他们趁着风势转换了航行的方向，他们此刻在颠簸的大浪上愉快地飞速行驶，浪花带着一种轻松兴奋的感觉，一次次推着他们前进，驶过暗礁边上。左边有一排棕色的岩石露出水面，水变浅了，也更绿了，在一块更高的岩石上，海浪不停地拍打着，喷射出一股小水柱，水柱像大雨般洒落下来。她可以听到海水的拍打声、水滴坠落的滴答声，还能听到一种波浪翻滚、跳跃和拍打着岩石时发出的嘶嘶声，就好像它们是完全自由的野兽，一直都能像这样打闹嬉戏。

现在他们看见灯塔上有两个人，正看着他们，准备迎接他们。

拉姆塞先生扣好大衣的扣子，然后卷起裤脚。他拿起南希准备好的大牛皮纸包，放在膝盖上，包裹包得很丑。就这样，他完全做好了上岸的准备，坐在那里回头望着小岛。用他的那双远视眼，也许他能很清楚地看到一个缩小的、像叶子的形状，倒立在金色盘子上。凯敏很好奇他能看到什么。对她来说，一切都是模糊的。她想知道，他现在在想什么呢？他如此专注、如此热切、如此安静地在寻找什么？他们两个人都望着他，他光着脑袋坐在那里，膝盖上放着一个包裹，眼睛盯着那个缥缈的蓝色轮廓，看上去就像是什么东西燃烧之后留下的烟雾。你想要什么？他们两人都想问这个问题。他们都想说：你无论问我们要什么，我们都会给你的。但是他什么也没问他们要。他坐着，看着那个岛，他可能在想：我们各自孤单地灭亡，或者他可能在想，我已经到达了。我已经找到了；但他什么也没说。

然后他戴上帽子。

"把那些包裹拿来。"他边说，边对着南希为他们带去灯塔而准备的东西点头示意。"给守灯塔人的包裹。"他说。他起身站在小船的船头，看上去显得高大而笔直，詹姆斯觉得，无论如何，仿佛他父亲在宣称："世界上没有上帝。"而凯敏想，他看上去就像是要跳进太空，当他手里拿着他的包裹，像年轻人一样，脚步轻盈地跳到岩石上时，他们都站起来追随着他。

第十三章

"他肯定已经到灯塔了。"莉丽·布雷斯克大声说道,她突然感到筋疲力尽。灯塔几乎已经看不见了,消失在一片蓝色的薄雾之中,她努力看着灯塔,也努力想着他在那里登陆,这两种努力似乎已经合二为一,而正是这种努力使她的身心都紧绷到极点。啊,但她得到了解脱。不管那天清晨,他离开她时,她曾经想要给予些什么。她终于给他了。

"他已经登陆了,"她大声说,"结束了。"然后,卡迈克尔先生猛地一下起来,站在她身旁,微微地喘着气,看起来就像是一个古老的异教之神,蓬乱的头发粘着野草,手里拿着三叉戟(这只是一本法国小说)。他和她肩并肩站在草坪边上,他硕大的身躯微微摇晃着,用手挡在眼前说:"他们准是着陆了。"她觉得自己一直以来的感觉是对的。他们不需要对话。他们想的是同样的事情。他在她什么都没问的情况下,回答了她的问题。他站在那里,仿佛要用双手去抚平人类的一切软弱和痛苦;她想,他是在宽容怜悯地审视着他们最后的命运。他的手慢慢垂下来,她想,现在他已经为这一刻加冕,她仿佛看到,他让一个紫罗兰和水仙组成的花环从自己高大的身躯上落了下来,慢慢地飘动,最后落到地上。

她好像突然想起什么,快速地转向画布。它就在那里——她的画。是的,画面上有蓝色和绿色,有纵横交错的线条,还有它想表达的东西。她想,它会被挂在阁楼上,它会被摧毁。但那又有什么关系?她再次拿起画笔,问自己。她看着那些台阶,上面空无一人;她望着自己的画布,它模糊一片。突如其来的强烈感受仿佛让她看清楚了,她在中心位置画下一条线。画好了,完成了。是的,她极其疲惫地放下画笔,心想,我终于画出了脑海中的景象。

(全文完)

弗吉尼亚·伍尔夫
VIRGINIA WOOLF

1882年1月25日—1941年3月28日

1882年出生于英国伦敦

1897年进入伦敦国王学院,学习希腊文和历史

1904年迁居布鲁姆斯伯里戈登广场46号

同年12月14日,初次在《卫报》上发表一篇未署名的书评

1905年开始在戈登广场46号举办"星期四之夜"

1910年为女性投票权运动做志愿工作

1912年和伦纳德·伍尔夫结婚

1915年第一部小说《远航》出版

1917年和伦纳德·伍尔夫创立霍加斯出版社

1925年《普通读者》《达洛维夫人》出版

1927年《到灯塔去》出版,次年获法国费米娜奖

1928年10月在剑桥大学先后两次演讲

1929年《一间只属于自己的房间》出版

1931年《海浪》出版

1941年身体状况恶化,于3月28日投河自尽

到灯塔去

作者 _ [英] 弗吉尼亚·伍尔夫　　译者 _ 张羽佳

产品经理 _ 朱琳　　装帧设计 _ 何月婷　　产品总监 _ 何娜
技术编辑 _ 白咏明　　责任印制 _ 刘淼　　出品人 _ 王誉

插画绘制 _ Neil Askew

果麦
www.guomai.cn

以 微 小 的 力 量 推 动 文 明

图书在版编目（CIP）数据

到灯塔去 /（英）弗吉尼亚·伍尔夫
（Virginia Woolf）著；张羽佳译 . —— 南京：江苏凤凰
文艺出版社，2021.7（2025.4 重印）
ISBN 978-7-5594-5944-2

Ⅰ . ①到… Ⅱ . ①弗… ②张… Ⅲ . ①长篇小说 – 英
国 – 现代 Ⅳ . ① I561.45

中国版本图书馆 CIP 数据核字（2021）第 101030 号

到灯塔去

[英]弗吉尼亚·伍尔夫 著　张羽佳 译

出 版 人	张在健
责任编辑	王　青
特约编辑	朱　琳
装帧设计	何月婷
出版发行	江苏凤凰文艺出版社
	南京市中央路 165 号，邮编：210009
网　　址	http://www.jswenyi.com
印　　刷	天津丰富彩艺印刷有限公司
开　　本	787 毫米 ×1092 毫米　1/32
印　　张	8.25
字　　数	170 千字
版　　次	2021 年 7 月第 1 版
印　　次	2025 年 4 月第 7 次印刷
印　　数	26,501—31,500
书　　号	ISBN 978-7-5594-5944-2
定　　价	49.80 元

江苏凤凰文艺版图书凡印刷、装订错误，可向出版社调换，联系电话：025-83280257